한국문학
연구와
교육의 현장

이 학술연구는 2013년도 한국학중앙연구원의 해외한국학지원사업에 의하여 수행되었음.

This work was supported by the Academy of Korean Studies Grant(AKS-2013-R87)

本書由2014年天津師范大學教學改革項目資助 項目編号: 012/JG14410028

한국문학 연구와 연구와 교육의 현장

전월매 지음

책 머리에

　수확의 계절, 가을이다. 이 계절에 그동안 나름대로 공부하고 고민하며 써온 글들을 하나의 매듭으로 만들어 본다. 그러나 막상 책으로 묶고 나니 부족함을 다시 확인하게 되고 부끄러운 마음이 앞선다.

　책의 이름을 『한국문학 연구와 교육의 현장』이라 달았다. 이름 그대로 한국의 고전, 현대와 비교문학을 포함한 한국문학과 한국어 교육의 현장에 관한 글들이다. 이 책은 4부로 구성되어 있다. 제1부는 한국 현대문학사의 시대구분을 남한과 북한, 중국조선족 문학사를 중심으로 비교 연구하였다. 제2부는 한국 현대문학 연구물로서, 박경리, 이상, 염상섭, 이효석의 소설들을 시점, 서술, 인물, 문체 등 다양한 관점에서 분석하고 윤동주와 백석의 시를 다루었다. 제3부는 한국 고전문학 연구물로서, 이옥, 홍대용, 이기지, 권필의 작품을 다각도로 살펴보았다. 마지막 제4부 한국어 교육의 현장에서는 문학교육, 중국조선족 교육현장에서의 글쓰기 지도 등의 주제로 다루었다.

　문학연구는 문학에서 자료와 원리를 얻어서 이루어지는 사상적인 활동인바 삶의 문제에 대한 검증이자 결단이다. 문학의 열정이 삶의 지혜로 이어졌으면 좋으련만 그 길도 쉬운 일이 아니어서 오늘도 조금씩 배우면서 더듬어 가고 있다. 그러나 그 과정은 즐거움과 보람을 주는 작업으로서 어눌하고 투박한 태도이나마 꾸준히 이 길을 걸어갈 것이다. 조금씩 그리고 꾸준히 앞으로 나아가노라면 언젠가 광활한 지평에 다가설 수 있을 것이라 믿는다. 그 믿음의 눈빛을 안겨주신 여러 스승님들과 지인, 그리고 가족에게 감사의 마음을 전하고 싶다.

　끝으로 책을 출판해주신 한국학술정보와 양동훈 대리님께 감사드린다.

2016년 가을 천진에서

전월매

❏ Contents

Chapter 03　한국 고전문학 연구

Chapter 04 　한국어 교육의 현장

한국 현대문학사의 시대구분 비교 연구

-남한과 북한, 중국 조선족 문학사를 중심으로

1. 들어가며

1) 연구목적

한국문학은 지난 한 세기 동안 근현대사의 굴곡과 함께 여러 가지 시련을 겪으며 부단히 성장해왔다. 준비 없이 타의로 문호개방한 후 미처 스스로를 가누지도 못하다가 결국 식민지로 전락되어 일제식민통치, 그 뒤의 광복에 뒤따른 민족분단, 6·25동족상잔의 전쟁을 경험한 남북한은 각기 다른 정치체계를 구축하여 왔으며 또한 다른 이데올로기로 문학사가 거듭 쓰는 동안 그 차이는 점점 더 커졌고 해외동포들도 한국 아닌 타국에서 나름대로의 한국 현대문학을 이어나갔다. 이렇듯 한국 현대문학은 대한민국을 대표로 하는 남한문학과 조선민주주의인민공화국을 대표하는 북한문학, 해외동포문학으로 크게 세 가지 체제로 나누어볼 수 있는데 아래에서는 서술의 편리를 위해서 대한민국의 현대문학을 남한문학으로 조선민주주의인민공화국문학을 북한문학으로 통칭한다.

1980년대 후반까지 동서대립 체제와 냉전 체제하에 남북한은 서로의 권위주의적 통치를 비난하면서도 또한 서로의 권력에 정당성을 부여하면서 민족의 한쪽을 적으로 생각하고 불신하고 경계하고 증오하며 서로에게 흑색선전과 왜곡을 일삼던 데로부터 시간이 흐르고 역사가 변하고 냉전과 대립 체제가 무너지고 또한 6·25전쟁을 겪지 않은 젊은 세대가 등장하면서 변함없는 민족관과 역사관으로 문제를 보기 시작하였고 통일을 생각하게 되었으며 반국가적 시각이 아닌 한반도적인 시각에서 상대방의 모든 분야, 정치, 경제, 사회, 문화 등을 이해하려는 노력으로 심화되어 갔고 다른 쪽의 문학사가 어떻게 서술되어 왔는지 알 수 있게 되었다.

남한의 경우 월북 작가의 해금조치(1988.7.29)가 이루어진 후 북에 대한 연구가 쏟아지고 통일 지향적 논의가 활발해져 분단문학사를 극복하자는 노력이 다방면에 이루어진 반면, 북한은 아직 남한에 대한 문학연구가 거의 봉쇄되어 있는 편이다.

'인간은 시대를 넘어설 수 없다'는 헤겔의 말과 같이 남북한은 비판적 검토를 거쳐 선의의 경쟁을 하면서 서로의 문학사에 접근하고 있지만 하나는 사회주의, 하나는 자본주의로 완전히 대립된 체제와 이데올로기로 말미암아 서로 다른 가치기준을 갖고 있었고 70여 년 벌어진 간극과 시각적 차이는 어쩔 수 없었다. 분단을 딛고 분단을 넘어서는 통일문학사를 써야 할 시점에서 객관적이고 균형적으로 상대방을 보아야 전체적인 모습을 볼 수 있고 그 이질감도 극복될 수 있으니 여기에는 다소 중립적인 태도에서 문제를 보고 객관적 감정과 태도로 문제를 직시하고 판단하는 제3자적 시각과 통일의 끈을 이어줄 요인이 필요한 것이다.

남한과 북한이란 동강 난 두 개의 모국을 두고 중국, 남한, 북한 삼국의 사이에 있는 중국 조선족 지역은 지리적, 문화적, 역사적 특성으로 말미암아 남북한 통일문학의 중개역할을 하는 '시험의 장'이 될 수 있을 것이며 제3자의 신분으로서 객관적 거리에 서서 포괄적 시야를 갖고 남북한 현대문학사에 대한 전면적인 관찰, 공정한 비교, 심도 있는 분석을 할 수 있는 여건과 시각을 지녔다고 할 수 있다.

왜냐하면 중국 조선족의 터전인 만주벌은 북한-중국의 전통적인 우호관계에다 지난 1992년의 한-중 수교가 이루어지면서 '남북한 사람들이 공존할 수 있는 땅'이 되었고 중국이 사회주의 체제를 유지하면서 자본주의적 시장경제를 받아들이고 있는 점도 남한과 북한에 대한 이해를 높일 수 있는 요소라 할 수 있다. 그리고 과거 서구중심의 축이 점차 아시아, 특히 동북아로 옮겨오고 있다는 사실과 더불어 중국의 영향력이 증대하고 있고 중국 조선족은 민족문화에 대한 긍지와 자부심을 갖고 있고 원형의 민족적 정서와 문화를 잘 보존하고 있으며 해외동포 40%에 해당되는 중국 조선족은 하나의 거대한 집단으로서 남북한 간의 문화적인 이질성과 동질성을 쉽게 파악할 수 있는 지리적인 위치에서 그것을 감소시키고 회복할 수 있는 중립적인 역할이 가능하기 때문[1]이다.

이런 중국 조선족의 정체성으로부터 출발하여 남한과 북한, 그리고 중국 조선족이 발간한 한국 현대문학사의 시대구분을 고찰하고 공시적으로 비교연구 검토하고자 한다.

왜냐하면 문학사의 시대구분은 하나의 순서개념에 다름 아니지만 문학사를 쓰고 한다는 것 자체가 문학사의 시대구분이라고 할 정도로 중요한 과제가 되고 있다. 시대구분은 "문학사 기술에서 단지 서술의 편의를 위해서만 필요한 것이 아니고 문학사의 실상을 가장 분명하게 요약해서 나타내는 것이기에 시대구분은 문학을 보는 기본적 관점인 동시에 한 시기 문학 이념의 본질을 추출해내는 작업이며 따라서 시대구분은 모든 역사서술의 출발이자 결론"[2]이라고 할 수 있으며 "문학이 우리 문화 전체에서 어떤 위치와 구실을 구현했던가를 역사적인 맥락에서 살피는 데 있어서도 핵심적인 의의를 가지기"[3] 때문이다.

비교를 통해 거기에서 드러나는 분단의식을 살펴보고 그 지양의 가능성을 밝혀보며 해방 이후 분단시대의 문학을 다룬 남한과 북한

---

1) 엄정자, 「통일 지향적 요소」, 『그곳이 알고 싶다……』, 비손애드컴, 2003.9, 167쪽.

2) 조동일, 『문학연구방법』, 지식산업사, 1980, 239쪽.

3) 조동일, 「한국문학사의 시기구분방법」, 『문학연구방법』, 지식산업사, 1980, 76쪽.

이 지니고 있는 일면성과 편향성을 극복하고, 민족문학사에 대한 인식의 영역을 확장하며 새로운 통일시대의 문학사를 준비하는 데 있어 가장 기초적인 작업이 되고자 약간의 견해들을 피력해보려 한다.

2) 기존연구사 검토

시대구분에 대한 중요성은 오래전부터 인식되었고 그간의 연구도 지속적으로 되어왔다. 그러나 남북한의 시대구분을 공시적으로 비교 연구한 학위논문이나 저서는 별로 많지 않는 반면에 김채수, 조동일, 조재훈, 조석래, 황정산, 이태극, 홍기삼, 김학동 등 시대구분에 대해 시사한 연구4)들이 있다.

김채수의 『문학사의 시대구분 기준론』은 단행본으로서 거시적 안목에서 동서양의 문학사 기술의 성립과 전개양상, 동아시아 한국, 중국, 일본의 시대개념과 시대적 기점, 시대구분을 비교하면서 문학사 기술은 서로 간의 접촉과 내발을 통해 전개되어 나온 인간문화의 변천과정을 토대로 해서 이루어져야 시대구분의 기준을 창안해내는

---

4) 주요한 논문은 다음과 같은 것들이 있다.

김채수, 『영향과 내발-문학사의 시대구분 기준론』, 태진출판사, 1994.

조동일, 「한국문학사의 시대구분」, 『한국음악사학보』, 한국음악사학회, 2000.6.

조재훈, 「초창기 한국문학사의 시대구분문제-안자산 저, 『조선문학사』의 경우」, 『인문사회과학연구』13, 1998.12.

조석래, 「국문학사 시대구분의 방향」, 『논문집』28, 진주교육대학교, 1984.11.

이태극, 「한국문학사의 시대구분에 대한 일시안」, 『한국문화연구원논총』10, 이화여자대학교, 1967.9.

홍기삼, 「한국문학사 시대구분론」, 『한국문학연구』, 동국대학교 한국문학연구소, 1989.12.

황정산, 「남북문학사시대구분론: 해방 이후의 문학을 중심으로」, 『현대시학』, 현대시학사, 1989.2.

김석하, 「한국문학사시대구분추의」, 『동양학』, 단국대학교 동양학연구소, 1972.12.

송희복, 「문학사와 시대구분」, 『동악어문논집』, 동악어문학회, 1991.11.

김학동, 「서술방법의 실증적 접근: 문학의 기준에 의해서 확립된 시대구분법의 중요성 인식, 한국근대문학사 서술방법상 문제점」, 『서강』4, 서강대학교, 1973.12.

신승희, 「한국문학사의 서술대상과 시대구분에 대한 비판적 고찰」, 『어문연구』, 한국어문교육연구회, 1992.9.

데 최대의 관건이 될 것이라고 했다. 황정산은 해방 이후의 북한문학사의 시대구분은 북한사회의 발전과정과 긴밀한 연관을 맺고 있고 남한은 10년 단위의 시대구분이 특징적이라 했다. 조동일은 언어사용, 문학 갈래, 사상, 문학 담당층의 교체를 하나씩 밝히고 서로 연관 지어 문학사의 시대구분을 밝히는 것이 최상의 방법이라 하였다. 이제는 자국문학사에서 문명권 전체로, 문명권문학사에서 세계문학사로 관심을 확대하면서 진정으로 보편적인 원리를 발견해 학문을 혁신할 때라 하였다. 송희복은 문학사의 체계적인 이해의 틀인 시대구분은 이룩된 매듭을 짓고 토막을 나누는 것이어서 매우 지난의 과제에 속하였기에 창의적인 모델의 계발로 작가중심 구분의 대안이나 언어조건에서 답을 찾아야 한다고 하면서 남북한 및 여러 교민사회의 문학을 결집해야 한다는 역사적 당위와 문학사 기술의 통합적 전망을 고려할 때 문학사 시대구분의 언어형식모형은 오늘날 절실히 요청되는 현대적인 가치개념이 될 것이라 지적하였다. 조재훈은 안자산의 『조선문학사』의 시대구분이 초창기 국학자의 계몽성이라는 한계를 벗어나지 못한 점, 정치사의 시대구분이 식민지사관을 극복하지 못한 점을 지적하였다. 홍기삼은 시대구분의 양상과 근대성에 대해 논의를 전개했다. 이태극은 종래의 외국문학사와 한국문학사의 시대구분을 검토하고 문화사적인, 예술사적인, 정치사적인, 사회사적인, 생활사적인 대내외의 연관성들을 참작하여 새로운 두 갈래의 시대구분을 시도하였다. 조석래는 국문학사 시대구분을 유형별로 고찰하고 문제점들로 근대의 기점문제, 국문학의 범위와 갈래문제 역사일반과 문학 자체문제 등을 하나하나 지적하고 있다. 안봄의 논문[5]은 종래의 시대와 사회라는 역사의 창통하에 문학평가가 이루어진 방법

---

5) 안봄, 「한국문학사 시대구분 논개」, 조선대학교 석사학위논문, 1994.

론에 맞서 그 반대로 문학을 통한 시대와 사회를 구분하였다. 우선 그는 기존의 6가지 시대구분-왕조변동에 따른 것, 왕조변동에다 문학적, 역사적 사건을 첨부한 구분, 사회발전 단계에 따른 구분, 왕조변동을 참작한 문학중심의 시대구분, 문학중심 구분, 종교, 사상에 따르거나 문화사적 측면에서 분류한 것 등의 문제점과 한계를 제시하면서 새로운 방안의 모색으로 새로운 시대구분을 검토하였다. 시대구분에서 문학이 지니는 문학적 내용과 주제, 성격을 중심으로 각 시대마다 독특한 문학사를 정립하고 이에 연대기적 서술법을 가미하였다. 시대구분명은 ① 고대 원형문학시대, ② 중세 분화문학시대, ③ 중세 이념문학시대, ④ 근세 실존문학시대, ⑤ 근대 갈등문학시대, ⑥ 현대 자유문학시대 등 6단계로 나누어 고대로부터 현대에 이르기까지 전반 문학사를 다루었는데 현상적인 면이 짙어 자의적인 느낌을 준다. 최병해의 논문6)은 현대문학사에서 1950년 한국전쟁이 문학사의 시대구분의 기점으로 인식되어 온 점과 동시에 이것이 분단문학의 기점으로 인식되어 온 점에 이의를 제기하면서 1948년 단독정부 수립을 전후한 시기가 현대문학사의 시기 구분의 한 기점이 되며 이것이 분단문학의 기점이 됨을 밝히는 데 목적을 두었다. 1945년 해방~1950년대까지의 남한의 문학을 연구범위로 다루었는데 단편적인 논의에 그치고 말았다.

위의 논문들은 서술방법상 비교적 전면적이고 세밀하며 이론성이 강한 언어로 서술되었고 문제 제기가 예리하다. 하지만 어떻게 실제로 서술되느냐가 관건인데 몇몇 업적만이 구체적 문학사가 기술되었다. 이에 대해서는 뒤에 검토하기로 한다.

---

6) 최병해, 「현대문학사의 시대구분에 관한 연구-분단문학의 기점과 관련하여」, 영남대학교 석사학위논문, 1995.

이미 발표한 논문들은 대부분 남한연구자들로서 남한문학사를 다루었고 또한 북한문학사를 다루었다 할지라도 이데올로기의 영향하에 다각적 시각, 객관적 시각을 갖추지 못한 원초적 제한성으로 전면적으로 다루지 못하고 부분적 논의만 전개한 일면성과 편협성이 있는 한계를 갖고 있다. 그만큼 남북한 문학사의 시대구분비교는 연구가 시작된 지 얼마 되지 않고 연구한 것도 많지 않은 앞으로 해야 할 일들이 많이 남아 있고 장기적으로 해나가야 할 역사적, 학문적 과제이기도 하다.

3) 연구 방법

본고는 남북한의 분단을 인식하고 문학사의 시대구분을 통해 분단적 불구성을 진단, 치유하고 극복하며 이데올로기의 건강성을 가늠한 세워보는 작업의 하나로 간주하고 시작한다.

일제강점기를 지나 광복 후 오늘에 이르기까지 수많은 문학사가 서술되었지만 한국문학사 시대구분론에 대한 연구는 일천한 상태이다. 그동안 다양하게 논의되지 못했던 이유는 일제강점기와 분단 이데올로기 속에서 이에 대해 연구하는 것 자체가 경계되고 억압되었기 때문이다. 일제강점기의 한국 사학은 실증주의적 방법과 문헌고증을 위주로 역사를 인식하면서 일제 식민사학의 논리에 함몰되었다. 분단 이데올로기 속에서는 편파, 왜곡, 축소되는 기형성을 면할 수 없었기 때문이다.

남한문학사는 대체로 왕조의 교체나 서구식 삼분법 혹은 생물학적 진화론 등에 의거하여 일관성이 결여되었다든가 이식문화론에 기운 이원론적 오류 내지는 서양 문예사조 수용을 척도로 삼는 등 시대구분상의 난점을 보이고 있어 한국문학의 전통과 그 계승의 주체적인 참모습을 입체적으로 드러내지 못하고 있는 실정이다. 다행히 조동일의『한국문학통사』(1～5)가 완간되어 방법론적 반성을 충분히 거친 입체 기하학적인 문학사가 출현하게 된 것은 문제 해결에 다가선 긍정적 조짐으로 보인다.

북한문학사는 문학 자체 내의 변화모습이 없이 다만 김일성주의의 확립과정과 정책의 변화과정에 따라 시기 구분되었기에 이념과 정치를 위한 수단에 불과하였다.

1922년 국학자 안확에 의해 근대적인 한국 최초의 문학사가 기술된 이래, 남한에서는 조윤제의『한국현대문학사』를 최초로 수십여 종, 북한에서는 십여 종으로 그 외 해외의 것까지 합하여 약 40여 종7)으로 짐작되는 한국문학사 중 남북한과 중국 조선족의 대표적인

7) 20세기 전반
(1) 안확,『조선문학사』, 1922.
(2) 권상로,『조선문학사』, 연대 미상.『조선문학사』, 1947.
 20세기 후반, 1970년대까지
(3) 이명선,『조선문학사』, 1948.
(4) 김사엽,『조선문학사』, 1948.『개고국문학사』, 1954.
(5) 조윤제,『국문학사』, 1949.『한국문학사』, 1963.
(6) 안함광,『조선문학사』(1900～), 1956.
(7) 김하명,『조선문학사』(15～19세기), 1958.
(8) 이병기·백철,『국문학전사』, 1957.
(9) 윤세평,『해방전조선문학』, 1958.
(10) 문학연구실,『조선문학통사』(2), 1959.
(11) 박영희,『현대한국문학사』, 1958～1959.
(12) 저자 미상,『조선문학사』, 1964.
(13) Andre EckardtGeschichtederRoreanischenLiteratur, (한국문학사), 1968.
(14) 김준영,『한국고전문학사』, 1971.
(15) 김윤식·김현,『한국문학사』, 1973.
(16) 여증동,『한국문학사』, 1973.『한국문학역사』, 1974.『배달문학통사』, 1990～?, (4).
 (출간된 것은 2).
(17) 김동욱,『조선문학사』, 1974.『국문학사』, 1976.
(18) HistoyofKorean Literature, (한국문학사), 1980.
(19) 김석하,『한국문학사』, 1975.
(20) 장덕순,『한국문학사』, 1975.
(21) 전규태,『한국현대문학사』, 1976.
(22) 이재선,『한국현대소설사』, 1979.

문학사를 선택하여 시대구분의 비교를 진행한다.

본론에서는 우선 저술된 문학사들을 통합하여 시대구분의 근거로 되는 왕조교체과정, 이데올로기 변동, 구조적 변이 등의 측면으로 살펴본다. 남북에서 써온 문학사가 문학의 실상을 왜곡하고 그 저력과 발전을 논리화하는 데 역부족이었으므로 방향전환을 위한 공동의 노력으로 남북한 문학사를 합친 단일문학사가 쓰여야 한다. 기존의 서로 대등한 비중으로 합쳐온 단일문학사들의 시대구분들도 함께 살펴보도록 한다.

시대구분의 논의를 좁히면 가장 핵심적인 문제가 근현대의 기점 문제로 등장하는데 근대의 기점은 이미 논의가 많이 되어 있는 상황이다. 논쟁의 열기가 학문발전의 원동력이라고 현재 문학학계에서 논쟁의 열의가 되고 있는 논제-현대의 기점설에도 치중점을 두어 다루고자 한다. 현대문학의 기점설에 있어서 남한의 1924년 설, 1930년 설, 1945년 설; 북한의 1945년 설과 1926년 설; 그리고 중국 조

20세기 후반, 1980년대 이후
(23) 문학연구소·박종원·류만·최탁호·김하명·김영필, 『조선문학사』(1977~1981)(5).
(24) 김일성종합대학, 『조선문학사』, 1982, (2).
(25) 조동일, 『한국문학통사』, 1982~1988, (5).
(26) 예술원, 『한국문학사』, 1984.
(27) 변재수, 『조선문학사』, 1985.
(28) 허문섭, 『조선고전문학사』, 1985.
(29) 위욱승, 『조선문학사』, 1986.
(30) 정홍교·박종원·류만, 『조선문학개관』, 1986, (2).
(31) 박충록, 『조선문학간사』, 1987.
(32) 28인 공동 집필, 『한국현대문학사』, 1989.
(33) 김병민, 『조선문학사』, 1994.
(34) 김병민·허휘훈·최웅권·채미화, 『조선-한국현대문학사』, 2000.
(35) 권영민, 『한국현대문학사』(1945~1990), 1993. (1896~1945), 2002.
(36) 김윤식·정호웅 외, 『한국소설사』, 1993.
(37) 김윤식, 『한국현대문학사』(1945~1980).
(38) 김선학, 『한국현대문학사』, 2001.
(39) 박철희 외, 『한국현대문학사』, 2000.
(40) 윤병로, 『한국 근현대문학사』, 명문당, 2000.
(41) 신동욱·조남철, 『한국문학사』, 한국방송통신대학, 1992.
     이는 조동일의 『동아시아문학사』 중 「한국문학사」를 참조.

선족의 1926년 설과 1919년 설 등 엇갈린 기점설과 그 내면의 변화 및 근원을 파헤쳐본다. 그들의 동일점은 1945년이거나 거기에서 전환을 가져온다. 이는 역사적 시기 구분으로부터 문학적 시기 구분으로의 변화를 이야기해주고 있다.

이어서 종합논의로서 시대구분론이 갖는 중국 조선족 한국문학 교육적 의의와 금후 중국에서 한국 현대문학 교육을 어떻게 했으면 좋을지에 대해 논의해보겠다.

2. 문학사 시대구분론의 근거

문학사란 문학의 통시적 흐름에 체계와 방향을 부여하는 작업이라 할 때 각 시대 사이의 연관관계에 대한 해명은 시대구분의 문제에 귀결된다. 시대구분을 통해 문학사는 문학의 역사적 전개양상의 객관적 원리와 그 운동법칙을 밝힐 수 있다. 그 때문에 문학사를 쓴다는 자체가 결국 시대구분의 문제로 귀착할 만큼 시대구분은 문학사 기술의 방법적인 핵심으로 부각된다. 시대구분은 문학사 기술방법론의 핵심적인 문제이면서 동시에 방법론 이상의 역사적 해석과 전망에 관한 문제이다.

한 시대의 문학사 전개를 위한 명확한 시대구분은 어려운 일이다. 그럼에도 시대구분을 시도하는 것은 문학 속에 인간의 사상이 담겨 있고 이러한 사상은 각 시대에 따라 두드러진 경향을 지니고 있기에 시대구분을 함으로써 문학의 역사적 존재양태에 대한 인식과 이해를 도모하고 그 역사전개의 방향성까지 제시할 수 있기 때문이다.

남한문학사의 경우, 오랫동안 고전문학과 현대문학을 따로 구분하여 고전문학은 한문학을 위주로 하여 한글로 표기된 가사, 시조

등을 포함하고 현대문학은 일본을 거쳐 들어온 서구문학의 모방에서 시작된 작품발표로 구별했었다. 그러나 근래에 와서 오랫동안 이어 내려온 문학의 전통을 완전히 무시한 채 현대문학이 태어난 것이 아니라는 점에서 고전문학의 전통문제에서 크게 부각되었고 고전문학과 현대문학의 관련성은 문학사적인 측면에서의 고찰을 요구했다. 반면에 북한에서는 항상 고전문학과 현대문학이 따로 떨어짐이 없이 하나의 문학사로 함께 다루었다.

그동안 논의된 한국문학사 시대구분의 방법을 종합하여 크게 나누어보면 역사 일반의 방법과 문학 자체에 기준을 두는 방법, 이 두 가지를 종합하는 방법 등 세 가지로 나눌 수 있다. 작품에서 출발하는 갈래체계나 범위(영역), 작가, 독자, 문예사조, 표기수단 등을 기준으로 하는 것을 문학 자체의 기준으로 보고 왕조교체 등 사회구성체 변동에 따른 구분, 세기의 구분에 따른 기계적, 수학적 구분, 세계사 구분에 따른 구분 등 역사 일반의 방법이라 볼 수 있다. 문학사의 시대구분은 서술의 편의를 위한 것인가, 아니면 문학의 실상을 위한 것인가가 문제된다. 서술의 편의를 위한다면 역사 일반의 방법이라고 할 수 있는 왕조교체나, 세기, 세계사의 전개 등의 방법이 가능할 것이다. 그러나 역사도 경제사나 사상사, 문학사, 언어사 등 여러 가지 갈래가 복합적으로 다루어져 일반 역사가 되듯이 문학사도 어느 한 가지 측면으로 실상을 파악할 수 없는 것이기에 문학사를 이루는 여러 가지 요소를 포함할 수 있는 시대구분이 되어야 할 것이다.[8]

본고는 위의 방법론에 근거하여 왕조교체과정, 이데올로기의 변동, 구조적 변이 등 3가지 형태로 지금까지 남한과 북한, 중국 조선

---

8) 조석래, 「국문학사 시대구분의 방향」, 『논문집』, 진주교육대학원, 1984.12, 19쪽.

족에서 나온 한국문학사 시대구분의 비교검토를 통하여 문제점을 지적함으로써 현대문학사에 대한 통합문학사를 씀에서의 새로운 시대구분 창출을 위한 디딤돌로 삼아본다.

1) 왕조교체과정

왕조교체는 문학사에서 문학과의 큰 연관성이 없이 외부적 조건인 왕조변동과 역사교체, 사회발전단계에 따라 일반적인 사회정치적 관점으로 획분된 시대구분을 말한다. 다시 말하면 문학사 시대구분의 근거를 원시, 고대, 중세, 근대의 역사발전 순서와 삼국시대 문학, 고려시대 문학, 조선시대 문학으로 왕조교체에 둔 것을 말한다.

왕조교체에 따른 시대구분에는 김사엽,9) 김준영,10) 장덕순11) 등을 들 수 있는데 고대-삼국 건국-고려 건국-조선 건국-갑오경장의 순서로 새 시대의 출발을 잡고 있다.

김사엽의 『개고국문학사』는 '상고시대-삼국시대-고려시대-이조시대-현대문학'으로 시대구분이 되었는데 정치사적 방법에 준거를 둔 것으로 그 시대의 양식이나 문학적 성격은 무시되었다. 더 나아가 김준영의 『한국고전문학사』는 '삼국 이전-통일신라 이전-고려 건국-고려 인종-조선 건국'으로서 삼국시대를 삼국시대와 통일신라로 세분하고 이조를 전후반기로 나누어 시대를 구분하고 있다. 장덕순의 『한국문학사』는 왕조중심으로 구분하면서 구비문학, 고대가요 등 장르에 의한 구분을 겸하고 있어 한 단계 발전된 모습을 보여주고 있다.

왕조교체에 의한 시대구분론은 왕조의 교체에 따른 것이기에 시

---

9) 김사엽, 『개고국문학사』, 정음사, 1954.

10) 김준영, 『한국고전문학사』, 영설출판사, 1971.

11) 장덕순, 『한국문학사』, 동화문화사, 1982.

대경계를 분명히 해두는 데 번거롭지 않고 편리하기에 아직도 큰 권위를 누리고 있다. 하지만 이는 문학과 큰 연관성이 없기 때문에 설득력을 가지기 힘들고 왕조라는 시대적 한계성으로 두 가지 난점을 포괄하고 있다.

첫째로 왕조가 있을 때의 고전문학에서는 왕조교체론의 시대구분 적용이 가능했지만 왕조가 결속된 19세기 말로부터 일제강점기, 대한민국이라는 공화정정체로 바뀌었을 때는 적용이 어렵다. 왕조를 정치지배층의 변화로 인해 씨족의 교체가 아니라 그 시대를 다스리는 통치자가 어떻게 바뀌었는가에 따라 근대 이후의 문학을 봐도 왕조교체론을 적용하려면 이론수정이나 보완이 결정적으로 나서고 있다. 왕조교체론은 고전은 말할 수 있지만 그와 다른 근대와 현대의 문학변동을 포착하지 못하기에 근대와 현대는 구분하기 어렵다. 예를 들어 1948년 대한민국건립시기와 2000년 현재의 시기는 다 같은 대한민국시기임에도 불구하고 왕조교체의 방법으로 하나로 묶어 논할 수 없는 것은 불 보듯 뻔한 일인 것이다.

둘째로 한 시대에 두 개로 존재하는 왕조 차이를 제대로 설명하기 어렵다. 조선은 동일한 시대에 존재한 고구려, 신라, 백제를 포함한 삼국시대, 후삼국시대, 그리고 현재의 분단시대를 거쳤지만 왕조교체론설로는 그 차이점을 설명하기 어렵다. 고구려, 신라, 백제시기의 문학은 각자의 문학으로 논할 수 없으며 분단시대의 문학은 같은 시대임에도 불구하고 하나의 같은 문학으로 설명이 안 된다. 이러한 시대적 배경을 고려하지 않은 상태에서의 시대구분은 심각한 문제점을 가지게 되는 것이다. 물론 이후의 많은 문학사가들이 이를 보완하고 있으나 아직 명확한 답을 찾지 못하고 있다.

권영민은 문학사의 시대구분에서 "문제되고 있는 기준은 역사적 순서개념과 문학적 본질개념의 상대적인 조화를 의도할 수밖에 없기에 순서개념을 우선할 경우에는 문학적 사실의 연대기적 배열을 비연속성의 한계를 규정하기 어려운 국면에 봉착하므로 역사연구에서 시대구분의 상대적이면서도 절대적인 가치가 강조되고 있다"12)고 했다.

그는 한국문학이 근대적인 문학의 형태로 발전해온 것은 한 세기 정도 불과한 기간 동안 사회적 상황의 급격한 변화에 따라 다양한 전개양상을 보여 왔는데 그 역사적 과정을 대체로 세 단계로 구분하였다. 한국사회가 근대화의 과정에 들어서기 시작한 19세기 중반 이후부터 20세기 초까지의 개화 계몽시대 문학이 첫 단계이고 20세기 초반에서 중반에 이르는 일제 식민지시대의 문학이 둘째 단계이며 20세기 후반에 해당되는 해방 이후의 문학이 그 셋째 단계가 된다13)고 했다. 개화기 문학→식민지 문학→분단기 문학이라는 현대문학사 단계를 놓고 볼 때 문학의 본질적 요구보다는 역사적 조건이 그 기준이 된다는 점을 지적하였다. 세 번째 단계에 해당되는 그의 『한국현대문학사』(1945~1990)14)는 서설 "분단시대의 문학"에서 분단극복과 통일지향의 목표 아래 분단시대 문학사의 기술방법론을 나름대로 제시했는데 방법론적 차원에서 치밀하고 정치하다. 이것은 해방 이후 한국 문학사의 성과를 단적으로 보여주고 있다고 평가할 만하다.

---

12) 권영민, 『한국현대문학사』(1945~1990), 민음사, 1993, 23쪽.

13) 위의 책, 15쪽.

14) 권영민, 『한국현대문학사』(1945~1990), 민음사, 1993.
　　남한문학 ① 한국의 해방과 민족문학의 확립(해방~1950년대)
　　　　　　 ② 전후의 현실과 문학의 분열(1950년대 초기~1960년대 후반)
　　　　　　 ③ 산업화 과정과 문학의 사회적 확대(1970년대 이후 현재까지)
　　북한문학 ① 북한문학의 사회주의적 국가건설(해방~1950년대)
　　　　　　 ② 전후의 북한문학(1950년대)
　　　　　　 ③ 주체시대의 문학(1960년대·1970년대)
　　　　　　 ④ 80년대 북한문학(1980년대)

시대구분은 역사의 시대구분과 근본적으로 조응하면서도 상대적인 자율성을 가지고 있다고 인식한 그는 문학사는 분단시대라는 상황적 역사성과 문학정신의 지향성이라는 두 가지 측면의 변화과정을 시대구분의 기준[15]으로 나누었다. 문학사의 구성과 체계에서 보면 서술방법론에서 남한과 북한의 문학을 아우르는 통합적 개념으로 '문학정신'을 설정한 것과 달리 실제기술에서는 남한문학과 북한문학을 분리시켜 기술하였다. 남한의 경우, 10년 단위의 시대구분을 20년 단위로 넓혔을 뿐만 아니라 북한문학을 가장 적극적으로 수용한 문학사라는 측면에서 진전을 보여준다. 하지만 여기서 북한문학은 분단시대 문학의 통합적인 관점에서 포섭되기보다는 단지 부가적으로 서술되고 있기 때문에 분단시대 문학사 기술의 당위와 실천이 일치되지 못하기 때문에 시대구분도 남북한을 분리해서 설정하고 있다. 권영민 문학사에서 남한의 경우는 1945년을 분단시대의 시작으로 보고 분단문학의 등장은 한국전쟁 이후로 보아 분단시대 시작과 분단 문학의 시작이 다르다고 주장하고 있다. 1950년대와 1960년대가 묶어져 있고 북한의 경우는 1960년대와 1970년대가 묶어져 있다. 이는 6 · 25와 전쟁기 문학에 대한 남북한 문학의 태도의 차이를 반영한 것이라고 할 수 있다. 하지만 분단시대의 민족단위의 통합적 문학사를 구성하기 위해서는 남북한 문학사의 시대구분을 분리해서는 안 된다. 김병민의 『조선문학사』(근대, 현대)[16]와 김병민, 허휘훈, 최웅권, 채미화 공동 집필의 『조선-한국당대문학사』[17]는 근대(19세

---

15) 위의 책, 23쪽.
16) 김병민, 『조선문학사』(근대 · 현대 부분), 연변대학출판사, 1994.10.
　　① 19세기 말~20세기 초
　　② 1910년대 문학
　　③ 1920년대 전반기 문학
　　④ 1920년대 후반기~1930년대 전반기 문학(1926~1935)
　　⑤ 1930년대 후반기~1940년 전반기 문학(1936~1945)

기 말)-현대(1919)-당대(1945)로 한 연장선에서 볼 수 있다. 중국에서 남북한의 근대, 현대, 당대 문학사를 동시에 수용한 첫 저서로서 북한의 영향만 받던 중국에 남한문학을 소개하고 남북한 문학을 동시에 다루었다는 데서 커다란 의의를 가진다. 남한에서 남북한 통합 문학사의 당위성에 대하여 논의하고 시도하는 사이에 제3국인 중국 조선족이 질이 어떠냐를 떠나 일단은 먼저 출간한 셈이다. 『조선문학사』는 문학사기술에서 "역사주의 원칙에 입각하여 객관적 시각"으로 양쪽 문학을 "균형 있게 포괄"하였고 『조선-한국당대문학사』는 일련의 특수한 문예발전법칙을 구현하였다.

『조선문학사』는 머리말에서 밝힌 것처럼 "집필과정에서 문학발전의 역사적 진실성을 보여주면서 객관적이고 과학적인 가치판단을 주기에 노력하였다. 특히 근대, 현대 문학발전의 법칙과 특징, 사조 및 류파의 형성과 발전, 작가, 작품의 문학사적 성과와 위치, 문학 종류와 형식의 변모양상과 특징 등을 해명하는 데 주의력을 돌렸다."[18]고 하였다.

『조선-한국당대문학사』에서는 해방 후 조선-한국문학은 "20세기 조선민족문화발전에 중대한 기여를 하였으며 해방 후 조선-한국문학에 대한 정당한 리해는 문학연구가들과 문학도들의 절실한 과제이며 아울러 해방 후 조선-한국문학은 중국에서의 대학교과목으로 자리 굳힘 할 것이 시급히 요청되는 요구를 만족시키고저. …… 물론 집필 초기에 있어서는 해방 후 조선-한국문학을 하나의 정체로 보고

---

17) 김병민, 허휘훈, 최웅권, 채미화, 『조선-한국당대문학사』, 연변대학출판사, 2000.
　① 해방 직후의 문학(1945.8.15.~1950.6.25)
　② 1950년대의 문학
　③ 1960년대의 문학
　④ 1970년대의 문학
　⑤ 1980년대의 문학
18) 김병민, 『조선문학사』(근대·현대), 연변대학출판사, 1994, 1~2쪽.

민족문학의 정체성 탐구에 모를 박으려 하였으나 필자들의 수준제한으로 여의치 못했음은 유감으로 남는다"[19]고 했듯이 남한과 북한의 공통적 시점을 모색하기보다는 상이하게 전개되는 양쪽의 문학사적 변화를 중시하였다고 볼 수 있다.

시대구분은 10년 단위 연대기별로 하였고 매 시기를 『조선문학사』에서는 "문단상황과 문학발전특징"이라 하여 개괄하였고 『조선·한국당대문학사』에서는 "사회문화적 배경과 문학발전개관"이라고 이름을 붙여 한국과 조선을 아울러 소개하였다. 그리고 나서 『조선문학사』에서는 소설 창작, 시가 창작, 극문학, 문학비평 순으로 소개하였지만 『조선·한국당대문학사』에서도 각 시기마다 소설문학(1)(2), 시문학(1)(2)로 소설과 시의 내용은 많이 소개되었지만 대신 희곡문학은 해방 직후(1945~1950)와 1960년만을 다루었고 문학비평은 아예 언급조차 하지 않았다. 1919년을 현대문학의 기점으로 설정하면서 시대구분에는 그것이 체현되지 않았고 오히려 북한의 1926년이 그대로 고스란히 시대구분의 한 획으로 자리 잡았지만 그에 대한 설명은 없고 1926~1935년을 문학발전견지에서 이 시기를 카프문학시대라고 규정하였는데 또한 실제로는 카프는 1925년 8월에 조직되었다고 설명하였기에 1926년이 문제점으로 나서고 있다. 하지만 사장되었던 남한의 작가와 작품들을 전면적으로 개괄 소개하고 객관적 시각에서 가치판단을 하기 위해 노력한 점은 평가할 만하다.

---

19) 김병민, 허휘훈, 최웅권, 채미화, 『조선·한국당대문학사』, 연변대학출판사, 2000, 495쪽.

2) 이데올로기의 변동

이데올로기의 변동은 의식적으로 외부적 조건인 이념과 정치상황의 변천에 따라 나눈 시대구분으로서 문학의 상대적 자율성에 의해 설명하는 것이 아니라 국가사회 형태와 사회구성을 효과적으로 유지하기 위한 수단으로서 사상의식에 따르는 것을 말한다. 이는 한반도가 냉전 체제하에서의 정치적 요인으로 하여 대한민국과 조선민주주의인민공화국 두 개 나라로 동강 나면서 북반부 북한문학은 사회주의 현실을 토대로 해방 전 프롤레타리아 문학의 연장선에서 발전하고 남반부 남한문학은 자본주의 사회현실을 토대로 해방 전 민족주의 문학, 모더니즘문학의 연장선에서 발전하면서 집약적으로 나타난다. 특히 당 정책의 입장과 이념적 편향이 그대로 문학사에 관철되는 북한의 문학사가 전형적 예가 된다. 여기에는 사상의식에 따른 김윤식과 김현의 문학사도 들 수 있다.

『조선문학통사』[20]는 혁명적 문예전통으로 카프와 함께 항일혁명문학을 거론하기 시작한 시기의 문학사로 '마르크스-레닌주의 문예이론'에 입각해 기술되고 있다. 시대구분에 있어서 올바른 원칙에 입각해 제대로 쓴 문학사임을 자랑하고 "그 시대구분에 있어 일부 사료의 취급 및 문학현상들의 분석, 평가에 있어서 종래의 문학사적 저서들과 구별되는 자기 특성을 갖고 있다"고 자부했다. 시대구분은

---

20) 사회과학원 문학연구소, 『조선문학통사』(현대문학 편), 1959.
　　① 1900∼1919년의 문학(전기문학, 번역정치소설, 우화소설, 신소설)
　　② 1919∼1930년의 문학(프롤레타리아문학, 비판적 사실주의 문학)
　　③ 1930∼1945년의 문학(김일성 원수 항일무장투쟁과정에서의 혁명문학)
　　④ 해방 후 문학(1945.8∼1950.6)(평화적 건설시기의 문학)
　　⑤ 조국해방전쟁시기의 문학(1950.6∼1953.7), (영웅전투실기, 조선인민의 영웅적 애국주의, 원수들에 대한 증오, 소·중에 대한 인민적 혈연, 항일무장투쟁)
　　⑥ 전후시기의 문학(1953∼), (노동자의 사회주의적 생산, 농촌과 혁명적 낙관주의, 해방조국전쟁에 관한 주제, 역사소설, 풍자소설, 조국의 평화적 통일을 위한 남반부 인민들의 투쟁)

문학사 발전의 과정을 역사발전과 문학사의 발전법칙에 따라서 하고 있다고 하지만 각 세기에 따라 시기 구분했을 뿐 매 세기 문학의 기본성격 차이에 관한 아무런 언표도 앞세우지 않았고 매 시기문학을 시가, 산문이라는 이분법적 장르로 구분하여 서술하고 거기다 극문학을 하나 더 보태 고찰하거나 차례는 무엇을 어디서 다루었다고 알려주기만 하고 문학사의 전개에 대한 거시적 이해의 단서를 전혀 제공하지 않고 있다.

『조선문학사』(1977~1981)[21]는 모두 다섯 권이나 되어 문학사를 처음으로 자세하게 서술한 문학사[22]로서 1977년에 나오기 시작해서 1981년에 완간되었고 사회과학원 문학연구소에서 기획하고 집필하

---

21) 사회과학원 문학연구소, 『조선문학사』, 과학백과사전출판사, 1977~1978.
　　1권: 고대중세 편(문학연구소, 1977, 2)
　　　　① 원시문학
　　　　② 고대문학
　　　　③ 1~7세기 전반기 문학
　　　　④ 7세기 후반기~9세기 문학
　　　　⑤ 10~12세기 전반기 문학
　　　　⑥ 12세기 후반기~14세기 문학
　　　　⑦ 15~16세기 문학
　　　　⑧ 17세기 문학
　　　　⑨ 18~19세기 중엽의 문학
　　2권: 19세기 후반기~20세기 초의 문학
　　　　(박종원, 류만, 최탁호, 1980, 7)
　　　　1910~1925년의 문학(일제강점하의 불합리한 사회현실을 폭로 비판한 문학, 비판적 사실주의 경향의 문학, 진보적 낭만주의 문학)
　　3권: 1926~1945년의 문학
　　　　(김하명, 류만, 최탁호, 김영필, 1981, 12)
　　　　ⅰ) 김일성 지도 밑에 항일혁명투쟁과정에서 창조된 혁명적 문학예술
　　　　ⅱ) 항일혁명투쟁의 영향 밑에 발전한 진보적 문학
　　4권: 1945~1958년의 문학(문학연구소, 1978, 10)
　　5권: 1959~1975년의 문학(문학연구소, 1977, 12)
22) 1964년에 모두 16권이나 되는 문학사를 기획하고 1~7세기 전반은 신구현, 7세기 후반~9세기는 이응수, 10~13세기 한용옥, 14세기 한용옥, 15~16세기 최시락, 17~18세기 김하명, 19세기 초~1918년 안함광, 1930~1945년 방현승·연장열·안함광, 1945~1950년 현종호, 1951~1953년 연장열, 1953~1958년 엄호섭, 1958~1960년대 이상태가 분담 집필하기로 했는데 그 가운데 1~7세기 전반, 7~9세기, 17~18세기(2권), 19세기 초~1918, 1920년대만 출간되었다고 한다. 출간된 책마저 "내부자료"여서 중국의 연변대학에서도 입수되지 못하였다고 한다. 조동일, 『동아시아문학사』, 133쪽.

였으며 평양 과학백과사전출판사에서 내놓았다. 그런데 저자가 연구소라 한 것도 있고 개인이라 한 것도 있으며 출간 순서도 일정하지 않다. <고대중세 편>(1977.2), <1959~1975>(1977.12), <1945~1958>(1978.10) 순서로 출간이 되었고 저자가 문학연구소이다. 1980년대에 나온 <19세기 말~1925>(1980.7), <1926~1945> (1981.12)는 둘 다 저자가 밝혀져 있다. 19세기 말에서 1945년까지의 문학사 서술에 상당한 난점이 있었음을 짐작할 수 있다. 19세기 말로부터 1945년까지의 어려운 문제의 시기에 관해서는 연구소의 공적 견해 표명보다도 몇몇 저자의 공동 사견을 제시하였다. 편집 체제로 보면 전 5권 중 1권만 고전문학인 반면, 근대 이후의 문학, 즉 현대문학 부분은 4권이다. 이는 북한에서 현대문학이 고전문학에 비해 압도적으로 우세한 비중을 차지하고 있음을 말해주고 있다. 1950년대나 60년대의 문학사에서는 그 비중이 반반 정도로 있다가 주체문학의 확립 이후에는 현대문학이 절대적인 비중을 차지하게 되었다. 이런 점에서 볼 때 북한의 문학사는 과거보다도 현재성을 중요하게 고려하고 있음을 알 수 있다.

『조선문학개관』23)은 『조선문학사』의 <19세기 말~1925>, <1926~

---

23) 정홍교, 박종원, 류만, 『조선문학개관』(전 2권), 김일성종합대학출판사, 1982.
　　1권: ① 조선문학의 시초
　　　　② 1~7세기 전반기(삼국시기) 문학
　　　　③ 7세기 후반기~9세기(발해 및 후기신라시기) 문학
　　　　④ 10~14세기(고려시기) 문학
　　　　⑤ 15~16세기 문학
　　　　⑥ 17세기 문학
　　　　⑦ 18~19세기 중엽의 문학
　　2권: ⑧ 19세기 후반기~20세기 초 문학
　　　　⑨ 1910~1920년대 전반기 문학
　　　　⑩ 항일혁명투쟁시기 문학(1926.10~1945.8)
　　　　⑪ 평화적 건설시기 문학(1945.8~1950.6)
　　　　⑫ 위대한 조국해방 전쟁시기 문학(1950.6~1953.7)
　　　　⑬ 전후 복구건설과 사회주의 기초 건설을 위한 투쟁시기 문학(1953.7~1960)
　　　　⑭ 사회주의의 전면적 건설과 사회주의 완전 승리를 앞당기기 위한 투쟁시기 문학

1945>의 저자 박종원, 류만이 참여했으므로 스스로 수정해서 내놓은 것이라 볼 수 있다. 『조선문학개관』은 제1권의 <1920년대 비판적 사실주의 문학과 현진건, 나도향, 김소월의 창작>, 제2권의 <채만식, 심훈, 이효석과 그들의 창작세계>는 『조선문학사』에서 없던 새로 첨부한 내용이다. 현진건, 나도향, 채만식은 더 평가되었고 등장하지도 않았던 김소월,24) 심훈, 이효석 등에 대해서 어느 정도 관심을 보였다. 그러나 홍명희, 김유정, 염상섭 등을 외면하고 북쪽에서 숙청한 한설야, 이태준, 임화 등의 재등장을 허용하지 않는 편협성이 남아 있다. 자신들의 잣대로 긍정적으로 평가할 수 있는 작가라야 등장시킨다는 원칙을 계속 지키고 있다.

『조선문학사』와 『조선문학개관』은 『조선문학통사』의 '마르크스-레닌주의 문예이론'으로부터 항일혁명문학을 유일한 혁명전통으로 내세우는 주체사상기의 문학사로 '주체의 문예이론'에 입각해서 서술되는 전환을 보여주고 있다. 주체 문예이론은 사회주의 문학예술의 일반 원리와 창작방법, 그리고 당의 영도문제를 밝히고 있다. 문학사와 관련지어 볼 때 인민대중의 자주적인 사상의식을 위한 혁명투쟁을 구현하고 있는 작품들이 문학사의 중심에 놓여 있는데 역사의 주체는 인민대중이며 사회역사적 운동은 인민대중의 자주적, 창조적 운동이고 혁명투쟁에서 인민대중의 자주적인 사상이 결정적 역할을 한다는 주체사관에 따른 기술이다.25) 그래서 시대구분에서 큰 변

(1961~현재)
ⅰ) 사회주의의 전면적 건설을 다그치기 위한 투쟁시기 문학(1961~1966)
ⅱ) 당의 유일사상 체계를 더욱 철저히 세우며 사회주의의 완전승리, 온 사회의
　　주체사상화를 앞당기기 위한 투쟁시기(1967~현재)
24) 김소월은 그의 시가 지닌 애상적 특징으로 기계적으로 해석하여 가치 절하하는 경우가 많았다. 김정일이 김소월은 좋은 시인이 아니라고 하여 그에 대한 서술이 1960년대 후반부터 1980년대 초반까지는 문학사에 삭제되어 거론되지 않았다. 이는 사회학주의에 입각하여 문학을 기계적 혹은 도식적으로 해석하기 때문에 빚어낸 일이다.

화는 안보이지만 근본적 차이는 '혁명적 문예전통의 계승'에 있다.

북한에서 나온 문학사의 경우 문학사가 쓰일 당시의 당 정책의 입장과 이념적 지표가 문학사 기술에 선명하게 반영되어 있는 것이 특징적이다. 이것은 물론 문학창작과 문학비평 및 문학연구가 철저히 당 정책에 복속되어 있는 북한문학의 특수성 때문이다. 북한의 현대문학사 시대구분은 '인민의 자주성 실현'이라는 이념의 도식적인 적용에 의거하고 있다. 물론 이러한 시대구분은 문학사와 사회사 사이의 관계에 대한 적극적인 인식의 결과이다. 하지만 이것은 문학의 상대적 자율성의 영역을 인정하지 않고 있기 때문에 문학사 자체의 내적인 발전과정이 해명되지 못하고 있다. 그뿐만 아니라 이러한 시대구분은 문학사와 사회경제적 토대 사이의 관계에 대한 총체적인 인식의 측면에서도 미흡한 것이며 사회경제적 토대에 대한 면밀한 이해보다는 당의 지배이념의 변화가 중요한 준거가 되고 있기 때문이다. 여기에서 문학현상은 당대의 사회경제적 토대가 반영된 것이라기보다는 경직된 이데올로기의 반영으로 편협한 정치적 시각을 보이고 있다. 즉, 북한문학사는 "엄격한 통제의 국책사업의 하나로 기술됨으로써 문학사가의 창조역량을 무시한다. 그것이 창조적 개인의 저술에 의존치 않고 당의 강령이나 지침에 의한 정책적 소산물이라는 점에서 개성적 취향과 기질이 최대치로 반영되는 남한문학사와 근본적이 차이"[26]를 드러낸다.

북한의 문학사는 1960년대 초반까지 사회주의 예술미학의 확립을 목표로 하고 중반을 지나면서 서서히 유일사상에 입각한 새로운 방향전환을 하는 당의 문예정책을 그대로 반영하여 문학사관도 마르

---

25) 최웅 외, 「남북한 문학사 서술비교 연구」, 『인문학연구』31, 강원대학교, 1993, 5쪽.
26) 송희복, 「남북한 문학사 서술비교 연구」, 『동원논집』, 동국대학교, 1989, 45쪽.

크스, 레닌주의에서 김일성주의로, 유물론적 역사주의에서 민족주의적 주체사관으로 이행해가는 파행성을 드러내고 있다.

김윤식, 김현의 『한국문학사』27)는 한국의 문학사서술이 교재용으로 고착되어 혁신이 필요할 때 출간되어 신선한 충격을 주었고 한국문학사 연구에 하나의 커다란 획을 그었다. 이 문학사의 서론에 해당되는 '방법론 비판'의 제1절 시대구분론에서는 "문학사는 실체가 아니라 형태이다"라는 것과 "한국문학은 주변문학을 벗어나야 한다"라는 것이 시대구분의 전제가 되었다. "문학사는 역사와는 엄연히 다른 차원에서 서술되어야 한다"라고 주장하면서 사실을 떠난 해석을 끌어들이고 "한국문학은 나름대로의 신성한 것을 찾아야 한다"라는 명제를 내세웠다. 역사주의의 한계를 지적한 두 논자는 문학적 집적물이 문학적 실체가 아니라 관계를 이루려는 기호로서 부분과 부분의 관계를 통해 일종의 의미망을 형성하는데 이 의미망을 통해 문학사가 성립된다고 보았다. 그리고 서구라파라는 변수를 한국문학에 강력한 영향을 준 것으로 이해해야지 그것을 한국문학의 내용으로 이해해서는 안 된다고 말하면서 근대문학이 전통과 단절된 채 서구문학의 이식으로 이루어졌다는 잘못된 견해를 힘써 비판하고 대안을 제시하는 것을 문학사 서술의 긴요한 과제로 삼았다. 그러기 위해서는 임화에서 백철로 이어지는 갑오경장설을 비판하면서 근대문학의 기점을 올려 잡아 영·정조시대라고 설정하였다. 이조사회

---

27) 김윤식·김현, 『한국문학사』, 민음사, 1973.
　① 근대의식의 성장(1780~1880년에 이르는 영·정조시대)
　② 계몽주의와 민족주의의 시대(1880~1919년에 이르는 개항에서 3·1운동에 이르는 시대)-일본과 서구라는 변수가 새로이 강력한 영향을 미쳐 개화파의 계몽주의와 척사파의 민족주의가 한꺼번에 노출된 시대
　③ 개인과 민족의 발견 (1919~1945년에 이르는 3·1운동 이후에서부터 해방까지의 시대)-민족주의가 점차로 체계적으로 이론화되고 한국어에 대한 자각이 두드러지게 행해진 시대
　④ 민족의 재편성과 국가의 발견(1945~1960년의 해방 후에서 4·19에 이르는 시대)

의 구조적 모순을 문자로 표현하고 그것을 극복하려 한 체계적인 노력의 싹을 보인 영·정조시대를 근대문학의 시작으로 본 것이다.

이제까지의 시대구분에 대해 새로운 관점을 지니는바 문학사를 고전과 현대로서 문학사를 다루던 이원론적 관례를 청산하고 서두에서부터 서술하는 관습에서 벗어나 근대의식의 성장에 따라서 문학사의 시대구분을 하였다. 영·정조 시대부터 4·19까지의 문학사를 써서 그 주장을 이론과 실증 양면에서 입증하고자 하였다. 그렇게 해서 근대문학의 형성을 둘러싸고 벌어진 논란에 설득력 있는 해답을 제시하려 하였다. 시, 소설, 희곡, 평론의 4분법에 구애받지 않고 "한국 내에서 생활하고 사고하면서 언어로 표현된 모든 글이 한국문학의 내용을 이룬다"면서 과거의 문학사에서 도외시되었던 자료를 폭넓게 수용하였다. 이러한 서술태도는 "한국문학은 문학이면서 동시에 철학"이라 하여 문학의 외연적 범주를 넓힌 데 기인한 것이기도 하다. 기존의 한국문학사가 앞 시기에 쓰인 문학사에 대한 냉엄한 비판적 성찰이 부재한 상태에서 쓰였다면 이 문학사는 과거 문학사의 한계인 서구화 논리를 근본적으로 문제 삼는 진지한 성찰과 날카로운 시각을 겸비하고 있다.

3) 구조적 변이

구조적 변이는 종래의 왕조교체나 이데올로기의 변동에 의한 시대구분에서 벗어나 구조적인 변화를 거쳐 문학사를 시간, 담당층, 갈래 등 다방면으로 고려하여 시기 구분하는 것을 말한다. 다섯 권으로 남한에서 규모가 가장 방대한 조동일의『한국문학통사』가 여기에 속한다.

조동일은 단순하고 명료한 작업에서 출발해서 문학의 시대적인 변천을 다면적으로 총괄적으로 파악하는 기준을 마련하는 데 입각하여 문학사에서 시작해서 역사를 총체적으로 이해하는 데까지 이르는 시대구분에 기여할 수 있게 하려고 했다.[28] 이후의 과제는 한국문학사에서 시작해서 세계문학사를 총괄하는 데까지 이르는 시대구분을 제시하였다.[29] 재래의 시대구분과 다르게 구분하고 있는 그 시대구분을 살펴보면 다음과 같다.

〈표 1〉 조동일, 『한국문학통사』, 지식산업사, 1982~1988

1권	첫째 시대	원시문학	구비문학만의 시대
	둘째 시대	고대문학	건국신화시대
	셋째 시대	중세 전기 문학	
		제1기(삼국, 남북국시대)	사뇌가시대
		제2기(고려 전기)	사뇌가시대
2권	넷째 시대	중세 후기 문학	
		제1기(고려 후기)	경기체가와 시조시대
		제2기(조선 전기)	경기체가와 시조시대
3권	다섯째 시대	중세 후기 문학에서 근대문학으로의 이행기	
		제1기(조선 후기, 홍길동전 이후)	소설시대
4권		제2기(1860~1918)	소설시대
5권	여섯째 시대	근대문학(1919~1945)	서정시, 소설, 희곡시대

문학사의 시대는 고대-중세-근대의 논의를 서구식 삼분법으로만 보지 말고 세계사적 보편성으로 확대시켜 보자는 제안하에 첫째, 둘

---

28) 조동일, 「한국문학사의 시대구분」, 『한국음악사학보』24, 한국음악사학회, 2000, 11쪽.

29) 문학사의 시대구분은 민족문학과 문명권문학, 중심부의 문학과 주변부의 문학, 외면의 역사와 내면의 역사, 역사의 발전과 순환의 상관관계를 명시하면서 이루어져야 한다. 그 양상이 민족문학사마다, 문명권문학사마다 다르다는 것을 말해주는 개별 작업보다는, 민족문학사끼리, 문명권문학사끼리 같다는 것을 말하는 통괄작업이 지금은 더욱 긴요하다. 통괄작업을 먼저 진행하면서 그것을 매개로 해 개별 작업에도 힘쓰는 것이 마땅한 방법이다. 조동일, 『세계문학사의 전개』, 지식산업사, 2002, 20쪽.

째, 셋째 등으로 순서를 정해주고 원시, 고대, 중세 전기, 중세 후기, 중세에서 근대로의 이행기, 근대로 구분하였으며 각 시대의 특징과 문학이 시작된 기점을 분명하게 드러내었다.

고대문학은 단군신화로 기록되어 있는 고조선의 건국서사시가 이루어진 시기에 시작하고 중세문학은 414년에 세운 광개토대왕능비에서 시작되고 중세후기문학은 13세기 초에 이규보가 활동하고 경기체가가 등장하자 시작된다. "고대중세 편"은 3권의 책으로 나누어져 있다. 중세에서 근대로의 이행기문학은 두 시기로 나누는데 두 번째 시기는 제4권으로서 1860년 최제우가 『용담유사』의 가사를 창작하자 시작되었다고 보았다. 그리고 그해에는 동학이 성립되고 동학가사가 이루어졌기에 시대전환의 징표로 삼았다. 근대문학은 1919년으로 보았는데 근대에 대한 개념이 확고히 서 있다.

> 근대문학은 중세의 유산인 문명권 전체의 문어를 폐기하고 각자의 민족어만 사용하여 언문일치를 이룬 문학이며, 갈래 체계를 서정시, 소설, 희곡으로만 잡고 시민의 관심사인 현실생활이 충실하게 나타나며, 인쇄된 상품으로 유통되는 작품을 내놓았다는 점에서 중세문학은 물론 중세문학에서 근대문학으로서의 이행기와도 구별된다.30)

근대문학의 성장과 확립의 과정에서 19세기 문학에 관한 논리는 기존의 어느 문학사보다 객관성이 높은 책이 되고 있다.

그의 문학사는 문예사의 자료범위를 확장하여 소박한 구비문학의 전통에서부터 한문문학과 한글문학을 통합하여 다룸으로써 기록문학사 중심이 아닌 말로 이룩된 문학을 모두 수용한 문학사를 최초로

---

30) 조동일, 『한국문학통사』, 지식산업사, 1982, 28~47쪽.

저술하였다. 특히 구비문학의 창조적 전통과 기록문학과의 밀접한 관계를 적절히 기술하여 설득력 있는 책이 되었다. 또 개별적 작품들의 미적 가치와 역사, 사회적 규범의 문제가 밀도 있게 통합적으로 해명된 점도 이 책이 지닌 좋은 점이다.

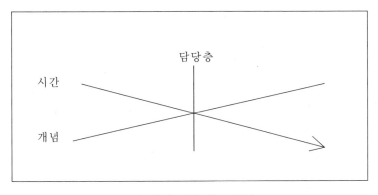

〈그림 1〉 시간, 개념, 담당층

시대구분에 있어서 문학을 문학행위라는 관점에서 파악하고 문학과 사상, 문학과 사회를 함께 이해할 수 있는 통괄작업으로 시간, 담당층, 갈래의 세 가지 측으로 한 입체로 생각해보자는 제안에 기초해 있는 것이 특징이다.

시간은 하나의 흐름만을 가지므로 직선 방향을 갖는다. 담당층은 상하의 방향을 갖는 수직선상에 배열한다. 그러나 개념의 축에서 0, 1, 2, ∞은 똑같이 중요한 개념이므로 개념이 다른 쪽보다 우월하다든가 어떠하다든가 하는 방향을 설정할 수 없다. 요컨대 시간의 흐름과 담당층의 고하와는 달리 개념의 축은 상하나 변화를 고려할 수 없는 고정된 요소이다.[31]

31) 김성룡, 「문학사와 철학사의 통합전망에 대하여」, 『한국문학논총』25, 한국문학회, 1999.12, 127쪽.

문학의 갈래 또 갈래체계는 문학 담당층이 공동으로 이룩한 창작의 영역이며 문학 담당층의 전반적인 교체에 따라서 모습을 달리하게 된다. 두드러진 구실을 하는 문학 갈래가 시대에 따라 달라져, 원시사회는 정립이 확인되지 않고 고대는 서사시의 시대이고 중세 전기는 서정시의 시대이고 중세 후기는 서정시와 교술시가 공존하는 시기이며 중세에서 근대로의 이행기는 시가와 산문, 양면에서 서정, 교술, 서사, 희곡이, 근대에는 그 가운데 교술은 빠지고 서정, 서사, 희곡이 공존하는 시대32)이다.

담당층의 작품들을 시대순서로 나열해놓고 서로 이질적인 요소들을 구획시키면 시대구분이 되는 것인데 이 이질적인 요소를 이루고 있는 것이 갈래와 창작 담당층이다. 이것은 매우 현실적이고 실제적인 효과를 얻을 수 있는 방법론이다. 언어와 문자에서의 변화를 먼저 살피고 문학 갈래가 달라진 것을 확인해 문학 담당층의 교체와 함께 논하고 사회경제구조의 변화와 연관시켰다. 문학 갈래의 재편성과 문학 담당층의 교체 사이의 관계를 문학사의 전 기간에 걸쳐 어느 정도 분명하게 해명하고자 하여 국문학의 다면적인 총체성을 인식하는 데 진전을 이룩하였다.

3. 현대문학의 기점 비교

봉건사회가 무너지고 자본주의사회가 성립된 후 자본주의 특징 가운데서 가장 두드러진 초기의 자유방임주의를 포기하고 국가의 간섭과 통제를 통해서 계획경제 체제로 나아가려 한다는 점과 경제발전의 혜택이 소수 자본가 계급에서 독점되는 것을 막고 사회 구성원 전

---

32) 조동일, 「한국문학사의 시대구분」, 『한국음악사학보』24, 한국음악사학회, 2000.6, 15쪽.

체에 배분되게 하려는 소위 복지국가 개념이 확립되었다는 점 등 자본주의가 새롭게 전환된 20세기 이후를 현대라고 한다.

서구문학은 사회사와 긴밀히 연계되어 자본주의의 성립과 변화에 따라 근대와 현대의 두 시기를 설정하였는데 근대는 대체로 넓은 의미에서 14, 15세기를, 좁은 의미에서는 18세기 중엽으로부터 시작된 것이고, 현대는 1910~1920년에서 시작되었다고 보았다. 서구의 현대문학은 모더니즘이 대변하는바 이는 20세기 자본주의사회의 문학적 반영이다. 영미문학에서는 현대를 모더니즘(그중 이미지즘)이 시작되는 1900년대, 불문학에서는 제1차 세계대전 직후 다다이즘과 쉬르레알리슴이 고조된 1920년대 이후로 잡는 것이 일반적이다.[33] 이는 루카치가 모더니즘을 자본주의사회의 분열된 인간상이 표현된 예술형식으로 보는 견해(모더니즘의 이념) 등이 그 적절한 예이다.

자주적 근대화 조건의 결여로 타력에 의해 자본주의에 들어서서 성장하고 변화되어 온 한국 문학에서 현대문학의 기점은 어떻게 설정되었는지 구체적인 논의를 위해서 본고는 이미 발간된 기존의 남북한, 중국 조선족 현대문학사에 나타난 기점설을 검토하고자 한다. 이러한 비판적 검토를 통해 현대문학 기점의 거리를 상호 비교하고 아울러 그 근원을 파헤쳐보며 통합적 기점론의 가능성을 타진해보려 한다.

1) 남한의 현대문학 기점

백철의 『조선신문학사조사: 근대 편』(1948)과 『조선신문학사조사: 현대 편』(1949)은 한국 현대문학사를 하나의 통사체계로 완결한 최

---

33) 오세영, 「근대시, 현대시의 개념과 기점」, 『한국현대시사의 쟁점』, 시와 시학사, 1991, 32쪽.

초의 업적으로 본격적 현대문학 연구의 개척자인 임화가 월북하면서 그의 업적34)도 함께 망각된 남한에서 오랫동안 독보적 지위를 누려왔다. 그는 문학사에 대해 작품사적인 방법 대신 사조사적인 접근을 하였는데 "문학작품에 있어서 사상적인 것이 그것을 이해하게 하는 원동력이 되듯 문학사를 쓰는 데 있어서도 사조적인 것이 문학운동의 기본세력이 될 수 있으며 따라서 문학사적인 방법론이 될 수 있기 때문"이라고 밝혔다. 그리고 사조를 근거로 의식적으로 근대와 현대를 구분하였다는 데 의의가 있다.

> 불행히 조선은 그 구라파적인 근대와 보조를 맞추지 못하고 정체된 후진국이었기에 20세기를 잡아들면서 근대적인 것이 시작되었고…… 질적으로 근대과정의 성장을 한 여부는 별문제로 하고 형식상으로 하여튼 조선문학은 신경향파 이후의 문학운동을 가지고 20세기적인 현대과정에 잡아들었다.35) 1924, 25년경부터 약 10여 년간에 걸쳐 한국 현대문학의 패를 주어온 프로문학운동은 카프검거사건으로 형식상으로 퇴각되고 만 것이다.36)

근대와 현대에 대해 치밀한 논리로 전개한 것은 아니지만 1924년 신경향파의 등장 이후를 현대문학으로 파악함으로써 근대-부르주아 문학/현대-프로문학이란 진보적 관점을 견지하고 현대문학의 성격을 프롤레타리아 문학으로 규정하였다. 왜냐하면 한국은 항상 근대적 그 모든 문학사상을 직접 수입하지 못하고 간접적으로밖에 받아들이지 못하였기에37) 정치의식과 계급의식을 갖고 정치를 위한 무기

---

34) 한국문학사에서 고전문학과 현대문학을 전통적으로 연결해야 한다는 의식은 일찍이 임화의 방법론에서 신문학사의 전제조건으로 약간의 언급이 있었다.

35) 백철, 『조선문학신문학사조사』, 신구문화사, 1982, 411~412쪽.

36) 위의 책, 414쪽.

가 되고 방편이 되는 프로문학운동이 한국의 신문학이 되고 현대문학이 된다는 것이다. 백철은 유물변증법적 세계관으로 KAPF에 주도되는 프로문학에 대해 중심을 둠으로써 해방 이후 자칫 이데올로기에 의해 의도적으로 연구대상에서 제외될 위기를 모면케 하는 중요한 역할을 하였다. 더욱이 이는 문학사뿐만 아니라 『한국근대문예비평사 연구』와 같은 비평사의 기술에도 영향을 끼쳤다고 할 수 있다. 하지만 현대문학 전체 흐름 속에서 편향을 넘어서서 문학을 내다보는 전면성이 결여한 한계를 갖고 있다.

조연현의 『한국현대문학사』는 1955년 6월부터 1956년까지 『현대문학』지에 연재하여 이듬해에 책으로 출판되었다. 그는 현대를 제1차 세계대전 이후라 생각하는 일반적 통념에 의하면 1920년대 이후가 시간적으로 현대에 속한다고 보는 견해와 1930년대부터 근대문학과 분명히 그 성격이 다른 현대문학이 우리 문단에 나타났다고 보는 견해에 따라 현대문학을 1930년대 초부터 출발시키고 있다. 순수문학을 현대문학 성격의 중심으로 설정하여 해방 이후 순수문학의 정통성을 문학사를 통해 규명하고자 하였다. 『시문학』지(1930년 창간), 구인회(1933년 조직), 『시인 부락』지(1936년 창간) 등을 순수문학 형성과정의 거점들로 지적하고 있다. 이 밖에 1926년에 일본 동경에서 조직된 해외문학연구회 회원들이 귀국하여 30년대 초에 문단에서 세력을 형성한 이른바 해외 문학파도 이 계열에 추가시켰다. 이렇게 본다면 1920년 후반에 활약한 사회주의적 경향파 문학을 제외한 전부를 순수문학의 테두리 안에 넣는 관점이 된다. 이대로라면 세계문학 안의 러시아를 중심으로 한 사회주의 리얼리즘 문학을 제외한 모

---

37) 이는 서구화의 이식사관을 반영함으로써 임화와 함께 한국 문학을 피상적으로 보는 요인으로 혹독한 비판을 받게 된다.

든 문학은 순수문학이라고 지칭할 수 있었다는 객관적 논리가 성립되어야 할진대 그렇지 않다.[38]

순수문학이 그 나름으로 개념과 세력을 정립시킨 것은 1945년 8·15 이후에 김동리가 "순수문학이란 문학정신의 본령정계의 문학"이라 말하며 인간성을 옹호하고 휴머니즘을 기조로 삼는다고 주장하고 조지훈, 조연현이 여기에 가세했을 때 한국적 '순수문학' 계열이 비로소 정립된 것이다. 그러므로 순수문학 주류시대는 만주사변으로부터 8·15까지가 아니라 8·15 이후부터 50년대 말까지 잡는 것이 오히려 타당할 것으로 보인다. 조연현은 순수문학의 정통성을 규명하자는 목적 하에 1920년대, 1930년대를 관류하는 카프를 의도적으로 축소하여 평가하였는데 시대적으로 반공이데올로기가 팽배했다는 점을 감안하더라도 문학사기술이 편향적이라는 비판을 면하기 어렵다.

그 외 오세영, 김용직도 현대문학의 기점을 1930년으로 보았다. 오세영은 한국사회의 현대는 식민지 치하라는 특수성, 즉 첫째로 이때에 들어서서 한국은 식민지 지배로부터 벗어난 민족국가를 수립하였고 자주적인 역량에 의해서 근대화를 추진할 수 있게 되었다는 점, 둘째로 시민정신의 성숙을 경험하였다는 점, 셋째로 현대 서구의 자본주의경제를 도입하여 근대산업사회로 들어섰다는 점 등으로 1945년 8월~4·19시기라고 하였다. 하지만 현대시의 기점은 1926~27년경 정지용 등이 이미지즘 계열의 모더니즘 시를 발표한 이후라 했다. 이는 사회경제적인 측면에서 현대의 출현보다는 시기적으로 앞서 있는 것인데 이러한 불일치는 앞에서 이야기한 한국의 식민지적 문화상황의 특수성에서 기인된 것이라는 것이다. 김용직도 해금

---

38) 구중서, 『한국문학사론』, 대학도서주식회사, 1978, 21쪽.

조치 이후 한국에서 최초로 다시 쓴 28인 공동 집필의『한국현대문학사』(현대문학, 1989)에서 '서정, 실험, 제 목소리 담기'에서 1930년대 시에 대하여 이렇게 말하고 있다.

> 한국 근대문학사에서 1930년대의 시가 차지하는 좌표는 아주 결정적이다. 그 이전까지 한국 시와 시단은 좋은 의미에서 근대의 차원에 머물러 있었을 뿐만 아니라 거기에는 다분히 소박한 단면 또는 풋기 같은 것도 섞여 있었던 것이다. 30년대에 이르면서 한국의 시와 시단은 이런 미숙성을 그 나름대로 극복해낸다. 그리고 그에 대체해서 현대적인 국면을 타개하는 것이다. 이 시대에 유달리 많은 시인, 작가들이 배출되고 그들이 제작해낸 작품 가운데는 한국 현대문학에서 양질, 가작으로 손꼽힐 작품들이 포함되어 있다. 오늘 우리 주변의 시 가운데서도 상당수의 작품이 그들의 영향권에 속한 게 있다.[39]

한국문학의 모더니즘 시는 다다이즘, 초현실주의, 이미지즘, 네오클래식 계열로 나타났다. 정지용, 김 니콜라이, 이상의 일부 시에서 나타나는 다다이즘적 요소나, 이상과『삼사문학』동인중심의 초현실주의 계열의 시, 정지용, 김광균, 장만영, 장서언 등의 이미지즘 시, 김기림의『기상도』에서 나타나는 신고전주의적 경향의 시 등은 식민지 시대의 모더니즘 시운동의 역동성을 증명해 주는 문학사적 사실이다. 비록 이들의 모더니즘이 진정한 한국문학으로서 일체화된 체험을 갖지 못하고 당대 한국인들의 삶을 반영하였다는 점, 서구의 모더니즘을 수용하는 데 있어서 많은 한계를 드러냈다는 점도 역시 사실이다. 그러나 이들의 언어의식이나 문학적 감수성, 그리고 문학

---

39) 28인 공동 집필,『한국현대문학사』, 현대문학, 1989, 146쪽.

적 방법론에서 우리 시를 한 차원 높은 단계로 발전시키는 데 결정적인 공헌을 하였다는 점을 인정할 때 모더니즘의 출현을 한국 현대시의 기점으로 파악하는 데 주저할 것이 없다.[40]

문학자료의 미적 가공기술의 혁신과 언어의 세련성을 추구하는 문학과 그 이론을 지칭하는 역사적 개념으로서 모더니즘은 시뿐만 아니라 소설도 포함한다. 소설 분야에서도 제한된 현실에서의 비판적 리얼리즘의 실현으로 고통스러운 삶을 미적 승화한 순수문학의 대표적 작가인 이태준, 식민지 현실을 우회적으로 공격한 채만식, 농촌과 농민에게 관심을 기울인 박영진, 이무영, 괴로운 현실에서의 도피와 외면으로 성애의 탐닉을 묘사한 이효석, 한국 농촌의 풍속도를 그린 김우진, 신변, 과거로의 은거를 묘사한 유치진, 병적 도착적인 성의 세계를 그린 이상, 소시민의 세태적 삶을 관찰한 박태원, 김남천 등 30여 명의 작가들이 등장하여 새로운 한국 현대문학의 길을 장식하였다.

1930년대는 한민족이 일본이란 이민족의 식민지 치하에서 문단에서의 억압이 더욱 심화되는 극단적인 상황임에도 불구하고 훌륭한 작품과 우수한 작가들이 나와 한국의 현대문학이 태동하고 전개되었다. 많은 학자들의 학문적인 논쟁의 대상으로 되고 있는 30년대의 문학은 많은 것을 시사해주고 있다.

권영민은 『한국현대문학사』(1896~1945), (1945~2000) 두 권의 저서에서 1945년을 시대구분에서 획기적인 굵은 선으로, 중요한 기점으로 삼아 서술하였다. 근대문학 혹은 현대문학의 시작 이후 지금까지 1896년과 1945년을 하나의 분수령으로 시기를 나누어 문학사가 기술된 통례에 비추어 해방이라는 역사적 사건에 대응되는 의식

---

40) 오세영, 「한국 근대·현대시의 기점」, 『한국 현대시사의 쟁점』, 시와 시학사, 1991, 38쪽.

이라는 인식에서 시대를 구분하였다. 현대문학의 기점에 대한 명확한 설명은 없지만 1945년을 현대문학의 기점으로 미루어 짐작할 수 있다. 이는 1945년을 시대구분의 기점으로 본 부분이다.

> 해방을 기점으로 하여 민족문학의 새로운 인식과 그 확립의 문제가 문학적 관심사로 제기되고 있다. 식민지 문화잔재에 대한 청산과 함께 민족문화의 기반을 확대하기 위한 문단의 조직정비, 새로운 문인들의 등장과 그 문학활동 등이 주목된다. 민족문학의 본질과 그 방향에 대한 논의가 이루어지면서 창작 방면에서의 문학적 성과가 나오게 되지만 민족과 국토의 분단으로 인하여 민족의 삶에 대한 총체적인 인식과 그 형상화 방법으로서의 민족문학의 개념이 불구성에 직면한다.[41]

여기서 '1945년의 특수성'을 아래와 같은 네 가지로 정리할 수 있다. 그것은 ① 식민지 문화잔재청산과 자기비판, ② 기반확립을 위한 문단의 조직정비, ③ 새로운 문인들의 등장과 문학활동, ④ 잃었던 우리말과 우리글을 되찾기 등이다. 문인들은 과거 일제시대에 잃었던 문학을 되찾고 식민지시대의 문학적 유산을 정리해야 했다. 과거 친일문학의 잔재를 버리고 민족문학을 수립하는 일이 무엇보다도 시급한 현실문제였다. 그리하여 일제 말기에 끊어졌던 문학사의 공백을 메우고 새로운 문학사를 정립하는 일이 중요한 과제였다.

권영민이 문학사는 "단순하게 말하면 문학의 역사인 셈인데 문학의 시대적 가변성만을 취급하지 않고 문학이 지니고 있는 본질적인 가치와 함께 그 시대적 관련 양상을 동시에 조망하는 것"이라고 했는데 이는 1945년 기점설에서도 찾을 수 있다.

---

41) 권영민, 『한국현대문학사』(1945∼1990), 민음사, 1993, 24쪽.

위에서 본 바와 같이 남한에서의 1930년 설과 1945년 설을 볼 때 하나는 문학중심으로, 하나는 역사시기를 중심으로 한 시점구분임을 볼 수 있다.

2) 북한의 현대문학 기점

북한의 대표적 문학사로는 『조선문학통사』(1959), 『조선문학사』(1977~1981), 『조선문학개관』(1986) 세 종이 있다. 처음에 출간한 『조선문학통사』(1959)는 현대문학의 기점을 1945년 설로 주장하였으나 『조선문학사』(1977~1981)가 나오면서 1926년으로의 전환을 보여주었으며 그의 수정본 『조선문학개관』(1986)도 같은 입지를 하고 있다.

사회과학원 언어문학연구소 문학연구실에서 편찬한 『조선문학통사』(1959)는 집체 집필의 성과로 내놓은 성과물이다. 현대에 대해 분명히 명시는 하고 있지 않지만 대체로 사회 경제 구성상의 변화에 초점을 맞추어 1945년을 현대의 기점으로 잡고 있다고 볼 수 있다.

> 일제로부터 조선인민의 해방과 김일성 동지를 수반으로 하는 조선로동당의 창건은 다만 우리 인민들의 생활과 장래 운명에 근본적 변화를 가져왔을 뿐만 아니라 또한 우리나라 문학발전에 있어서도 획기적인 단계를 열어놓았다.[42]

8 · 15해방과 공산주의자들에 의하여 유일하게 혁명적인 마르크스, 레닌주의 당인 조선로동당이 창건되고 사회주의제도가 수립되며

---

42) 사회과학원 언어문학연구소, 『조선문학통사』(현대문학 편), 1959, 175쪽.

해방 후 문학(평화적 민주건설 시기의 문학)은 인민민주주의적 토대 위에 구축된 사회주의적 상부구조[43] 문학이며 사회주의적 사실주의 창작방법이 유일한 지배적인 창작방법으로 되었다. 1945년은 문학사에서 가장 진보적이고 가장 사상적인 문학으로 되고 이전의 문학과 확연히 구별되기에 현대문학의 기점으로 되는 것이다.

『조선문학사』(1977~1981)는 뒤늦게 북한에서 나온 방대한 분량의 자국문학사이다.『조선문학개관』(1986)은 북쪽에서 이룩한 새로운 업적인바『조선문학사』의 수정판이라 할 수 있다.

이 두 문학사는 현대문학의 기점을 분명히 밝히고 있지 않지만 1926년을 현대문학의 기점으로 잡았다고 볼 수 있다. 그 요인은 1926년 10월 17일, 김일성이 공산주의적 혁명조직인 '타도제국주의 동맹(ㅌ・ㄷ)'을 결성하면서 우리나라에서의 민족해방투쟁은 질적으로 새로운 단계에 올라서게 되었고 이후 민족해방투쟁의 중심이 만주를 근거지로 한 항일무장 투쟁에 놓임에 따라 그 이전 시기와 이후 시기는 완전히 달라진다는 것이다.[44] 이 관점은 현재 북한의 공식 입장이 되고 있다.

1926년의 시기 구분을 들여다보면『조선문학개관』(2)은 목차 '항일혁명투쟁시기'에 '항일혁명문학'과 '항일혁명투쟁의 영향 밑에 발전한 진보적 문학'으로 나뉘었고『조선문학사』(3)는 전체의 목차를 크게 두 편으로 구성한 제1편은 제목이 '김일성의 지도 밑에 항일혁명투쟁 과정에서 창조된 혁명적 문학예술', 제2편은 '항일혁명투쟁의 영향 밑에 발전한 진보적 문학'으로 전체의 목차를 아예 크게 1, 2편으로 구성하여 중점적이고 의도적으로 확대하였다. '혁명적 문학

---

43) 위의 책, 176쪽.

44) 사회과학원 문학연구소 편,「편집자 서문」,『조선문학사』, 4~5쪽.

예술'은 직접 항일혁명투쟁과정에서 창조된 것일 뿐만 아니라 '진보적 문학' 역시 항일혁명투쟁의 영향을 받아서 발전한 것으로 규정했다. 따라서 '항일혁명투쟁'은 '혁명적 문학예술'과 '진보적 문학'을 창출한 근본이다. 요컨대 선행시기의 문학예술과 근본적으로 다른 새로운 문학예술, 항일혁명문학예술이 창작되기 시작한 기점이 1926년이다.

북쪽의 현대문학 기점이 1945년으로 정립되었다가 다시 1926년으로 탈바꿈하게 된 배경에는 사학계의 학설과 직접적으로 연계되어 있다.

1957년부터 1962년까지 진행된 1차 논쟁에서 근대사의 종점, 현대사의 시점을 1945년 8·15해방까지 보느냐, 아니면 3·1운동까지로 보느냐 하는 두 입장으로 구분하다가 1945년으로 확정지었다. 전자는 자본주의사회에 상응하는 역사의 종점이 1945년이기 때문이라고 보는 일반적인 전제로부터 출발했고 후자, 즉 3·1운동을 현대사의 기점으로 보는 견해는 한국 역사의 구체적인 실정에서는 계급투쟁을 가장 중요한 징표로 삼아야 한다는 입장에서 출발했다. 후자는 반제 반봉건적 혁명운동에서의 계급적 내용의 변화과정을 시대구분의 기본계기로 삼아 부르주아 민족운동에 해당하는 시기를 근대사로, 노동계급 영도하의 반제 반봉건 혁명시기를 현대사로 보고 있는 것이다. 이 논쟁은 식민지 반봉건시대를 우리나라 근대사의 기본성격으로 획정하고 이를 기본원칙으로 하면서 사회경제적 발전과정과 계급투쟁의 발전과정을 통일적으로 고려한다는 방법론에 합의함으로써 일단 종결되었다.[45]

『조선문학통사』는 위의 역사관을 배경으로 1945년 해방을 전기로 한 사회구성체의 변환에 따라 "자기 시대의 지배적 사회제도와

---

45) 김행숙, 「북한문학사 서술의 원칙과 성격」, 『남북한 현대문학사』, 나남출판사, 1995, 50~51쪽.

대립 충돌되며 그것을 붕괴로 이끌기 위해 투쟁한 문학"에서 해방 후 문학은 "새로운 사회제도, 사회주의제도에 순응하며 그것을 발전 공고화하는 투쟁에 적극적으로 봉사하는 문학"으로 탈바꿈하게 된 새로운 시대의 산물로 간주한다. 『조선문학통사』는 해방을 하한선으로 하는 근대문학을 3・1운동과 1930년대 "김일성 원수 항일무장투쟁 과정에서의 혁명문학" 계기점으로 하여 다시 세분하고 있다.

3・1운동이 『조선문학통사』에서 크게 부각된 것은 카프의 출현을 중대사한 문제로 다루기 때문이다. '마르크스-레닌주의' 문예이론의 창작원리로 간주되는 '사회주의적 사실주의'가 비로소 카프에 의해 그 맹아적인 형태를 드러내게 되었다는 평가는 '사회주의 사실주의'의 완전 개화를 문학적 이상으로 삼고 있던 당시의 입장에서 보자면 항일혁명문학의 위상상승에도 불구하고 카프는 여전히 혁명전통의 중심에 놓여 있음을 확인케 해준다.

하지만 역사학계가 다시 주체사상이 유일사상체계로 확립되고 체계화되는 과정 속에서 사정은 달라지게 된다. 1979년부터 출간하기 시작하여 1983년에 완결된 『조선전사』(전 33권)에서는 주체사관이 보다 선명히 정리되어 "조선 근대사의 종점이자 현대사의 시점을 1860년대 반침략투쟁의 시작으로부터 1926년 김일성에 의해 새로운 성격의 반제반봉건 민주주의혁명이 시작되기 전까지의 시기로 설정" 하면서 현대문학의 기점은 1945년에서 1926년으로 앞당겨졌다. 위의 세 권의 문학사에서 보여주는 현대문학의 1945년으로부터 1926년으로의 시점변화는 사학계의 이론을 충실히 적용하고 있는 셈이다. 여기에서 북한의 문학은 당의 정치적 방향에 따라 수동적으로 집필된다는 점을 알 수 있다. 이에 대하여 사회과학원 연사연구소 소장 전영률은 다음과 같이 기술하고 있다.

최근에 우리는 조선현대사의 시점문제도 새롭게 해결하였다. 1926년 '타도제국주의 동맹(ㅌ·ㄷ)'의 결성을 우리나라 현대 역사의 시발점으로 규정하였다. 우리나라에서 부르주아민족주의 운동은 1919년의 거족적인 3·1운동을 계기로 종말을 고하게 되었으며 일제의 탄압이 강화되면서 부르주아지들은 개량주의에로 전락되어 더는 부르주아민족주의 운동을 지도할 수 없게 되었다. 다른 한편으로 씨아 사회주의 10월 혁명의 영향으로 국내외에 마르크스주의 소조들이 출현하고 1925년에는 조선공산당이 조직되었으나 초기 공산주의 운동은 대중을 떠나 파쟁만을 일삼는 치명적인 약점을 가지고 있은 것으로 하여 혁명발전에 해독적 작용만을 하였을 뿐이었다. …… 타도제국주의 동맹은 우리나라에서 처음으로 되는 참다운 공산주의적 혁명조직이었다. 'ㅌ·ㄷ'가 결성됨으로써 조선인민의 혁명투쟁은 주체사상의 기치 밑에 자주성의 원칙에서 진행되는 새로운 출발을 하게 되었다. 이것은 'ㅌ·ㄷ'의 결성이 조선 현대역사의 시점으로 되는 기본도구이다.[46]

하지만 현대문학이라 인정되는 작품들은 아무리 보아도 내용과 형식 양면에서 현대문학과는 거리가 있는 것이다. 항일혁명문학예술이라 하는 대표작들, 북한 내에서 생산된 작품에서는 좀처럼 찾아보기 어려운 강렬한 반제의식, 직설적인 사회주의적 슬로건 등을 읽어낼 수 있으며 더욱이 그들이 투쟁의 과정에서 솟아나온 우리 민족문학의 귀중한 유산에 속한다는 사실을 부정할 수는 없다. 그러나 그러한 사정만으로 문학사의 새로운 시기를 가르는 기준으로 삼을 수는 없다. 단편적으로 보더라도 이들 작품은 "국내에서 성장해 나온 프롤레타리아의 생생한 현실과 긴밀하게 결합되고 있지도 못할뿐더

---

46) 전영률, 『력사과학』3, 1988, 6~7쪽; 김규영, 「북한 현대문학논쟁에 관한 고찰」 113쪽에서 재인용.

러 작품을 관통하고 있는 이념의 측면에서도 단선적인 혁명적 민족주의에 가깝지 복잡한 현실 연관성을 과학적으로 통찰하는 노동자 계급의 과학적 이념과 거리가 먼 것"[47]으로 보인다.

3) 중국 조선족 현대문학 기점

『조선문학간사』(1987)는 중국 조선족이고 북경대학 교수인 박충록의 저서로서 유물론적 관점에서 민중적 정서를 표현한 작품들을 일관되게 서술하고 있다. 이 저서는 북한의『조선문학통사』의 전례를 따르고『조선문학개관』에서의 수정한 내용을 받아들였다고 볼 수 있다.

이 문학사도 현대문학의 기점을 1926년으로 잡았다고 볼 수 있다. 북한의 위의 두 문학사의 작업을 다시 하면서 "원시 및 고대문학", "중세문학", "근대문학", "항일혁명투쟁시기의 문학", "해방 후 문학"으로 다루면서 "근대문학"은 "자산계급민족운동시기의 문학"이라 하면서 "19세기 후반에서 20세기 초"까지를, "해방 후 문학"은 "당대문학"으로 "1945년 8월부터 1953년 7월"까지로 다루고 있어 "항일혁명투쟁시기의 문학"(1926~1945.8)이 "현대문학"임을 미루어 짐작할 수 있다.

1926년 10월 17일, 김일성이 화전에서 타도제국주의 동맹 <ㅌ·ㄷ>를 결성하고 조선혁명의 새 출발을 시작하였다고 간단하게 설명하고 김일성과 직접 관련된 문학 활동을 말하지 않았다.

"항일혁명투쟁시기의 문학" 제목 아래 "항일무장투쟁시기의 혁명

---

47) 민족문학사연구소, 「문학사의 시대구분」, 『북한의 우리 문학사 인식』, 창작과 비평사, 1991, 87쪽.

문학'과 "항일혁명투쟁의 혁명적 영향하에 창작된 진보적 문학"(1920년 후반기~1945.8) 두 장으로 나뉘어 서술하였는데 "항일무장투쟁 시기의 혁명문학"에는 혁명가요 <조선의 노래>, <사향가>, <조선의 별>이 대표적 작품이고, 뒤이어 "진보적 문학"에는 프롤레타리아 문학과 비판적 사실주의 문학을 포괄시켰는데 그 특징48)으로 현대문학의 기점을 설명하기는 어렵다. 대표적인 작가와 작품으로 조명희와 「낙동강」, 이기영과 「고향」, 강경애와 「인간문제」, 「소금」 등을 중점적으로 다루었다. 『조선문학개관』에 간략하게 부정적으로 소개되어 있는 채만식, 심훈, 이효석은 아예 언급하지 않았다.

연변이 민족해방운동의 역사적 경험을 간직하고 있는 지역이라는 점을 감안한다면 북한문학사를 그대로 수용한 문제점과 또한 북한 문학사의 항일무장투쟁기문학의 왜곡상이 조심스레 제기된다.

『조선문학사』(1994)는 중국 조선족이고 연변대학 교수인 김병민의 저서로서 연변대학에서 한국 현대문학사 교재로 쓰이고 있다. 남한과 중국의 수교 후, 남한의 문학사가 중국에 활발히 수용되면서 쓴 문학사로서 "지금까지 나온 국내의 근대·현대문학사들은 남북으로 분단된 사회정치적 현실과 이념의 차이로 하여 문학발전의 실상을 객관적으로 보여주고 평가함에 있어서는 적지 않은 한계성을 갖고 있기에 지금 학계에서는 역사주의적 원칙에 입각하여 객관적 시각에서 근대·현대문학사를 새롭게 정립할 것이 시급히 요청"49)

---

48) 무산계급 작가들과 연계를 가지고 있던 동반작가들의 작품들이 김일성의 항일무장투쟁을 암시적으로 반영하는 진보적 경향을 보여준 것, 근로인민의 기막힌 생활고와 그 불합리한 사회의 파쇼적 폭압 속에서도 굴하지 않는 항거정신을 반영한 것, 일제의 폭압하에서 울분을 품고 있으면서도 자유와 해방에 대한 동경과 갈망, 미래에의 지향을 표현한 작품들이 적지 않게 창작된 것, 인물형상 성격창조에서 내면세계에 대한 탐구가 심화되었으며 투쟁화 폭도 더욱 구체화되고 생동화되었으며 묘사에서도 진실성이 더 심화되었고 현실묘사의 범위도 더욱 확대된 것, 문학형태와 양식이 더욱 풍부화된 것이다. 박충록, 『조선문학간사』, 연변교육출판사, 1987, 322~323쪽.

49) 김병민, 『조선문학사』, 연변대학출판사, 1994, 머리말 부분, 1쪽.

되는 형편에 비추어 남한과 북한의 근대현대문학사를 통합하여 다루는 방향으로 나아가고자 시도한 문학사이다. 근대·현대문학의 단계도 명쾌하게 머리말에서 짚고 넘어갔다.

> 19세기 말엽으로부터 1945년에 이르는 시기 조선문학은 급격한 변화, 발전을 보이였다. 이 시기 문학은 두 개 력사단계 즉 근대문학단계와 현대문학단계로 구분된다. 대체로 근대문학단계는 19세기 말엽으로부터 1918년까지이며 현대문학단계는 1919년으로부터 1945년으로 보았다. 조선 근대현대문학은 근대 이후 조선인민의 반제 반봉건투쟁과 긴밀히 결합되어 발생, 발전하였으며 민족의 자유와 나라의 독립을 갈망하는 조선인민의 사회지향과 미의식의 추구를 훌륭히 보여주었으며 민족문학의 전통을 계승하면서도 외국문학의 진보적인 요소를 적극적으로 수용하였다.[50]

현대문학의 기점을 1919년으로 규정하였다. 민족 해방 운동사에서 중요한 의미를 지니는 3·1운동[51] 이후에 주목하면서 상기한 사회문화적 환경과 문단을 배경으로 이후에 있었던 문학적 실천을 강조하였다.

현대문학의 기점으로 되는 이유는 이 시기 외국문학사조의 유입과 함께 다양한 문학사조는 1910년대 계몽주의 문학을 적극적으로 지양하면서 다양한 내용과 형식으로 현대문학의 발생을 마련했다는 점,[52] 이 시기 문학발전은 외국문학사조를 다원적으로 수용하면서

---

50) 위의 책, 1쪽.

51) 3·1운동은 지도부의 대폭의 평민적 교체로 독립협회운동 이후 새롭게 전개되기 시작한 광범한 민중의 자발적 동원에 기초를 둔 아래로부터의 혁명이란 방식으로의 전환을 촉진시켰다. 백낙청은 시민문학론(1969)에서 "갑신년(1894)의 무모한 쿠데타나 외세에 의해 주도된 10년 후의 갑오경장(1894) 역시 민중과 호흡이 일치된 운동이 아니었다"라고 비판하고 3·1운동이야말로 "우리 민족이 처음으로 시민의식다운 시민의식을 갖게 된" 결정적 계기였다고 지적하였다.

발전하였다는 점, 신경향파문학의 대두로 프롤레타리아 문학의 본격적인 발생을 선고했다는 점 등으로 3·1운동 이후로부터 1920년대 중반에 이르는 시기 한국문학은 현대문학의 발생을 훌륭하게 마련하였고 급변한 사회현실을 다각적으로 반영하면서 시대미학적인 과제를 풀어나갔다는 데서 그 문학사적 위치가 있게 되었다고 보고 있다.

1919년을 조동일은 『한국문학통사』에서 근대문학의 기점으로 보았지만 김병민은 현대문학의 기점으로 보는 시각적 차이를 보여주고 있다.

전자는 1917년의 이광수의 장편소설 『무정』이나 1918년의 『태서문예신보』, 1919년 『창조』 등과 같은 문예전문지를 중심으로 전개된 문단적 활동을 근대문학의 실천으로 보고 있으며 이런 집단적인 문학 활동에 이르러서야 서구의 근대문학이 본격적으로 수용된 것이라고 간주하는 견해이고 후자는 김동인의 계몽주의 한계를 극복한 「약한 자의 슬픔」(1919년 2월 창조 창간호), 「마음이 옅은 자여」(창조 26호), 현진건의 비판적 사실주의 작품인 「빈처」(1921), 「술 권하는 사회」(1921) 작품을 현대문학의 시조로 보면서 이때로부터 현대문학이 시작되었다는 것이다.

조동일은 1919년 이후의 문학을 근대문학으로 규정하면서 "그 시기의 신문학운동에 이르러서 중세적 보편주의와 근대적 민족주의의 오랜 논란이 근대적 민족주의의 승리로 끝났다. 중세적 보편주의의 기반인 한문학이 구시대의 잔존물로 취급되고 문학은 오직 구어체의 문학이여야 하며 서정시, 소설, 희곡을 기본 갈래로 삼아 널리 개

---

52) 소설 분야 이광수(1910년대 소설문단에서 크게 활약했던 그는 3·1운동을 전후하여 한동안 중단했다가 다시 소설작가로 등단하여 작가적 생애를 엮어나갔다), 김동인, 염상섭, 현진건, 나도향 등은 3·1운동을 전후하여 등단한 신진작가이며 계몽주의 문학에 반기를 들고 나온 작가로서 현대소설 발생에서 선구자적 공헌을 했으며 시단에서 김소월, 한용운의 자유시는 현대시 가사에 가장 빛나는 한 페이지로 정착하였다.

방된 다수의 독자를 상대로 당대의 문제를 다루어야 한다는 커다란 전환이 이루어졌다"고 정리한다. 이어서 한국의 근대문학은 민족단일어 문학으로서 한글 중심의 문학이라는 사실이 다시 강조되고 시민 문학의 사명이 중요하게 부각되었다는 점이 근대문학의 중요한 특징으로 지적된다. 그는 한국문학의 근대적인 것 또는 근대성이란 언어 선택의 국문문학, 문학 갈래에 있어서의 소설문학, 문학 담당층에 있어서의 시민주도의 민족문학이며 '근대의식', '근대화' 및 '민중의 능동적 작용', '현실을 인식하며 타개해나가는 과업' 등을 함의하고 있는 문학이라고 하여 근대성을 복합적으로 규정하고 있다.

김병민의 문학사는 오랜 세월 연변에서 외면당했던 남한 현대작가와 작품, 문학사조들을 소개하고 있다는 데 의의가 있다. 아무리 작품이 훌륭했다 하더라도 작가의 치욕적인 친일행적이나 판이한 우익노선으로 인해 사장되었던 문학인들-이광수, 이인직, 최남선, 김동인, 염상섭, 이무영, 심훈, 김영랑 등에 대한 '누명'을 벗기고 진정한 문학적인 가치평가를 했다고 할 수 있는 것이다.

지금까지 한국 현대문학의 현대성, 현대기점, 여러 현대기점의 문제점 등에 대하여 살펴보았다.

문학사 서술에서 개인이 주체가 되는 남한의 경우, 대부분 한 개인의 착상에서 시작되는바 학자들은 논쟁이 분분하고 그 견해 차이도 많다. 그 현대문학 기점설도 1924년 설, 1930년 설, 1945년 설 등 남한의 현대문학 기점설은 텍스트 중심주의에 가깝다고 할 수 있다. 현대문학의 성격으로부터 그에 해당되는 문학작품을 들어 입증하였는데 기본적으로 계급결정론이나 사회주의적 경향과는 거리가 멀다고 할 것이다. 시각이 다각적이고 학문적 깊이도 있지만 서로서로가 설복하지 못하고 통합된 의견을 모으기 어려운 딜레마 속에 빠지기 쉽다.

남한의 개인적 학술저서와는 달리 조직적 토론을 통해 집단적으로 저술되는 북한의 경우, 항상 일정한 집단적 주체 속에서 나온 것이다. 북한의 1945년으로부터 1926년으로의 현대문학의 기점설의 전환은 북한문학이 혁명적 전통과도 직결되며 더구나 북한의 사회 역사적 환경과도 밀접한 관련을 갖고 있음을 볼 수 있다. 이는 한국 역사 또는 문학사의 실상에 즉해서 설정되었다기보다는 주체사상의 획기성을 강조하려는 정치적 요구에 응해서 현대의 기점을 소급 결정한 것이 아닌가 하는 추측을 가능케 한다.

중국의 교육정책 하에 중국 땅에서 민족문학교육을 하고 있는 중국 조선족의 경우, 주체는 필요에 따라 집단이 하거나 혹은 개인도 하는 남북한의 중간선에 있다고 할 수 있다. 1926년, 1919년 현대문학 기점설로부터 이념적 친화성으로 1980년대까지 북한 영향을 많이 받아왔으나 수교 이후에는 남한의 영향을 더 많이 받고 있음을 볼 수 있다. 하지만 기점을 설정하게 된 이유나 이론이 충분하지 못하고 학문적 심도가 깊지 못하다. 두 모국의 문학사 영향을 많이 받아 그대로 계승하거나 수용하는 억지도 없지 않으나 내면에 자양분을 섭취하여 모름지기 진정한 자생의 문학[53]을 만들고 통일문학사를 다루려는 노력이 보인다.

현대문학 기점설은 이제부터 남북한 통합적인 시각에서 통트는 일국적 시각으로 동일성을 찾아 엄밀히 고찰되어야 할 것이다.

---

53) 중국 조선족은 모국이 아닌 중국의 정치, 경제, 문학적 환경 속에서 한글과 한국어로 문학을 영위해가는 독특한 『중국조선족문학사』를 창출하였다.

4. 시대구분론과 중국 조선족의 한국문학 교육

　분단된 대한민국과 조선민주주의공화국을 모국으로 둔 192만의 중국 조선족, 90만의 재일한인, 20만의 러시아 고려인, 170만의 재미한인 등 약 710만 해외동포들은 타국에 정착하여 대를 이어 살아가는 경우, 현지사회의 문화와 이민사회의 문화 차이에서 오는 차별성과 갈등을 가능한 빨리 없애버리고 현지사회에 주동적으로 동화되었거나 혹은 타국에서나마 같은 민족끼리 현지인과는 다른 하나의 생활공간으로서 이민사회를 형성하고 그 속에서 모국문화를 고스란히 유지하면서 살아가거나 또는 현지사회의 문화를 일부 수용하면서도 모국으로부터 지니고 온 자신의 기본적인 민족문화특징을 대부분 보존하면서, 즉 본국적 요소와 모국적 요소가 혼재한 이중성격을 지니면서 발전하였다.

　중국 조선족은 한반도에서 중국으로 이주하는 과정에서 이중언어, 이중문화, 이중심리를 자연스럽게 형성하게 되었고 중국의 소수민족정책과 조선족의 남다른 근면과 교육열, 윤택한 경제생활, 적극적인 중국 정치참여 등으로 소수민족 중에서 중국에 정착한 역사는 가장 짧지만 위상이 높다. 중국에서 예의 밝은 백의민족으로, 중국의 유태인으로, OK민족으로, 11번째 가는 선진민족으로 불리고 있다. 중국 조선족은 민족의 동질성과 민족문화의 우수성을 자각하고 있기 때문에 자신이 조선민족 출신이란 사실에 대해 전혀 열등감을 느끼지 않으며 도리어 자랑스럽게 생각한다. 명절 때나 행사 때 떳떳하게 한복차림을 하고 다니고 이름도 재일동포처럼 성을 바꾸거나 미국에서 '스티브 유', '제니퍼 김'이라든가 소련에서 '마리나 박', '아나톨리 석'하는 식의 이름을 쓰지 않는다. 그리고 중요한 것은 1세와 2세들 간의 심리적 일체감이다. 1세들은 현지사회에 정착하기 위하여 열심히 노력해왔을 뿐만 아니라 자녀에 대한 민족교육(민족 자부심, 민족 언어, 민족문화 등)을 게을리하지 않았고 2세들은 1세에게서 전수받은 민족교육의 바탕 위에 시대적 의식과 새로운 지식을 가미하면서 현지사회에 진출하고 있다. 이러한 현상은 재일동포, 재미동포, 고려인들과 구별되는 점이다.

한 세기 넘는 역사과정에서 조선족 공동체는 일제 또는 중국의 정책에 영향을 받으면서 중국에 동화되지 않고 민족자치를 인정받으며 꾸준히 민족의 발전과 교육을 꾀해왔다. 그동안 모국과 완전히 다른 자연환경과 인문사회 환경에 적응하기 위하여 전통문화를 점차 변모시켜 가면서 새로운 민족문화를 창출하였고 동시에 중국 문화를 어느 정도 받아들이면서 이중문화를 소유하는 독특한 중국 조선족 문화의 정체성을 갖게 되었다. 즉, 모국이 아닌 중국의 정치, 경제, 문학적 환경 속에서 한국어와 한글로 문학을 영위해가는 독특한 중국 조선족문학사를 창출하였다. 이는 중국의 통용하는 문자-한어로 문학하는 다른 소수민족인 만족, 장족, 회족 등과 구별되는 점이다.

이토록 중국 조선족 문화는 한반도를 중심으로 하는 7천만 배달민족이 영위하는 세계의 한글문학이라는 이 대계통속의 하나의 자계통으로 존재할 뿐만 아니라 중국의 주체민족-한족을 중심으로 하는 56개 민족이 영위하고 있는 중국문학이라는 이 대계통속의 하나의 자계통으로 존재하는 이중적 성격54)을 띠고 있다.

중국 조선족의 민족문화발전은 뿌리를 떠나면 나무가 살 수 없듯이 한민족의 문화발전과 직접적인 연계를 갖고 있으며 또한 뿌리는

---

54) 김관웅, 「중국조선족 문학의 력사적 사명과 당면한 문제 및 해결책」, 『한마을』, 연변인민출판사, 1999, 333쪽.

나뭇잎을 통해 새로운 메시지를 전달하듯이 남한과 북한의 정치, 경제, 문학을 비롯한 모든 것이 중국 조선족이란 사절(使節)을 통해 서로서로 커뮤니케이션이 되고 중국에도 전달된다.

남북한의 통일을 바라보고 통일문학사를 언젠가는 써야 할 시점에서 한반도와 같은 뿌리를 두고 있으면서도 제3자의 중개적 입지를 가지고 있는 중국 조선족 지역은 남북한문학사를 통트는 문학실험의 장이 될 수 있다. 그렇다면 중국 조선족, 나아가서 중국의 한국문학 교육에서 시대구분론이 갖는 시대적 의의는 무엇일까?

일반적으로 문학사는 동일한 문화권에 속하는 문학의 역사적인 전개과정과 그 의미를 나름의 체계에 따라 기술하는 것이다. 한 나라의 역사와 문화 속에 실제 있었던 문학적 사실 중 어떤 것을 취사선택하여 문학사를 기술할지는 그 내용의 풍부성보다 더욱 중요하다. 이렇게 문학사에서 선택의 원리와 서술의 특징을 잘 보여주는 것이 시대구분이라 할 수 있다. 문학사가의 이념적 지향, 연구방법, 문학관과 역사관의 차이에 따라 그 서술의 방향과 내용이 달라지게 된다.

그렇다면 문학사적 지식의 나열이라는 측면에서 문학사를 보고 지식교육과 관련하여 시대구분론의 의의를 말한다면 크게 두 가지로 설명할 수 있다. 하나는 문학사에서 설명되는 지식이 교육의 내용이자 대상이라는 관점이며 다른 관점은 문학사에서 서술되는 지식이 문학작품을 이해하고 감상하는 배경이 될 수 있다는 견해이다. 이 중에서 전자의 관점에 의하면 문학사의 시대구분론은 어떤 문학사의 현상을 이해하기 쉽게 시기를 구분한 것이며 시대구분이 문학교육의 내용이 될 수 있다고 본다. 그래서 시대구분과 그 속에서 설명되는 문학사적 사실들은 문학학습에서 교수, 학습되어야 할 구체적인 내용이 된다.

이에 비하여 후자의 견해는 지식이 곧바로 교육의 내용이나 대상이 되는 것이 아니라 지식으로 활용하여 각 시기에 해당하는 문학작품을 이해하고 감상하는 배경지식으로 활용할 수 있다는 것이다. 따라서 이 같은 견해에 따르면 시대구분론은 교육의 실제 내용이 아니라 각 시대의 특성을 효과적으로 드러내는 장치로 활용된다. 이처럼 지식의 차원에서 문학사 시대구분을 하는 경우에는 근대문학, 현대문학의 출발점은 언제부터이며 왜 그렇게 설명되었는가가 그 자체로도 학습의 내용이 될 수 있으며 그 특성을 적용하여 근대·현대 문학작품을 바르게 이해 감상할 수 있다. 시대구분은 효과적인 문학작품의 이해와 감상을 위한 배경지식뿐만 아니라 문학사의 시대적 변화를 설명하는 지식으로서 학습의 대상이 될 수 있다. 즉, 문학사적 지식은 체계성을 가진다는 점에서 학문적 지식일 수도 있고 개별적이고 단편적인 정보의 합이 아닌 체계를 지향한다는 점에서 학문적 탐구의 대상이자 학교교육에서 가르쳐야 할 학습의 내용이기도 하다.[55]

다음으로 문학사의 시대구분론은 한국문학사의 발전과정에 대한 이해와 이를 바라보는 관점을 확립하는 데에도 도움이 된다. 학교교육에서 교수 학습되어야 할 지식과 경험으로서의 내용과 대상일 뿐만 아니라 태도 확립이라는 국어교육의 또 다른 방향과 목표와도 연결된다. 한국문학사의 전개를 한민족의 삶을 반영한 것이라는 주체적인 측면에서 이해하고 민족사의 문학적 반영태의 변화에 의미를 부여하게 된다. 즉, 한국문학사의 발전 과정에서 한민족의 삶과 정신을 바르게 해석할 수 있는 태도를 기르고 이를 통하여 우리 민족문학사에 대한 정당한 이해에도 도달할 수 있게 된다.

---

55) 윤여탁, 「문학사 시대 구분과 문학교육」, 『선청어문』28, 서울대학교사범대학국어교육과, 2000.3, 349쪽.

이처럼 문학사의 시대구분론은 지식교육이라는 측면뿐만 아니라 문학사를 바르게 해석하는 관점을 확립하는 것이라는 측면에서 그 의의를 찾을 수 있다. 즉, 민족문학의 발전과정 속에서 현대문학의 위상을 규정하고 이를 통하여 현대문학이 민족문학의 전통을 창조적으로 계승 발전할 수 있다. 나아가서 한국문학사의 각 시기에 출현했던 구체적인 문학작품에 대한 이해와 감상에도 깊이 작용하게 된다. 아울러 문학사의 시대구분론에 대한 올바른 관점을 문학교육에서 교수, 학습함으로써 우리 문학사에 대한 일관되고 체계적인 이해도 가능하다.

근래 중국 조선족이 기술한 시대구분은 연대기별로서 10년 단위의 역사적 설정 안에서 문학작품의 변모를 살피는 것으로 지식전수의 목적으로 나열된 시대구분이다. 그러므로 문학사의 내적인 변모와 사회사와 문학사의 상호관계를 적절하게 반영하지 못하고 있다. 즉, 문학사에 대한 새로운 해석과 전망을 구성하기보다는 이미 설정된 연대기적 단계설정 안에서 수동적으로 문학의 현상들을 설명하고 나열하는 소극적인 태도에 머물고 만 것이다. 사실 표면 아래를 흐르는 어떤 역사적 법칙성과 객관성을 파악하지 못하고 총체적인 역사상의 재구성에 실패하고 역사를 낱낱이 파편화된 일화나 사건들의 모음 정도로 축소시킨 것이다. 이런 방식의 문학사 이해로는 20세기 이전과 이후의 "역사적 '단절과 연속'에 대한 체계적인 재구성이 불가능할 뿐만 아니라 이른바 세계사적 보편성과 한국사적 특수성의 상호관계를 입체적으로 통찰하는 안목도 형성될 수 없"[56]을 것이다.

다음으로 중국에서 한국문학 교육이 어떻게 이루어졌으면 좋겠는

---

56) 김철, 「문학사의 '지양'과 실현」, 『문학과 사회』, 소명출판, 1993, 57~58쪽.

지에 대한 제언을 하고자 한다.

첫째, 한반도의 우수한 현대문화와 문학을 광범위하게 소개해야
한다.

문학사를 통해 중국인들에게 한국 역사와 더불어 한국문학을 바로
알리는 것도 하나의 지름길이고 도경이다. 한국이 국제무대에서 선진
국으로, 아세아의 "용"으로 부상하고 인접국인 한반도문제에 관심을
보여주기 시작하면서 중국을 비롯한 동아시아는 한국어, 한국문학을
배우려는 열풍으로 휩싸였다. 현재 중국에는 한국어 혹은 한국문학
전공이 4년제 대학교에 전문대학까지 합하면 200여 개가 된다. 하지
만 대부분이 어학이나 고전문학 쪽이고 식민지문학, 분단문학으로 이
루어진 현대문학은 체계적이고 전면적인 소개가 이루어지지 않았다.

중국이 남북한 문학을 통합적으로 다루기 시작한 것은 개방화, 세
계화 추세에 따라 1992년 남한과의 국교가 건립되면서이다. 남한과
의 정치, 경제, 문화적 거래가 잦아지면서 작품의 질적 수준과 국가
신임도가 높은 남한문학의 영향이 서서히 중시되고 받아들여지기
시작하였다. 이는 점차 통합적 시각으로 남북한의 문학을 다루려는
노력으로 향해졌다. 90년대 후반부터 각 대학에서 남한과 북한의 현
대문학을 동시에 다루기 시작했지만 아직 남북한 현대문학사를 전
면적이고 세부적으로 다룬 통합현대문학사는 없다. 통합된 완전한
한국현대문학사가 쓰이지 않은 이상 이는 반쪽 문학사라고 할 수밖
에 없다. 허리 잘린 모국과 더불어 반쪽 문학사는 민족의 큰 슬픔이
아닐 수 없다.

중국에서 1994년에 출간된 김병민의 『조선문학사』(근현대 부분),
그리고 2000년에 출간한 『한국-조선 당대문학사』는 대학교재로서

남북한 해방 이후의 문학을 하나로 통합하여 다루었다는 점에서 의의가 있다. 하지만 많은 현대작가와 그들의 작품들은 간단명료한 소개에 그치고 말았기에 현대문학의 불모지라 할 수 있는 중국에서 그 이상의 양적 확대와 질적 내용이 필요하다.

그리고 중국 연변교육출판사에서 통일적으로 간행하는 조선족 중고등학교 조선어문교과서에는 한국 현대작품에 대한 소개가 예전에는 없다가 현재는 점점 많아지고 있는 추세이다. 학생들이 접하게 되는 역사도 또한 중국사, 세계사뿐이어서 학생들은 근근이 한글로 된 세계역사교재를 통해 한국사를 조금이나마 알게 된다. 민족의 얼을 지키려면 흘러간 역사도 알고 한민족의 뿌리도 알아야 하건만 그 부분에 대한 공부가 없고 과목도 개설되지 않아 대부분 조선족학생들은 한글은 알지만 과거를 모른다.

남한 현대문학사를 알리기 위해서 많은 교재개발, 문학사 혹은 작품소개, 번역사업 등이 급선무로 나서고 있다. 현대문학을 통해 한민족과 한민족의 역사를 다시 알고 이해하는 게 바람직하다. 역사를 바로 아는 사람이 미래를 균형적으로 지향적으로 올바르게 내다볼 수 있다. 역사는 오늘과 내일의 거울이다.

또한 여기에는 전면적이고 학술적인 연구도 필요하고 그에 따르는 연구인원, 전공자들도 많아야 할 것이다. 현재 한국에 와서 문학 공부하고 있는 조선족 유학생들이 머지않은 훗날 이 분야에서 활약하고 기여를 할 것이다.

둘째, 중국 조선족 문학사도 남북한 통합문학사의 한 각론으로 되어야 한다.

남북한 문학이 냉전구도 속에서 분단의 모순을 해결하지 못한 채 오늘에 이른 것은 현재하는 객관적 실체이다. 남한은 자유민주주의와 자본주의가, 북한은 공산주의와 사회주의가 공식 입장이라 할지라도 단일 문학사가 이루어져야 하는 이유는 "이념갈등해소에 도움이 되고 민족의 동질성 확인에 크게 기여하기 때문이라기보다 남북에서 각기 써온 문학사가 우리 문학의 실상을 왜곡하고 그 저력과 발전을 논리화하는 데 역부족이었으므로 방향전환을 위한 공동의 노력이 절실"[57]하기 때문이다.

중국 조선족은 중국국적이지만 중국문화에 동화되지 않았고 자민족의 문화를 고스란히 보존, 발전해왔다. 조선족문학은 온갖 난관 속에서도 훼손되지 않고 보존해온 민족문학사적 성과이다. 조선족문학은 한국문학에도, 중국의 소수민족문학에도 속하는 이중의 성격을 지니고 있지만 어느 쪽에도 중시를 못 받고 있다. 중국에서 한글로 창작하다보니 자신의 말과 글을 중심으로 하는 민족적 특색은 확보할 수 있었으나 늘 중국문학 속에서 변두리 위치에만 있었고 한반도는 남북한이 통합된 문학사가 없는 상황이니 오늘날 중국 조선족문학은 분명히 수림에 포함되지 않은 산비탈에 홀로 서 있는 소나무임에 틀림없다.

남한과 북한 그리고 조선족 문학은 모두 같은 뿌리를 가지고 있고 영향력이 크므로 한민족의 3대 산맥이라 할 수 있는 것으로서 어느 하나를 소홀히 할 수 없는 것들이다. 수천 년의 역사과정에서 한민족이 생활한 공간은 확장과 수축, 분열과 통합의 동적인 변화를 거듭하여 오늘에 이른 것으로 통시대적 개념으로서의 한국문학은 이를 적절하게 포함하지 않으면 안 된다. 한국문학이 "기본적으로 한민족이 각 시대의 역사적 생활공간에서 이루어 온 문학의 총체라고

---

57) 조동일, 「한국문학사」, 『동아시아문학사비교론』, 서울대학교 출판사, 1993, 148쪽.

규정할 때 각 시대마다 많든 적든 존재하였고 또 지금도 찾아볼 수 있는 재외 韓族 및 한인들의 문학은 문학의 영역이 단순한 지리적 개념이 아니라 문화적 개념이라는 점에서 한국문학의 주변적 부분"58)으로 포괄하여 마땅하다.

남북한 현대문학사를 통합하여 하나인 한국문학사로 다루려는 의도는 모국의 문학사만이 아닌 해외동포의 문학사를 포괄한 한국문학사로 이루어져야 하며 최소 중국에서는 남한-북한현대문학사를 다룸에 중국 조선족문학사까지 포괄시켜야 한다. 좀 더 구체적으로 말하면 중국 조선족의 문학-시, 소설, 희곡 등 작품을 한국문학사 한 부분으로 편입시켜 통시적이고 공시적인 의미부여와 자리매김을 해야 한다.

남북한이 공동으로 쓰게 될 한국문학사는 차제에 무엇을 어떻게 유지하고 교정하고 혁신할 것인가는 우리가 신중하고도 진지하게 고려하고 점검해야 할 우선 과제이다. 기존의 문학사류와 한국문학 연구의 축적은 새로운 문학사가 반드시 딛고 올라서야 할 발판이고 계단이다. 발판과 계단을 제대로 밟고 가지 않으면 추락하거나 방황하기 십상일 터이기에 잘 딛고 올라가야 비로소 고봉에 도달할 수 있을 것이다.

셋째, 중국 조선족의 문학교수를 통한 민족정체성 확립을 진행해야 한다.

개혁개방 이후 특히 1990년대 이후 조선족은 집거지역을 대거 이탈하고 교사들이 교단을 떠나고 학생들이 한족학교에 전학하고 민족학교가 무너지는 등 거주지역이 황폐화되고 민족 정체성과 가치관이 흔들리고 민족교육이 시련을 겪고 있으며 따라서 '조선족 위기

---

58) 김홍규, 「한국문학의 영역」, 『한국문학의 이해』, 민음사, 1986, 16쪽.

설'이 유행어처럼 입에 오르고 있다.

조선족의 정체성의 재정립, 가치관의 확립 및 민족의식 증강을 위해서는 조선족 자신이 다방면으로 해결의 열쇠를 찾아야 하겠지만 정신교육의 일환인 문학교육의 현장에서는 문학을 통한 방도로 진행이 되어야 한다.

우선 중국 조선족은 지금까지 해왔듯이 중국민족정책노선을 존중하는 동시에 중국 조선족 교육의 실효성과 역할의 점검, 특히 문학교육의 역할과 기능, 체계에 대한 구체적인 연구가 필요하다. 중국 조선족 교육의 현황을 문학교육중심으로 고찰하고 이를 바탕으로 새로운 시대적 요청에 부합하는 문학교육의 방향과 역할 모델을 제시함으로써 이러한 시대적 필요성을 충족시켜야 한다.

자칫 정치적, 이념적 문제로 인해 손실되거나 소홀할 수 있는 한국문학의 과거와 현재를 그대로 보여주는 동시에 나아가 남북한 문학이 공동으로 연구되고 교류될 수 있는 가능성을 보여주는 '민족적 실험의 장'이기도 한 역할을 인식시켜야 한다.

중국 조선족은 민족교육을 통한 저변확대, 그리고 남북한 문학을 포용하는 교두보의 역할 등 공생의 문학교육정책을 심화시켜 나가야 한다. 즉, 문학교육을 통해 조선족문학에 대한 정체성 확립과 더불어 모국의 사회와 역사에 대해 이해를 도모하고 궁극적으로 한민족공동체의 의식을 함양하도록 하는 데 적극적인 역할을 해야 한다. 다음 여타 주변 국가들과의 역사적 관련성과는 다른 차원에서 조선족 문학의 세계화를 위해 민족문화의 전일체성과 독자적인 문학성, 미학적 완성을 이루어내야 한다.

그와 함께 조선족문학교육의 궁극적인 목표를 점검하고 개선함으로써 학생들에게 문학작품의 올바른 감상과 이해를 통해 보다 나은 양질의 삶과 세상을 바라보는 고른 안목을 육성시키고 이를 통해 문학교육의 가치와 효용을 발전시켜 진정한 자생의 문학교육의 차원으로 올라서야 할 것이다.

지금 우리가 앉아 있는 이 시간에도 문학과 역사는 흐르고 있다. 우리 과거의 역사, 남북의 이데올로기와 체제는 한민족 내부의 필연적 요구로, 한민족에 의해서 자생적으로 이루어진 것이라기보다는 외래적이었다. 그나마 그 이데올로기와 체제가 원래의 모습 그대로 이식된 것이 아니라 굴절된 상태로 받아들여지고 있다. 이것은 우리 역사의 파행성이 자초한 것일 수 있다는 데 아픔이 있다. 이 아픔을 극복하고 분단의 상처를 아물게 하기 위해 남북한은 사상적, 정치적, 문화적, 경제적 차이와 이질화가 극에 달한 오늘날 문학사의 다양화를 위한 방법을 찾아가야 한다.

세계적인 추세는 냉전이 결속되고 "세계질서재편의 핵심변수인 문명"[59]이 도래하는 것이다. 즉, 사회주의와 자본주의 두 개 진영의 대항적인 국면을 대체하게 되는 것은 민족국가의 주체적 지위의 회복이며 부동한 국가와 민족 사이의 대립이다. 바꿔 말하면 정치 이데올로기의 대립이 결속된 진공상태의 공간을 민족주의 이데올로기로 채우게 될 것이며 아울러 이러한 민족의 대립은 문명의 충돌로 확산된다는 것이다.

문명이 전 지구촌을 지배할 오늘과 내일에 남북한의 문학을 솔직히 접근하고 한민족의 분단적 불구성을 치유하고 이념의 건강성을 세울 뿐만 아니라 현대문학을 정확하고 전면적으로 중국에 소개하

---

59) 미국 석학 새뮤얼 헌팅턴은 1989년 동구라파의 격변과 1991년 소련의 해체 이후 탈냉전 이후 세계질서재편의 핵심변수인 문명이 주도적일 것이라 예언했다.

고 알리기 위한 노력이 필요하다.

중국 조선족은 역사적, 지리적으로 남북한의 삼각 부분에 있고 이데올로기의 영향을 많이 받지 않는 순수성이 있고 동일한 한민족으로서 남북한을 거시적으로 객관적으로 바라볼 수 있는 시각을 지니고 있다. 그리고 조선족은 해외의 어느 동포와 달리 민족의 전통과 문화를 잘 살리는 민족중심의 주체적 교육을 해왔고 분단된 모국의 통일을 누구보다도 간절히 바라고 있기에 남북한 통합문학사는 제3자의 시각을 갖춘 중국 조선족이 써야 할 의무를 갖고 있다.

중국의 『삼국지연의』 첫머리에 이런 말이 있다. "천하대세는 무릇 합쳐진 지 오래되면 갈라지는 법이요, 갈라진 지 오래되면 합쳐지는 법이다." 그렇다. 세계적인 추세는 분단된 국토를 하나로, 이질화된 민족을 하나로 통합해가는 과정과, 국토가 분단되고 민족사회가 이질적으로 분열되는 과정을 함께 지니는 과도적 단계라 할 수 있다. 남북 분단은 이미 반세기를 넘어섰다. 갈라진 지 오랜 남북한은 베트남식의 무력통일도 아니고 독일식의 흡수통일도 아닌 평화적이고 호혜적이며 대등한 처지에서 서서히 통일해가는 방안60)으로 나가고 있으니 21세기는 통일의 종소리가 삼천리강산에 울려 퍼질 것이라 확신한다.

---

60) 1972년의 7·4공동성명에서 남북 분단국가권력들은 처음으로 평화적으로 통일할 것에 합의하고 이를 극적으로 발표하였다. 1980년대로 들어오면서 평화통일의 구체적 방안이 남북에서 각각 제시되었다. 북에서 먼저 제시한 연방제 통일안과 이에 대응하여 남에서 제기한 남북연합 및 국가연합 통일방안이 그것이다. 남쪽에서 제시한 방안이 상당한 기간 남북의 2국가 2정부 2체제를 그냥 둔 채 서서히 통일해가는 방법이라면 북쪽에서 제시한 통일안은 국가는 1국가로 하고 2정부 2체제를 상당한 기간까지 존속시키면서 그것을 통일의 한 단계로 간주하는 방안이라 할 수 있다. 그리하여 '화해와 불가침 및 교류, 협력에 대한 합의서'가 교환되었다. 강만길, 「분단 50년을 되돌아보고 통일을 생각한다」, 『창작과 비평』, 창작과 비평사, 1988, 29쪽.

5. 나가며

본 연구는 문학사의 시대구분을 통해 남북분단의 불구성을 진단하고 치유하고 극복하며 이데올로기의 건강성을 가능한 한 세워보는 작업의 하나로 시작되었다. 일제강점기를 지나 광복 후 오늘에 이르기까지 한국문학사 시대구분론에 대한 기존의 연구는 미천한 상태이다. 그동안 다양하게 논의되지 못했던 이유는 일제강점기와 분단 이데올로기 속에서 이에 대해 연구하는 것 자체가 경계되고 억압되었기 때문이다. 분단 이데올로기 속에서는 편파, 왜곡, 축소되는 기형성을 면할 수 없었기 때문이다.

남북한 사람들이 '공존할 수 있는 땅'인 중국 조선족의 터전인 만주벌에서 태어나 수십 년 민족문화에 대한 긍지와 자부심을 갖고 민족교육을 받아온 본인은 남북한 간의 문화적인 이질성과 동질성을 쉽게 파악할 수 있는 지리적인 위치에 있어 중립적인 역할을 할 수 있는 정체성으로부터 출발하여 삼국의 대표적인 한국문학사를 선택하여 시대구분의 비교를 진행하였다.

이를 위해 우선 저술된 문학사들을 통합하여 시대구분의 근거로 되는 왕조교체과정, 이데올로기 변동, 구조적변이 등 측면으로 살펴보았다. 왕조교체는 문학과의 큰 연관성이 없이 외부적 조건인 왕조변동과 역사교체, 사회발전단계에 따라 일반적인 사회정치적 관점으로 획분된 시대구분을 말하는데 여기에는 김사엽, 권영민, 김병민의 문학사를 들 수 있다. 왕조교체에 의한 시대구분론은 왕조교체에 따른 것이기에 시대경계를 분명히 해두는 데 번거롭지 않고 편리하기에 아직도 큰 권위를 누리고 있다. 하지만 문학과 큰 연관성이 없기 때문에 설득력을 가지기 어렵고 고전문학에는 적용이 많이 되는 반면에, 현대문학에는 어려우며 더불어 동일한 시대에 분단된 국가에 대한 문학기술에 대한 난제를 안고 있다.

이데올로기의 변동에서는 당 정책의 입장과 이념적 편향이 그대로 문학사에 관철되는 북한의 문학사와 김윤식과 김현의 문학사가 여기에 해당된다. 북한에서 나온 문학사의 경우 문학사가 쓰일 당시의 당 정책의 입장과 이념적 지표가 문학사 기술에 선명하게 반영되어 있는 것이 특징적이다. 이것은 물론 문학창작과 문학비평 및 문학연구가 철저히 당 정책에 복속되어 있는 북한문학의 특수성 때문이다. 김윤식, 김현의 문학사는 이제까지의 시대구분에 대해 새로운 관점을 제시했다. 문학사를 고전과 현대로서 다루던 이원론적 관례를 청산하고 근대의식의 성장에 따라서 문학사의 시대구분을 하였다. 과거 문학사의 한계인 서구화 논리를 근본적으로 문제 삼는 진지한 성찰과 날카로운 시각을 겸비하고 있다.

구조적 변이에서는 조동일의 문학사를 들 수 있는데 그는 첫째, 둘째, 셋째 등으로 순서를 정해주고 원시, 고대, 중세 전기, 중세 후기, 중세에서 근대로의 이행기, 근대로 구분하였으며 각 시대의 특징과 문학이 시작된 기점을 분명하게 드러내었다. 시대구분에 있어서 문학을 문학행위라는 관점에서 파악하고 문학과 사상, 문학과 사회를 함께 이해할 수 있는 통괄작업으로 시간, 담당층, 갈래의 세 가지 축을 입체적으로 생각해보자는 제안에 기초해 있는 것이 특징이다.

이어 시대구분의 가장 핵심적인 문제로 떠오르고 있는 현대문학의 기점설을 분석하였다. 백철은 1924년 신경향파의 등장 이후를 현대문학으로 파악하고 현대문학의 성격을 프롤레타리아 문학으로 규정하였다. 조연현은 순수문학을 현대문학의 성격의 중심으로 설정하여 현대문학을 1930년대 초부터 출발시키고 있다. 그들의 현대문학

기점설은 모두 설득력이 없으며 편향적이라는 비판을 면하기 어렵다. 오세영과 김용직은 한국 모더니즘 시로부터 현대문학의 기점을 잡아 1930년으로 보았다. 권영민은 해방이라는 역사적 사건에 대응하여 1945년을 굵은 선으로 그었다. 문학사 서술에서 개인이 주체가 되는 남한의 경우, 대부분 한 개인의 착상에서 시작되는바 학자들은 논쟁이 분분하고 그 견해 차이도 많아 시각이 다각적이고 학문적 깊이도 있지만 서로서로가 설복하지 못하고 통합된 의견을 모으기 어려운 딜레마 속에 빠지기 쉽기에 기본적으로 계급결정론이나 사회주의적 경향과는 거리가 멀다고 할 것이다.

북한의 사회과학연구소에서 나온 문학사를 보면 『조선문학통사』 (1959)는 사회 경제 구성상의 변화에 초점을 맞추어 1945년을 현대의 기점으로 잡고 있고 『조선문학사』와 『조선문학개관』은 1926년 10월 17일, 김일성이 공산주의적 혁명조직인 '타도제국주의 동맹(ㅌ・ㄷ)' 결성을 현대문학의 기점으로 잡았는데 이는 현재 북한의 공식 입장이 되고 있다. 조직적 토론을 통해 집단적으로 저술되는 북한의 경우, 현대문학의 1945년으로부터 1926년으로의 시점변화는 사학계의 이론을 충실히 적용하고 있는 셈이다. 북한의 문학은 당의 정치적 방향에 따라 지침에 따라 완전히 굴복되어 있다.

중국 조선족인 박충록은 현대문학의 기점을 1926년으로 잡았고 김병민은 현대문학의 기점을 1919년으로 규정하였다. 중국의 교육정책 하에 중국 땅에서 민족문학교육을 하고 있는 중국 조선족의 경우, 이념적 친화성으로 1980년대까지 북한의 영향을 많이 받아왔으나 수교 이후 최근에는 남한의 영향을 많이 받고 있음을 볼 수 있다. 하지만 기점을 설정하게 된 이유나 이론이 충분하지 못하고 학문적 심도가 깊지 못하다. 두 모국의 문학사 영향을 많이 받아 그대로 계승하거나 수용하는 억지도 없지 않다.

끝으로 이러한 시대구분론이 갖는 중국 조선족에서의 한국문학 교육적 의의와 금후 한국문학 방향에 대해 논의해보았다. 그동안 중국 조선족이 기술한 시대구분은 연대기로서 10년 단위의 역사적 설정 안에서 문학은 작품의 변모를 살피는 것으로 지식전수의 목적으로 나열된 시대구분이어서 문학사의 내적인 변모와 사회사와 문학사의 상호 관계를 적절하게 반영하지 못하고 있다.

교육현장에서의 문학사의 시대구분은 효과적인 문학작품의 이해와 감상을 위한 배경지식뿐만 아니라 문학의 시대적 변화를 설명하는 지식으로서 학습의 대상이 되어야 할 것이다. 그리고 우리 문학사의 발전과정에 대한 이해와 이를 바라보는 관점을 확립하는 데에도 도움이 되어야 할 것이다.

금후 중국에서 한국 현대문학 교육은 한반도의 우수한 현대문화와 문학을 광범위하게 소개하고, 중국 조선족문학사도 남북한 통합문학사의 한 각론으로 삼으며 문학교수를 통한 민족정체성 확립을 진행해야 할 것이라는 과제를 제기하며 글을 마치고자 한다. 통일시대를 대비하여 남북한과 중국 조선족을 아우를 수 있는 현대문학사의 통합적 시대구분의 방안과 그에 대한 지속적인 연구는 차후의 과제로 삼고자 한다.

참고문헌

1) 기본자료

28인 공동 집필, 『한국현대문학사』, 현대문학, 1989.

권영민, 『한국현대문학사』(1945~1990), 민음사, 1993.

김병민, 『조선문학사』(근대·현대 부분), 연변대학출판사, 1994.

김병민·허휘훈·최웅권·채미화, 『조선-한국당대문학사』, 연변대학출판사, 2000.

김사엽, 『개고국문학사』, 정음사, 1954.

김윤식·김현, 『한국문학사』, 민음사, 2003.

김준영, 『한국고전문학사』, 영설출판사, 1971.

박종원·류만·최탁호·김하명·김영필, 『조선문학사』(1977~1981)5, 문학연구소..

박종원·최탁호·류만, 『조선문학사』(19세기 말~1925년), (열사람문학신서 6), 열사람출판사, 1988.

박충록, 『조선문학간사』, 연변교육출판사, 1987.

백철, 『신문학사조사』, 신구문화사, 1982.

사회과학원문학연구소, 『조선문학사』(1926~1945년), (열사람문학신서 7), 열사람출판사, 1988.

사회과학원문학연구소, 『조선문학통사』(현대문학 편), 북한문예연구자료선 3, 인동도서출판사, 1988.

장덕순, 『한국문학사』, 동화문화사, 1982.

정홍교·박종원·류만, 『조선문학개관』(Ⅱ), 북한문예연구자료선 1, 인동도서출판사, 1988.

조동일, 『한국문학통사』(1, 4, 5), 지식산업사, 1982.

조연현, 『한국현대문학사』, 성문각, 1982.

2) 주요논저

강만길, 「분단 50년을 되돌아보고 통일을 생각한다」, 『창작과 비평』, 창작과 비평사, 1988.

구중서, 『한국문학사론』, 대학도서주식회사, 1978.

김관웅, 「중국조선족 문학의 력사적 사명과 당면한 문제 및 해결책」, 『한마을』, 연변인민출판사, 1999.

김규영, 「북한 현대문학논쟁에 관한 고찰」, 북한연구소.

김석하, 「한국문학사시대구분 추의」, 『동양학』, 단국대학교 부설동양학연구소, 1972.

김성룡, 「문학사와 철학사의 통합전망에 대하여」, 『한국문학논총』25, 한국문학회, 1999.

김채수, 『영향과 내발-문학사의 시대구분 기준론』, 태진출판사, 1994.

김철, 「문학사의 '지양'과 실현」, 『문학과 사회』, 소명출판, 1993.

김학동, 「서술방법의 실증적 접근: 문학의 기준에 의해서 확립된 시대구분법의 중요성 인식, 한국근대문학사 서술방법상 문제점」, 『서강』4, 서강대학교 출판부, 1973.

김행숙, 「북한문학사 서술의 원칙과 성격」, 『남북한 현대문학사』, 나남출판사, 1995.

김홍규, 「한국문학의 영역」, 『한국문학의 이해』, 민음사, 2003.

민족문학사연구소 지음, 「문학사의 시대구분」, 『북한의 우리 문학사 인식』, 창작과 비평사, 1991.

송희복, 「문학사와 시대구분」, 『동악어문논집』, 동악어문학회, 1991.

신승희, 「한국문학사의 서술대상과 시대구분에 대한 비판적 고찰」, 『어문연구』, 한국어문교육연구회, 1992.

안봄, 「한국문학사 시대구분 논개」, 조선대학교 석사학위논문, 1994.

엄정자, 「통일 지향적 요소」, 『그곳이 알고 싶다……』, 비손애드컴, 2003.

오세영, 「근대시, 현대시의 개념과 기점」, 『한국현대시사의 쟁점』, 시와 시학사, 1991.

윤여탁, 「문학사의 시대구분과 문학교육」, 『선청어문』28, 서울대학교사범대학 국어교육과, 2000.

이태극, 「한국문학사의 시대구분에 대한 일시안」, 『한국문화연구원논총』, 이화여자대학교, 1967.

조동일, 『문학연구방법』, 지식산업사, 1980.

조동일, 「한국문학사」, 『동아시아문학사비교론』, 서울대학교 출판부, 1993.

조동일, 「한국문학사의 시대구분」, 『한국음악사학보』, 한국음악사학회, 2000.

조동일, 『세계문학사의 전개』, 지식산업사, 2002.

조석래, 「국문학사 시대구분의 방향」, 『논문집』28, 진주교육대학교, 1984.

조재훈, 「초창기 한국문학사의 시대구분문제-안자산 저 『조선문학사』의 경
　　우」, 『인문사회과학 연구』13, 1998.

최병해, 「현대문학사의 시대구분에 관한 연구-분단문학의 기점과 관련하여」,
　　영남대학교 석사학위논문, 1995.

홍기삼, 「한국문학사시대구분론」, 『한국문학연구』, 동국대학교 한국문학연
　　구소, 1989.

황정산, 「남북문학사시대구분론: 해방 이후의 문학을 중심으로」, 『현대시학』,
　　현대시학사, 1989.

한국 현대문학 연구

제1절 박경리의 「불신시대」론

박경리는 1955년 『현대문학』에 단편 「계산」이 추천되면서 작품
활동을 시작하여 지금까지 단편 40여 편과 중, 장편 30여 편, 그리
고 대하소설 『토지』총 16권 등의 많은 작품을 창작한 작가이다. 그
의 작품세계는 6 · 25전쟁과 분단이 남긴 정신적, 물질적 상흔을 탐
구하는 것으로부터 출발하여 작품 영역의 확장과 변모를 거듭해왔
다. 등단 초기의 작품들은 전쟁미망인의 생활고를 사회의식과 자기
성찰의 문제로 결부시킴으로써 문단의 주목을 끌었다. 단편소설 「불
신시대」는 박경리가 등단한 지 얼마 안 되어 발표한 작품이다.

김치수 등 대부분의 평론가들은 공통적으로 「불신시대」를 전쟁미
망인의 '불행한 여인상'을 그린 박경리 초기소설의 특징을 대표하는
작품1)으로 보고 있으며 김윤식과 정호웅이 공동 저술한 『한국소설
사』에서는 「불신시대」를 세계폭력성에 맞서 '나'를 지키고자 하는
'인간자존의 회복'을 선언한 작품2)으로 보았다.

1. 작가연구 '비평적 전기'

1) 작가의 가계, 고향, 출생, 가족상황 등

박경리는 1926년 10월 28일 경남 충무시 명정리에서 朴壽永의

---

1) 김치수, 「불행한 여인상」, 『박경리와 이청준』, 민음사, 1982.
2) 정호웅, 김윤식, 「한국소설사 8」, 『현대소설』, 1992, 379~380쪽.

장녀로 출생하였다. 본명은 朴今伊이다. 박경리는 김동리가 문단에
추천하면서 지어준 필명이다. 박경리는 자신을 아버지와 연관 지어
생각할 때마다 자신의 출생이 매우 비극적이었으며 불합리한 것이
었음을 되새긴다. 아버지 나이 열네 살에 네 살 연상이었던 어머니
와 결혼하였기에 부부 사이에는 깊은 애정이 있지도 않았으며 그 사
이에서 태어난 자신의 존재도 그 스스로 비극의 시작이라고 할 만큼
환영받지 못했던 것이다. 그녀의 아버지는 유랑생활을 자주 했으며
조강지처를 버리고 재혼하기에 이르렀다. 아버지의 유랑생활과 여성
편력은 박경리로 하여금 아버지를 증오하게 만들었으며3) 모녀로만
구성된 가족관계를 형성하게 되는 중요한 원인이 되었다.

  박경리는 부모에게 받은 상처로 어려서부터 반항과 고독을 마음
속에 길러왔고 고독은 작가를 남보다 빨리 성숙하게 만들었으며 그
것은 책을 빨리 접하게 되는 계기가 되었다.

  아버지에 대한 박경리의 기억은 크게 양분됨을 볼 수 있는데 아버
지 존재에 대한 부정적인 시각과 다분히 매력적이며 낭만적인 예술가
적 기질에 대한 선망이 그것이다. 어머니를 사랑하지 않았고 어머니
와 자신을 버린 채 재혼한 아버지, 끝내 작가 자신과 화해하지 못한
아버지의 모습은 부정적인 기억의 회고이며 자신이 이어받은 아버지
의 예술가적 기질에 대한 회고는 아버지에 대한 긍정적인 시각일 것이

---

3) 나의 출생은 불합리했다. 이 허무한 세상에 왜 내가 태어났느냐 하는 따위의 뜻은 물론 아니
   다. 그것은 부모들의 관계에서 온 나의 견해였다. 아버지는 죽는 날까지 어머니에 대하여 타
   인이라기보다는 오히려 적의에 찬 감정으로 시종일관했다. 어찌하여 사랑하지도 않고 그렇게
   미워한 여인에게 나를 낳게 했는가 싶다. 어머니는 말하기를 산신에게 빌어 꿈에 흰 용을 보
   고 너를 낳았으니 비록 여자일망정 너는 큰사람이 될 것이라고, 나는 그 이야기를 시시하게
   들었을 뿐만 아니라 산신에게 증오하고 학대했던 남자의 자식을 낳게 해주십사 하고 애원을
   한 어머니를 경멸하였다. 그것은 사랑의 강요였기 때문이다. 어머니의 그러한 모습은 내게 결
   코 남성 앞에 무릎을 꿇지 않으리라는 굳은 신념을 못 박아주고야 말았다. …… 어머니에 대
   한 연민과 경멸, 아버지에 대한 증오, 그런 극단적인 감정 속에서 고독을 만들었고 책과 더불
   어 공상의 세계를 쌓았다. 박경리, 『반항정신의 소산』, 어문각, 1962.

다. 그러나 자신이 아버지의 예술적 기질을 가장 많이 닮고 있는 것을 인정하면서도 아버지에 대한 부정적 인식이 지배적인 것이 사실이다.

박경리가 어린 나이에 느낀 인간에 대한 실망과 좌절은 그의 인생과 문학을 좌우하는 힘으로 맺어지게 하였고 선이라는 담론에 담겨진 악의 모습을, 화려함 속에 깃들여진 어려움을, 자연스러움 속에 부조화를, 제의 속에 가녀린 희생양을 보았다. 박경리는 아버지로 인해 여성적 삶에 대한 비관적 인식을 하게 되고 더불어 자신의 어머니 삶에서도 절망적인 모습을 보게 되었다. 아버지에 대한 증오는 어머니에게로 이어져 아버지에게 무릎 꿇는 어머니를 경멸하게 하였다. 이처럼 아버지와 어머니로 인하여 겪어온 삶의 경험들은 박경리 초기 문학의 토대가 되었다.4)

2) 학업-학교, 사제관계 등

박경리는 초등학교 때부터 낙제를 겨우 면할 정도의 열등생이었다. 그러나 감성만은 유달리 예민하여 친구 집이나 친척집에 놀러 갔다가 조금이라도 싫은 기색이 보이면 두 번 다시 그 집에 발걸음을 하지 않았고 그 버릇은 어른이 되어서도 여전하였다고 한다. 초등학교 5학년 때 일본 여류작가 紫式部의 작품과 생애를 배우면서 박경리는 그 여류작가를 동경하게 되었고 그녀처럼 자신도 미망인이 되어 글을 썼으면 좋겠다는 생각을 하게 되는데 묘하게도 그 생각이 후에 그대로 실현되게 되었다.

여교에 들어간 후에도 그녀는 여전히 열등생이었으며 언제나 시

---

4) 한길녀, 「박경리 초기 단편소설 연구-작중 여성인물에 나타난 작가 의식을 중심으로」, 순천향대학교 석사학위논문, 2001, 9~11쪽.

간 중에 소설을 감추어 읽었고 이로 인해 선생님들께 혼이 난 적이 많았다고 한다. 수줍어하고 순진하게 보이던 그녀였지만 가끔 엉뚱한 짓을 저지르기도 했는데 진주여고 4학년 때는 사감에게 반항을 해서 퇴학을 당할 뻔하기도 했으며 3학년 때는 담임인 음악선생의 호의가 징그러워 학교를 중퇴하는 등 철저하고 격렬한 성격의 소유자였다. 그러나 3학년 때 학교를 중퇴한 이유 중에는 음악선생이 보기 싫다는 이외에 아버지와 충돌한 것도 포함된다고 한다. 박경리는 학비를 보내기로 약속했던 아버지가 학비를 보내지 않자, 고향으로 내려가 아버지와 크게 다툰 후 어쩌다가 좁은 길에서 아버지와 마주치게 되면 목뼈가 부러질 만큼 외면을 하였고 그 후 아버지는 중국으로 가게 되었는데 고모를 통해 만나고자 원하는 아버지를 끝내 만나주지 않아 아버지는 그대로 떠났고 심지어 임종에도 가지 않았다고 한다. 그는 오촌 아저씨의 알선으로 여학교를 복교하고 졸업하게 된다.

3) 친우와 이성 관계

박경리에게 아버지는 증오의 대상일 뿐만 아니라 부인하고픈 존재로 나타난다. 가정을 돌보아야 하는 책임을 저버리고도 자신의 권위를 잃지 않으려는 아버지의 모습은 박경리에게 부정적인 남성상을 심어주는 동기가 되어 그녀는 친척일지라도 남자라면 모두 싫어하고 외면하며 살게 된다. 그래서 친척들은 그녀를 거만하다고 했고 그녀의 어머니도 "너는 죽어도 찾아올 사람이 없을 테니 토삼 뿌리처럼 혼자 살라"라고 야단치기도 했고 동네 노인네들도 저 처녀 시집보내려면 애먹겠다며 핀잔을 주기도 했다 한다. 그러던 그녀는 1946년 김행도와 결혼하게 된다. 그녀는 줄곧 거절하던 결혼을 반발

심의 소치로 하게 되었다고 회고한다. 부유하고 집안 좋고 강한 것에 대한 증오심이 그녀에게 결혼을 하게 하였고 그녀의 결혼생활은 행복도 불행도 아니었다고 한다. 남편은 신뢰할 만했고 순진한 사람이었기에 그녀는 남편에게서 낭만이나 정열을 느끼지는 못했지만 가족적인 애정을 느꼈고 물질적인 풍족함 속에 안락한 생활을 하며 아들과 딸을 낳게 된다. 그러나 성실한 엔지니어였던 그녀의 남편은 불행히도 문학을 이해하지 못했다.

박경리는 1950년 가족을 떠나 3·8선에 접근해 있는 연안여고의 교사로 취직을 갔으나 1개월이 못 되어 6·25가 터지게 된다. 전란 중에 그녀의 남편은 납북이 되었으니 그녀가 남편과 지낸 것은 겨우 5년여에 불과하다. 이러한 삶의 체험은 초기소설에 반영되어 결혼한 여성주인공이 등장하는 작품 대부분에서 남편의 존재는 나타나지 않는다. 남편의 존재에 대해서는 구체적인 사건으로 전개되지 않고 남편의 부재로 인하여 생겨난 생존의 고통이 이야기의 중심이 된다. 그때부터 그녀는 어머니와 딸과 함께 교원, 장사, 은행원, 신문기자, 매표원에 이르기까지 생존을 위해 수단과 방법을 가리지 않는 강인한 가장의 역할을 감당해야 했다.

한편 그녀는 1953년 피난 간 고향에서 K라는 남자와 불행한 연애를 하게 된다. 그녀에게 있어 처음 느껴보는 연애감정이었다. 그러나 결혼생활을 체험한 27세의 여자의 소위 첫사랑은 K의 어떤 배신적인 언질로써 깨끗이 결별하게 된다. 그녀가 지독하게 사랑했다는 그 남자의 사소한 몇 마디를 용서할 수 없었던 그녀는 그만큼 연애의 신성을, 사랑의 순수를 신봉했었다.

한편 그녀의 인생역정에서 가장 슬픈 일은 둘째 아이의 죽음이었다. 이 사건 또한 그녀의 초기단편 작품 속에 반복되어 나타나는바 그녀에게 잊을 수 없는 상처였으며 인간애와 도덕윤리가 무참하게 파괴된 전후의 혼란과 부패의 현실을 전후사회 속에서 경험하고 인간들에게 환멸감을 느끼게 된다.

4) 사회활동-문단에서의 역할

친구의 주선으로 그녀는 김동리 선생님을 만나게 되어 소설지도를 받게 되고 1955년 단편 「계산」이 『현대문학』에 추천됨으로써 문학에 발을 딛게 된다. 그러다가 1년만인 1956년 8월에 「흑흑백백」으로 추천 완료됨으로써 본격적인 문단활동을 시작하였다. 1959년 장편 『표류도』를 『현대문학』에 연재하고 대한교과서에 간행하였고 이 작품으로 제3회 '내성 문학상'을 수상하였다. 1984년에는 『한국일보』 창간 30주년 기념 '한국 전후문학 30년 최대 문제작' 선정에서 선우휘의 『불꽃』, 황석영의 『장길산』과 함께 『토지』가 선정되었다. 1990년 제4회 '인촌상'을 수상하였다. 1991년 8월 26일부터 이듬해 2월 28일까지 연세대 원주 캠퍼스에서 '한국 문학의 이해'를 강의하였다. 1992년 3월 1일부터 8월 23일까지는 '소설 창작론'을 강의하였다. 1994년 8월 27일 이화여대에서 '명예문학박사' 학위 수여를 받았고 10월 6일 한국여성단체 협의회에서 '올해의 여성상'을 수상했으며 12월 3일 유네스코 서울협의회에서 '올해의 인물'로 선정되었다. 1995년 3월 1일 연세대학교 원주캠퍼스 객원교수로 임용되었고 '소설 창작론' '문학연구 방법론'(대학원) 등 강의를 하였다. 『문학을 지망하는 젊은이들에게』를 현대문학사에서 간행하였다. 1996년 3월 22일 제6회 '호암예술상'을 수상하였고 4월 26일 칠레 정부로부터 '가브리엘라 미스트랄 문학 기념메달'을 수여 받았다. 5월 17일

토지문화재단 창립 발기인 대회를 하였다. 1997년 1월 연세대학교 용재(백낙준) 석좌교수로 임명되었고 3월에는 대학원 '소설 창작론'을 강의하였으며 8월 15일에는 '토지 문화관' 기공식을 하였고 10월에는 연세대 원주캠퍼스에서 '한국문학의 이해'를 강의하였다.5)

5) 문학관–고통과 창조, 그리고 생명의 글쓰기

박경리는 문학의 본질을 곧 인간과 삶의 탐구에 있다고 하였다.

> 문학은 삶 자체, 알 수 없는 생명이 삶이라는 현장에 나타났다가 알 수 없는 삶을 겪으며 사라지는 바로 그 과정의 탐구가 아닐까요? 삶 자체에 깊이 칼질하여 뭔가를 도려내려는 행위인 것입니다. 한계 없는 무한한 곳을 더듬으며 잡히는 것이 삶을 어떻게 저해하며 또 어떻게 삶을 부추기는 것인가. 삶을 떠난 문학은 존재할 수가 없습니다. 희로애락은 각기 삶 속에 엮어지는 부분일 것이며 소설에서는 명암이며 빛깔이며 음향, 종합 속에 묻어 들어가는 것으로 생각합니다.6)

과학은 인체를 통하여 생명에 관한 것을 적출하지만 문학은 인간을 통하여 생명의 존재 의미를 추구한다. 문학은 실증할 수도 없고 실체가 아닌 추상적인 것을 추상적 방법으로 추구하지만 그것은 살아 있는 종합적 표현이라는 점에서 의미가 있다. 문학은 사회문제, 철학, 역사, 경제, 정치 등 모든 것을 포용한다. 삶의 총괄적 모습을 다루어야 하는 문학은 삶의 모든 부분을 수용한다는 것이다. 박경리

---

5) 『새미작가총서 9, 박경리』(1998) 중 「박경리의 연보」 참고.
6) 박경리, 「문학을 지향하는 젊은이들에게」, 『현대문학』, 현대문학사, 1995, 220~221쪽.

의 문학관에 의하면 소설은 끝없이 변화하는 세계 속에서 불확실한 삶을 불특정한 방식으로 반영하는 문학양식이다. 소설은 역동적인 세계와 삶에 무한한 가능성으로 대처하는 열려 있는 양식인 것이다. 세계와 삶을 담기 위해 작가에게 필요한 것은 고정된 지식이 아니라 끝없는 사고라는 것이다.

박경리 문학사상의 바탕을 이루는 것은 생명과 영성의 철학이다. 작품이 생명력을 지니기 위해서는 작가에게 필요한 것은 창작에 임하는 치열한 자세이다. 그는 "소설은 뜨거운 심장으로, 투철한 눈으로 쓰는 것"임을 말하고 "자기 내부의 불씨를 사르는 일"임을 강조한다. 마음에 불씨가 없다면 문학에서 손을 떼야 한다. 사물에 대한 넘치는 애정을 바탕으로 치열하게 창작에 임할 때 작품은 생명력을 지니게 된다. 생명력 있는 작품은 영성을 지닌다.

> 글 쓴다는 것은 행복한 작업이 아닙니다. 정원에 나무 한 그루를 심으면 행복하지요. 흙을 다독거려 주고 새싹이 터 오르는 것을 보면 참 행복합니다. 그러나 글을 쓴다는 것은 행복한 작업이 아닙니다. 물론 글을 쓰기 위해서 고통을 받는 것은 아니지만 고통을 받음으로써 글을 쓰는 데 토양은 돼요. 이것은 확실한 것 같아요. 요컨대 체험이지요. 가슴이 찢어지는 듯한 아픔을 느끼지 못했다면 가슴이 찢어질 정도의 절절한 표현이 안 나와요. 고통을 모르는 사람이 고통을 쓴다는 것은 어려운 얘기지요.
>
> 고통을 체험하고 슬픔을 체험함으로써 그것이 작품상으로 드높은 리얼리티를 얻게 되는 면 말고는 고통은 사람을 한층 더 고양시키는 역할도 한다고 봐요. 물론 사람 중에는 고통을 겪음으로써 일그러지는 사람도 있고 때로는 열등의식에 사로잡히거나 자포자기하는 사람도 있지만 그 고통을 딛고 일어서서 보다 성숙되고 앙양되는 사람이 있어요. 제가 보기엔 고통을 통해 어떤 비극적인 상황

이나 불행에 처해서도 이를 극복할 힘이 생긴다는 면도 있겠지만 제게는 자신을 깨끗이 씻어주는 것, 부패로부터 자신을 씻어주고 안이한 일상에서 벗어나 진실과 대결을 하도록 하는 것, 그리고 정직해질 수 있다는 것, 이런 것이 좋은 작품을 쓸 수 있는 토양이 된다는 얘기죠. 그렇다고 해서 좋은 글을 쓰기 위해서 고통을 받는 것이 감사하다는 것은 절대 아닙니다. 사실 저는 글을 안 썼으면 좋겠어요. 안 쓰고 고통을 안 받았으면 좋겠어요. 그러나 고통이란 겪고 싶지 않다고 해서 겪지 않을 수 있는 것은 아닙니다.[7]

박경리는 글쓰기는 참으로 고통스러운 작업이라 했다. 그는 자신의 육신과 현실과의 싸움의 결판장이 작품이 아닐까 자문하며 분노와 불안 그리고 고통이 자신의 창작 활력소였음을 털어놓는다. 그것은 인간적으로 지극히 불행한 것인 동시에 자신의 생존을 가능하게 하는 모순적인 힘이기도 하다. 글쓰기는 박경리에게 참으로 고된 작업이지만 역설적으로 가장 축복된 작업이기도 하다. 그는 일이란 인간을 포함한 모든 생명에게 주어진 축복이라 생각한다. 삶의 본질은 일이며 마음은 작품의 감이다. 앉아 일하고 글을 쓰는 자리는 고통과 외로움을 극복하기 위하여 돌아오는 자리이며 자신의 실체를 인식하고 모든 생명이 살아 있음을 실감하기 위하여 돌아오는 자리이다.[8]

2. 작품의 역사적 상황과 배경

1) 작가의 창작의도

박경리의 작품은 '한국문학의 전통과 맥 잇기'라고 개괄할 수 있

7) 김치수, 「박경리와의 대화」, 『박경리와 이청준』, 민음사, 1982, 172~173쪽.
8) 김영민, 「박경리의 문학관 연구」, 『새미작가총서 9, 박경리』, 새미, 1998, 381~399쪽.

다. 그 전통은 한민족의 한과도 연계된다.

> 사실 저의 작품에는 『토지』에 나오는 인물이나 다른 작품의 인
> 물들이나 간에 그리고 제가 의식을 하거나 안 하거나 간에 무엇인
> 가 인간에게 존재하는 근원적인 한 같은 것이 있어요. 『토지』에서
> 도 인물마다에 나름대로 한을 가지고 있는 사람들이 등장하고 있어
> 요. 어떤 분들은 그래서 저의 작품을 너무 청승스럽다고 얘기하는
> 데 따져보면 청승스럽다는 얘기는 바로 한 그 자체에서 회피하고
> 싶어서 나온 표현인 것 같아요. 제가 보기에는 사람들은 모두 그
> 나름의 한 속에서 살아간다는 것, 그것이 죽음일 수 있고 가슴 아
> 픈 이별일 수 있는 그런 한 속에서 그것은 인간의 근원적인 문제가
> 아닌가 해요. …… (중략) ……사람은 한 사람, 한 사람 모두 한을
> 가지고 있는데 이는 어디서 와서 어디로 가는 줄도 모르는 삶 자체
> 가 한의 덩어리일 수도 있는 것이고 어떤 상황, 가령 일제라는 상
> 황 속에서 모두가 한을 가질 수도 있어요. 일제시대에도 물론 잘
> 산 사람도 있고 못 산 사람이 있어 일제란 상황이 개개인의 삶을
> 전부 새까맣게 칠해놓은 것은 아니라 하더라도 한국 민족 전체에
> 커다란 한을 준 것은 사실이에요.9)

박경리 문학의 놀라운 힘은 가난과 억압 속에서도 놀라운 생명력
으로 버티다가 죽어간 이름 없는 무수한 인물들의 삶과 죽음의 서술
에 있다. 죽거나 미쳐버린 사람들의 이야기를 서술하는 데 있어서
작가는 매정하리만큼 참담한 모습을 그대로 드러내고 있다. 그것은
마치 문학적 기술의 한계가 어디까지 갈 수 있는지 보고자 하는 작
가의 집념, 여기에서 버티고 설 수 있는 것은 문학이라고 생각하는
작가의 운명과의 싸움을 보여주는 것 같다. 이 경우 작가는 가난과

---

9) 김치수, 「박경리와의 대화」, 『박경리와 이청준』, 민음사, 1982, 166~171쪽.

설움과 고통으로 점철된 비극의 끝을 보고자 하는 것 같은 비장한 서술을 계속하고 있다. 그것은 바로 한국 여성 내면에 자리 잡고 있는 한의 세계와 한국인의 의식 속에 들어 있는 허무주의의 뿌리를 보여준다. 이러한 문학의 치열성은 소설을 쓰는 일을 운명의 싸움처럼 집요하게 추구하는 작가의 태도에서 유래한 것이다.

2) 창작 당시의 정치, 사회, 경제, 문화적 배경

한국의 1950년대는 전쟁과 그 상흔으로 가득 채워져 있었던 시대였다. 그것은 1950년대가 3년 동안 계속된 전쟁으로 시작되고 있다는 이유뿐만 아니라 휴전 후에도 초연의 전란이 남기고 간 상처와 쓰라림을 감당해야 했기 때문이다. 이로 말미암아 입은 피해는 말할 수 없이 가혹한 것이었다. 인명피해는 전란에 의한 것만 해도 사망자 15만, 행방불명 20만, 부상자 25만에 달했고 북한에 납치된 수는 10만 이상, 그리고 전재민 수는 수백만에 달하는 것으로 추측되고 있다.

전란으로 인한 물질적인 피해도 정확을 기하기는 어려우나 그 피해액은 모두 18억 달러 내지는 30억 달러에 달하는 것으로 추산된다. 공업시설은 42%, 발전시설은 40%, 그리고 탄광시설은 50%가량이 피해를 입었다. 가택은 3분의 1이 파괴되었고 공공건물, 도로, 교량, 항만 등의 상당한 부분이 파괴되었다.

그러나 전쟁의 피해는 물질적인 손실만으로서 잴 수 없는 것이었다. 해방된 민족으로서의 자각을 가진 한국인에게 민족의 분열에 대한 비애를 절감케 하였으며 통일에 대한 희망을 더욱 어둡게 하였기 때문이다.

한국전쟁을 통해서 한민족이 입은 피해는 전 세계를 휩쓸었던 제

1, 2차 세계대전에서 어느 민족에 비해서도 엄청난 것이었다. 그중에서도 인명의 손실과 정신적 피해는 수치로 나타낼 수 있는 물질적 피해보다는 더욱 심각하고 돌이킬 수 없이 치명적이었다. 전쟁이 남기고 간 폐허와 판자촌으로 신음하는 인간들의 정신적 내장은 무엇으로도 보상될 수도 치유될 수도 없는 것이다. 게다가 그 전쟁은 오늘날까지도 상처와 아픔의 근원으로서 남아 있는 것이다.

3) 문단의 상황 및 문단사조

전쟁은 문단에서 김영랑, 김동인, 이해문 등의 문인들을 죽음으로 몰아갔으며 이광수, 김동환, 김억, 김진섭, 박영희, 정인섭 등을 북으로 끌고 갔다. 이러한 대가급 문학인 이외에도 당시의 촉망받던 신진 문학인들이 납북 또는 행방불명되었다. 그것보다 더 중요한 것은 전쟁으로 인한 인명의 손실은 생명에 대한 극단적인 허무감과 피해의식을 낳았다는 사실이며 이는 전쟁, 전후문학의 주제와 곧바로 연결되었다. 또한 전쟁이 남기고 간 고아와 이산가족은 전후의 커다란 사회적 문제의 하나가 되었고 전후문학의 소재로도 자주 등장하게 되었다.

1950년대에 한정시켜 볼 때 작가들의 전쟁체험은 두 가지 양상을 보여준다.

첫째로 기성세대의 작가로서 전쟁을 체험하는 경우이다. 이 그룹은 신문학 초창기부터 문학을 해온 원로급 작가들을 포함하여 전쟁 발발 이전에 문단에 등장한 작가들을 말한다. 이들 세대가 겪은 전쟁은 대체로 1차 서울 함락 때부터 9·28수복까지 피난을 가지 못했던 일부 문인들의 적치 3개월의 공산주의 경험과 전쟁기간 동안대구, 부산 등지에서의 피난 생활, 그리고 문총구국대의 종군 작가단 일원으로서의 일선 경험으로 요약된다. 이들은 소박한 평화주의를 옹호하거나 전쟁 자체를 순진무구한 인성을 파괴하고 생명의 질서를 파괴하는 데 메커니즘으로 즐겨 그렸다.

둘째로 전쟁 중이나 전후에 문단에 등단한 이른바 신세대 작가군이다. 이 신세대 작가군은 대체로 1960년대 중반까지 활발한 활동을 보였으며 이후 소년의 눈으로 6·25를 본 1960년대의 작가군이 1970년대에까지 활약을 계속하였다. 신세대 작가들은 감수성이 예민한 청년기를 피난지가 아니면 전장에서 보내야 했고 전쟁의 극한 상황 속에서 문학수업을 쌓아야 했던 세대였다. 이들의 전쟁체험은 "가장 감수성이 예민하고 사고방식이 어떤 카테고리에 고정화되지 않은 정신 발육기에 얻은 체험"이기에 이 전쟁체험은 이들의 문학을 결정짓는 중요한 요인이 된다.

이 두 부류는 후방에서 전쟁체험은 전장에서의 전쟁체험과는 그 체험의 질과 성격에 차이가 있다. 당시 후방에서의 전쟁체험은 신문보도나 풍문 등에 의존한 것이 대부분이었을 뿐 아니라 간접 체험은 직접 체험과는 다른 것이기 때문이다.

6·25전쟁은 외세의 이데올로기에 의해 같은 민족끼리 서로 총을 겨누고 피를 흘리게 하였다. 이는 작가들에게 일반적인 전쟁과는 다른 독특한 전쟁체험을 쓰게 하였으며 그것은 어떻게 해서든지 극복해야 할 한민족의 정신적 문제로서 대두되었다.[10]

1950년대 작가들은 당시 문학적 유산이 빈약하고 민족어의 재정비가 이루어지지 못한 문학적 토양 속에서도 다양한 방법으로 6·25

---

10) 류학영, 「1950년대 한국 소설 연구-전쟁 체험과 갈등 구조를 중심으로」, 성균관대학교 박사
　　학위논문, 1987, 12~16쪽 참조.

와 관련된 제재들을 폭넓게 조명하면서 그들의 문학적 상상력에 의해 6·25가 빚은 참담한 수난의 모습과 생생한 체험을 문학 속에 담고자 하였으며 전쟁과 관련된 다른 소설들과 마찬가지로 보편적인 인간의 문제를 탐구한다는 본래의 주제에 접근해가고자 하였다.

초기 단편에서 『토지』에 이르기까지 박경리의 소설들이 보여준 작품세계의 변화과정은 전쟁과 분단이라는 역사적 비극을 시원으로 한다는 점에서 문학사적 무게를 갖는다. 박경리는 전쟁이 남긴 정신적, 물질적 상흔을 극복하기 위한 지속적인 노력을 해왔으며 그것이 그의 문학세계를 넓혀가는 추동력이 되었다고 볼 수 있다.

정호웅[11]은 박경리 문학의 출발점은 6·25이며 초기소설은 자기존재의 회복이라는 측면에서 전후 상황을 극복하려는 노력을 담았다고 평하였다.

3. 인물연구

1) 남성부재의 가족관계

박경리는 전쟁으로 남편을 잃고 가장의 역할을 수행하는 젊은 여성들을 집중적으로 다룬 단편들을 발표함으로써 당대의 피폐한 삶을 사실적으로 묘파하였다. 그의 소설에서 전쟁의 상흔이 포착되는 구체적인 방식은 바로 남성부재의 가족관계 형상화이다. 여성이 가장이 되어 생계를 담당해야 하는 가족관계는 전쟁으로 파손된 한 가정의 모습을 그대로 드러낸다.

박경리 소설에 등장하는 여성가장은 특정한 개인사의 의미에 머

---

11) 정호웅, 김윤식, 『한국소설사』, 예하, 1993, 340~341쪽.

무르지 않는 시대적 의미를 지닌다. 전쟁 당시 전투의 실질적인 수행자로 나선 대부분의 남성들은 가족 내에서 부재할 수밖에 없었고 전쟁이 끝난 후에도 사망, 실종 등으로 가족에게 돌아오지 못한 경우가 허다했다. 그 당시 여성이 겪어야 할 가장 큰 수난은 가족의 해체와 남편의 죽음이었다. 전쟁의 후유증은 혼란한 사회현실 속에서 가장으로서 가족을 이끌고 살아가야 하는 여성의 험난한 삶으로 나타난다. 박경리 소설에 형상화된 여성가장의 모습이 당대 여성수난의 보편적 의미를 지니는 것도 이와 같은 맥락에서이다. 이 작품들은 공통적으로 전쟁 중에 남편을 잃고 여성이 가장의 역할을 담당해야 하는 고달픈 삶의 문제를 다루고 있다. 여기에서 여성 인물들은 가족의 책임자로 나서야 하는 현실과 이것이 야기하는 갈등을 통해 자기 주체를 모색하는 모습을 보여준다. 「흑흑백백」(현대문학, 1956.8), 「불신시대」(현대문학, 1957.8) 「영주와 고양이」(현대문학, 1958.10), 「표류도」(현대문학, 1959.2~11) 등이 이러한 양상을 드러내는 작품들이다.

박경리의 50년대 초기소설에는 대체로 자전적 요소가 강하게 나타나있다. 작중 외적 현실에 적극적으로 대응하기보다는 주관적 비극에 경도되어 있는 인물의 설정, 그 주인공의 설정은 대개 박경리 자신의 모습과 크게 다르지 않다. 전쟁미망인인 아름답고 자존심 강한 여인과 죽은 아들, 그리고 그녀가 부양해야만 하는 어머니의 인물설정, 전쟁 직후의 극도의 가난, 자존심 강한 여인이 겪어야 하는 외부세계에 대한 저항에 가까운 불신 등 6·25를 겪으면서 당한 작가 자신의 불행이 그의 초기소설에 일관되게 그려져 있다. 초기의 단편인 「불신시대」가 발표되고 나서 이러한 작품경향에 대한 세간의 평가는 '사소설 작가'라는 것이었다.[12]

2) 사회현실에 대한 비판과 고발

소설 속의 주인공이 몸소 체험하는 전쟁 현장과 전후의 사회현실
은 인간애와 도덕윤리가 무참하게 파괴된 혼란과 부패의 도가니이
다. 전쟁의 혼란과 무질서 속에서 형성된 부정적 가치관은 분단의식
의 내면화, 외세 의존심리, 소비풍조, 지나친 생존경쟁의식, 성윤리
의 문란, 정의감의 상실, 불신풍조의 만연, 향락주의 등이라고 할 수
있다. 소설 속의 인물들은 이와 같은 척박한 사회현실을 체험하면서
이에 굴하지 않으려는 저항의 정신자세를 취한다. 여성 인물의 비판
적 의식은 부패한 사회상에 대한 묘사와 전쟁의 폭력성에 대한 고발
적 발언을 통해서 나타난다.

먼저 전쟁 직후의 사회현실을 배경으로 한 작품들에서 여성 주인
공들이 인식하는 현실의 타락과 부패함이 어떠한 것인지 살펴보자.

> (가) 갈월동의 아주머니는 Y병원의 의사가 같은 신자이니 믿고 다
> 니라고 했다. 그러나 여태까지 주사 분량인 한 병에서 겨우 삼분지
> 일만 놓아주고 있었던 것을 알게 되었다. …… 환자를 진찰하고 있
> 던 의사가 뒤로 고개를 돌렸을 때 진영은 놀라지 않을 수 없었다.
> 의사가 아니었다. 그나마도 근처에 사는 건달꾼이었던 것이다. 진
> 짜 의사는 그때사 서류 같은 것을 들고 안에서 분주히 나오더니 바
> 쁘게 밖으로 나가버리는 것이었다.[13]
> (나) 그릇을 들고 온 젊은 중이 돈을 옆으로 밀어놓으며 시무룩하
> 게 "영가 노자가 너무 적군요. 이 세상이나 저 세상이나 그저 돈이
> 있어야지. 동무하고 쓰다 놀다가 돌아가지 않겠어요?"[14]

---

12) 김동숙, 「박경리 소설에 나타난 여성상 연구」, 대성효성가톨릭대학교 석사학위논문, 1998,
14쪽.

13) 박경리, 「불신시대」, 『20세기 한국소설 15, 김성한, 장용학 외』, 창비, 2005, 203~204쪽.

인용문은 자기의 안위를 최우선으로 삼고 돈을 위해서는 수단과 방법을 가리지 않는 물질주의의 팽배를 묘사하였다. (가)는 인술을 으뜸으로 해야 할 병원조차도 환자를 속여서 돈을 벌고 심지어는 자격증도 없는 건달꾼이 의사노릇을 하는 세태에 대한 비판이며 (나)는 신성해야 할 종교계가 노골적으로 신자에게 돈을 강요하는 것을 고발한다. 주인공의 눈에 비친 사회는 이와 같이 삶의 가치 체계 자체가 붕괴되어 버린 혼란스러운 곳이다. 즉, 이 작품은 아무것도 믿을 수 없는 세태를 고발하고 비판하고 있는데 특히 종교와 병원을 주 표적으로 하고 있다. 종교와 의술은 사람의 영혼과 생명을 다루는 것이어서 신성하고 존엄하게 여겨지는 것들이지만 전후의 피폐한 상황 속에서 그것들은 본래의 사명이나 의무를 망각한 채 사리사욕의 도구로 전락하고 만 것임을 보여줌으로써 전후의 혼란스럽고 부정한 사회상을 고발하고 전후사회의 타락한 현실을 비판하고 있다.

부정한 현실을 대하는 여성 주인공의 의식은 매우 비판적이며 저항적이다. 이들은 물질과 권력을 위해 양심과 도덕을 내팽개치는 속물적 인간들에 대한 경멸을 감추지 못한다. 작품의 곳곳에는 타락한 사회에 대한 여성 인물들의 저항과 증오의 감정이 표출됨으로써 여성 인물의 비판의식이 뚜렷하게 드러난다.

> 문수의 죽음, 그것은 두말할 것도 없이 인위적인 실수 아니었던가. 인간은 누구나 나이 들면 죽는다고? 물론 죽는 게지. …… 설령 아이가 그때 이미 죽을 목숨이었다고 치자. 그래도 그렇게 죽이고 싶지는 않았다. 도수장의 망아지처럼…… 사람을. 사람을 좀 미워해야겠다. …… (중략) …… 반항을 해야겠다. 모든 약탈적 살인자를 저주해야겠다.[15]

---

14) 위의 책, 208~209쪽.

진영은 아들을 잃는 뼈아픈 체험을 하고 인간의 본성에 대한 근본적인 회의를 느낀다. 그의 감정은 곧 타락한 세상에 대한 증오와 불신을 멈추지 않겠다는 저항과 다짐으로 이어진다.

이상 살펴본 주인공이 인식하는 전쟁과 전후의 사회현실은 무력한 개인을 짓밟는 비정하고 폭력적인 대상이라는 점에 공통점이 있다. 주인공들은 윤리와 도덕성이 상실된 타락한 사회에 대항해 부정한 현실에 대한 저항 자세를 견지한다. 작품에서 이러한 저항의 자세는 전후 사회의 풍조에 대한 비판적 묘사와 주인공의 심리적 저항 혹은 민중과 괴리된 일부 집단의 이해관계로서 발발한 전쟁이 얼마나 큰 희생을 가져오는가를 고발하는 발언으로 나타난다. 자신과 가족에게 가해지는 부조리한 상황을 바탕으로 한 주인공의 현실인식은 그것이 폭력적인 대상에 대한 증오, 원한 등의 주관적인 감정을 벗어나기 힘들다는 데 근본적인 한계가 있다. 그러나 여기에서 나타나는 부정한 현실에 대한 비판과 부정의 정신은 상황에 타협하지 않고 다음 단계로의 극복과정을 마련한다는 점에서 매우 소중하다.16)

3) 실존으로서의 자기 확립

현실에 대한 좌절과 비판을 거친 진영은 드디어 자기 존재의 모색을 위한 새로운 탈출구를 마련한다. 작품 결말에서 여성 인물의 정체성 확립은 생명의 존귀함에 대한 각성과 실존적 자기인지로 이어진다. 그동안 생존의 불안과 비인간적인 사회에 대한 좌절감 등 극한 상황을 거쳐 온 주인공들이 마지막으로 확인하는 것은 자신에게

---

15) 위의 책, 215쪽.
16) 조윤아, 「박경리 소설의 죽음의 모티브」, 서울여자대학교 석사학위논문, 1993, 27쪽.

목숨이 남아 있다는 사실이다.

> (가) 모든 괴로움은 내 속에 있었다. …… (중략) …… 결국 나는
> 나를 속이려고 했다. 문수는 아무 곳에도 있지 않을 것이다.
> (나) "내게는 다만 쓰라린 추억이 남아 있을 뿐이다. 무참히 죽어버
> 린 추억이 남아 있을 뿐이다!"
> 진영의 깎은 듯 고요한 얼굴 위에 두 줄기 눈물이 흘러내리고 있었다.
> 겨울하늘은 매몰스럽게도 맑다. 잡목가지에 얹힌 눈이 바람을 타고
> 진영의 외투깃에 날아 내리고 있었다.
> "그렇지. 내게는 아직 생명이 남아 있었다. 항거할 수 있는 생명이!"
> 진영은 중얼거리며 잡나무를 휘어잡고 눈 쌓인 언덕을 내려오는 것
> 이었다.17)

   (가)에서는 자기 아들의 죽음을 가지고 거래를 하는 주지승의 모
습을 보고 온 후 위안을 받으려 했던 자신의 착각을 깨닫는 것이다.
돈으로 수수료를 지불함으로써 '죽은 아이와의 중계'를 부탁하여 아
이의 불행한 죽음에 대해 위안을 삼으려고 했던 자신의 잘못을 깨달
은 것이다. 죽음은 보편적인 이해나 그럴듯한 이유를 들어 죽음에
대한 망각을 지지해주는 위로에 의해서가 아니라 죽음을 확실한 것
으로 깨닫는 자기顯現을 통해 극복된다. 진영은 거짓과 허위로 가득
찬 현실을 깨닫고 아들 문수의 죽음을 그 거짓에 의지하는 것이 아
니라 확실한 것으로 받아들임으로써 새로운 희망을 품는다.
   (나)인용문은 주인공 진영이 절에서 문수의 사진과 위패를 되찾아
가지고 나와 태우고 언덕을 내려오는 장면이다. 죽은 아들의 영혼을
위로하기 위해 찾아든 절과 성당에서마저 타락성을 경험한 진영은

---

17) 박경리, 「불신시대」, 『20세기 한국소설 15, 김성한, 장용학 외』, 창비, 2005, 222~223쪽.

절망과 분노를 거쳐 '생명의 항거'를 결단한다. 진영의 항거는 어떤 경우에도 포기될 수 없는 인간자존의 회복에 대한 선언인 동시에 세계의 폭력성에 맞서는 자아의 근원적인 저항을 의미한다.

삶의 극한 상황을 경험하고 자신이 살아 있다는 사실을 새롭게 확인하는 주인공의 모습은 극단적인 상황 속에서 존재의 가능성을 깨닫는다는 실존주의의 사상과 상통하는 부분이 있다.18) 또한 죽음에 대한 강박관념에서 현실인식이 중요한 역할을 하고 있다. 현실에서 부딪치는 불합리하고 비윤리적인 일들을 냉철하게 인식함으로써 죽음에 대한 냉철한 사고를 하게 되고 그로 인하여 강박관념으로부터 벗어날 수 있었다. 이것은 「불신시대」가 『파시』나 『김약국의 딸들』과는 달리 리얼리즘의 성취라는 측면에서 비교적 성과를 거둔 부분이다. 「불신시대」에서는 불행하게 죽은 아이를 잊지 못하고 타자를 통해 위로를 받으려다가 냉철한 현실인식을 통해 자신의 허상을 깨닫고 죽음에 대해 새롭게 인지하게 되는 과정을 보여준다. 그리고 생명의 가치를 깨달음으로써 이기와 탐욕, 거짓과 허위가 가득한 불합리하고 비윤리적인 현실에 대해 능동적으로 대처해나가려는 인간의 의지를 담고 있다.

4) 인물이 처한 역사적 배경

「불신시대」는 1950년 9·28수복 직후의 서울의 혼란한 상황을 배

---

18) 실존주의에는 주체로서의 내가 존재한다는 사실이 어느 순간에서든지 찾아들 수 있는 죽음의 가능성에 의해 위협받고 있다. 따라서 실존한다는 것은 드러나든 드러나지 않든 끊임없이 맺는 죽음과의 관련이다. 이때 인간이 취할 수 있는 진정한 삶의 방식은 실존으로서의 자기를 깨닫고 삶의 가능성을 새롭게 받아들이는 것이다. 백지연, 「박경리 초기소설연구-가족관계의 양상에 따른 여성 인물의 정체성 탐색을 중심으로」, 경희대학교 석사학위논문, 1995, 28~29쪽.

경으로 하고 있다.

> 9 · 28수복 전야 진영의 남편은 폭사했다. 남편은 죽기 전에 경
> 인도로에서 본 인민군의 임종이야기를 했다. …… (중략) …… 남
> 편을 잃은 진영은 1 · 4후퇴 때 세살먹이 아이를 업고 친정어머니
> 와 함께 제일 마지막에 서울에서 떠났다. 그러나 안양에 이르기도
> 전에 중공군이 그들을 앞질렀고 유엔군의 폭격 밑에 놓였다. 수없
> 는 피난민이 얼음판에 거꾸러졌다. 피난 짐을 끌던 소는 굴레를 찬
> 채 독 밑으로 굴렀다. 피가 철철 흐르는 시체 옆에 아이가 울고 있
> 었다. 진영은 눈을 가리고 달아났던 것이다.
> 악몽과 같은 전쟁이 끝났다.
> 진영은 아들 문수의 손을 잡고 황폐한 서울로 돌아왔다. 집터는
> 쑥대밭이 되어 축대조차 찾아볼 수 없었다.[19]

진영은 남편의 죽음과 아들의 죽음에 대한 기억을 씻기 위해 몸부
림치고 있으며 아직도 포탄 냄새가 코를 찌르는 듯한 전쟁의 기억에
서 떠나지 못하고 있다. 그만큼 6 · 25전쟁이 인간에게 끼친 정신적
피해는 치명적이었다.

이 글의 '9 · 28서울수복'은 어떤 역사적 의미가 있는가? '9 · 28
서울수복'은 6 · 25전쟁 당시 사흘 만에 서울을 점령당하고 3개월 만
에 낙동강으로 후퇴해야 했던 한국군과 유엔군이 적의 병참선을 중
도에 차단, 전세를 역전시키는 데 중요한 발판을 마련했다. 또 패전
의식과 깊은 절망에 빠졌던 국민에게도 승리에 대한 자신감을 심어
준 것으로 평가되고 있다. 특히 해병대는 수도 서울이 적 수중에 들
어간 지 3개월 만에 중앙청 옥상에 최초로 태극기를 게양, 당시 미

---

19) 위의 책, 191-192쪽.

국 트루먼 대통령으로부터 "세인에게 알려지지 않은 숨은 공훈"이라는 요지의 표창을 받기도 했다.[20]

5) 인물들의 관계

(1) 진영과 어머니의 관계

주인공 진영에게 아들의 죽음과 함께 다가오는 자신이 짊어져야 할 어머니의 존재는 적대적인 관계가 제시되고 있다. 어머니는 진영에게 가장으로서의 짐, 즉 경제적 생계를 영위하기 위한 책임을 떠넘김으로써 이들의 관계는 적대적인 관계가 된다.

> 아침부터 진영은 마루 끝에 멍하니 앉아 있었다. 갑갑하게 그러지 말고 밖이라도 좀 갔다 오라는 어머니의 말이 도리어 비위에 거슬려 지영은 이맛살을 찌푸리며 머리를 부여안는다. 갑갑함 때문만이 아니다. 진영은 일자리를 찾아 밖으로 나가야 하는 것이다. 진영은 머리를 부여안은 채 도대체 어디를 가야 하며 누구에게 매달려 밥자리를 하나 달라고 하겠는가. 더군다나 폐까지 앓고 있는 내가…… 진영은 문수를 생각했다. 살겠다고 버둥대는 어머니와 자기의 모습이 한없이 비루하게 느껴지는 것이었다. …… (중략) …… 어머니는 장독대 옆에서 빨래에 풀을 먹이고 있었다. 넓적한 해바라기의 잎사귀 사이의 그 찌들은 옆얼굴을 바라보는 진영은 바다에 떠밀려 다니는 해파리를 생각했다. 그렇게 둔하면서도 산다는 본능만을 가진 것, 그저 산다는 것, 진영은 어머니에 대한 잔인한 그런 주시를 더 이상 계속할 수 없었다.[21]

---

20) 연합뉴스 TV, '9·28 서울수복 55주년 기념식', 2005.9.28, 17:33.
21) 위의 책, 199~200쪽.

어머니가 진영에게 '갑갑하게 그러지 말고 밖에라도 좀 나갔다 오라'는 것과 진영이 '일자리를 찾아 밖으로 나가야 하는 것'은 내외 관계를 뚜렷이 부각시킨다. '일자리'는 모두 집 밖에서 구해야 하는 것으로 목숨을 영위하고 자기의 가족을 지키기 위한 것으로 집 밖으로 나아감을 이끈다. 어머니가 '장독대 옆에서 빨래에 풀을 먹이는 행위'는 여성의 노동에 속하는 것으로 젠더 공간을 형성하는 것이지만 '일자리 구하기 위해 밖으로 나가는 것은' 남성 공간에 해당되는 것이다. 그녀에게 어머니는 '산다는 본능만을 가진 존재, 바다에 떠밀려 다니는 해파리' 같은 존재로 인식되면서 그녀에게 안락과 비호의 공간으로서의 모성 공간을 제시하지 못하게 된다. 어머니의 삶에 대한 애착에 비해 진영은 아이의 죽음에 대한 죄책감으로 삶의 의지를 상실하고 무거운 가장으로서의 책임을 버거워하는 여인이다. 가난, 궁핍의 부정성을 극복하기 위해서는 바깥으로의 나아감이 이루어져야 한다. 그러나 어머니의 삶에 대한 애착은 지영에게 내 공간의 안락을 제공하는 역할보다는 가장으로서의 외 공간의 책임을 떠맡기고 있어 지영과 어머니의 관계는 부정적인 관계에 놓여 있음을 알 수 있다.

(2) 갈월동 아주머니와의 관계

아이의 죽음과 자신의 병에서 오는 부정적 공간의 탈출을 위해 진영은 갈월동 아줌마에게 성당에 데려다 달라고 부탁한다. 아이의 죽음에 따른 악몽과 자신을 추스르기 위해서다.

> 영세를 받았기 때문에 믿고 돈을 준 아주머니, 신자이기 때문에 믿고
> 일을 맡긴 아주머니, 단순했다고 할 수밖에 없다. …… (중략) ……

진영은 아무렴 그렇겠지, 그런 배짱이면…… 하다 말고 아주머니
의 눈을 들여다본다. 아무런 악의 그늘도 없는 맑은 눈이었다. ……
(중략) …… "아무튼 돈을 벌어야 해. 돈이 제일이야. 세상이 그런
걸……"22)

아주머니는 진영의 명복을 빌어주기 위해서라기보다는 진영과의
'계'로 인한 관계를 이용하려는 것이다. 곗돈을 떼어먹은 갈월동 아
주머니, 그녀에게 무관심한 의사, 성당, 절 등은 모두 하방 공간의
세속적인 인간의 욕심을 드러내는 동위태를 형성한다. 수직체계에서
볼 때 성당과 절은 상방의 신과 연결되는 정신적인 것으로 하방의
물질적, 세속적인 인간 세계와 변별성을 갖게 되지만 이 텍스트에서
는 세속적인 인간의 욕망을 상징하는 공간으로 제시되고 있다.

6) 사건과의 관련성

전쟁체험을 소재로 한 박경리의 작품 중 「불신시대」는 전쟁 중에
남편을 잃고 사회 부조리로 아들마저 잃은 한 여성의 고달픈 삶을
부각시켰다.

「불신시대」의 진영이 타인을 적으로만 만나게 되는 것은 진영이
사랑을 표현할 수 없을 만큼 사회의 혼란이 심했기 때문이다. 종교
의 허울을 쓰고 곗돈을 떼어먹고 돈벌이하는 아주머니, 시주받은 쌀
을 팔아서 돈으로 들고 절로 가는 중, 돈의 액수에 따라 불공을 드려
주는 절, 정확한 진단도 없이 돈만 보고 덤비고 가짜 주사약을 사용
하는 의사 등 전후의 혼란을 틈탄 인간의 자기비하를 드러내고 있는

---

22) 위의 책, 219쪽.

현실을 보게 된다. 이러한 현실과 직면한 주인공들은 얼핏 보면 그 현실과 타협을 하고 있는 것 같지만 사실은 너무나 험한 꼴을 보아 온 사람으로서 현실의 의미를 보다 폭넓게 인식하면서 자신의 정신의 지주를 건드리지 않는 한 그것들을 삶의 양상으로 포용하고 있다. 음산한 현실은 주인공에게 현대사회가 믿을 수 없는 시대임을 인식하게 하고 그러한 현실에서 벗어나기 위해 주인공에게 눈물겨운 노력을 하게 만든다. 불신의 사회에서 주인공들은 생명에 대한 강력한 접착력과 따뜻한 삶에의 간절한 회원을 보여주고 있다.

이 소설은 6·25전쟁 동안에 흔히 볼 수 있는 여성의 경험 반경 속에서 과히 벗어나지 않았다는 점에서 사소설의 성격을 띠고 있다고 할 수 있지만 보다 주의 깊은 독자는 박경리의 소설세계가 그 출발 당시부터 공허한 관념으로부터 시작된 것이 아니라 구체적인 현실에 깊이 뿌리박고 있음을 알 수 있다.

4. 시점과 서술 연구

「불신시대」는 삼인칭 서술상황에 놓여 있다. 박경리의 초기 단편의 많은 작품들은 삼인칭 서술상황으로 시작한다. 이것은 작가의 분신인 듯한 주인물과의 거리를 유지하면서 동시에 객관적으로 재현하기 위한 서술전략의 일단으로 보인다.23) 이 작품에서 이러한 서술

---

23) 삼인칭 서술상황은 기본적으로 서술자의 세계와 인물들의 세계가 동일하지 않은 다른 차원의 세계라는 데서 출발한다. 서술자는 주요 인물들과 그들을 둘러싸고 일어나는 중요한 사건의 세계 밖에 존재한다. 이 서술상황에서의 외·내부시점의 특성과 과정은 이러하다. 서술자는 시공간을 초월하여 모든 것을 통찰할 수 있다. 인물의 세계 밖, 높은 곳에 위치하여 안을 보고 있으므로 시점상 외부에 있는 외부시점의 소유자이다. 서술자에게 이런 시점을 부여하는 이유는 사건의 전 과정을 보고 나서 그 사건에 대한 판단을 하게 하려는 것이다. 이 경우 전지적 시점화와 목격자적 시점화가 이루어질 수 있다. 이것은 서술자 의식화 우세 경향과 인물반영 의식화 우세 경향의 두 양상이 나타난다. 내부시점을 부려야 할 경우, 서술자는 자신의 시점을 인물에게 일시적으로 또는 어느 정도 지속적으로 내부시점화하여 인

상황의 장치는 인간과 사회의 부조화, 현실적 부조리를 폭로하는 효과를 마련한다.

　　일찍부터 홀로 되어 외동딸인 진영에게 의지하며 살아온 어머니는 '내가 죽을 거로' 하며 문지방에 머리를 부딪치는 것이었으나 진영은 허공만 바라보고 있었다.
　　의사의 무관심이 아이를 거의 생죽음을 시킨 것이다. 의사는 중대한 뇌수술을 엑스레이도 찍어보지 않고 심지어는 약 준비도 없이 시작했던 것이다. 마취도 안 한 아이는 도수장 속의 망아지처럼 죽어간 것이다. 그렇게 해서 아이를 갖다 버린 진영이었다.
　　누워서 멀거니 천장을 바라보고 있는 진영의 눈동자가 이따금 불빛에 번득인다. 창백한 볼이 불그스름해진다. 폐결핵에서 오는 발열이다.24)

　서술자는 외부시점으로 진영을 조망하면서 아이를 잃은 진영의 낙망하고 얼이 나간 모습을 그리고 있다. 외부시점을 통한 시점은 서서히 전쟁미망인 '힘없는 자'의 눈을 통해 일정 정도의 현실반영과 아울러 자기탐색도 함께 이루어진다. 전후 사회의 혼탁한 모습을 전지적 작가시점으로 형상화하여 심리적 변화나 절망감 등을 구체적으로 묘사하고 있다.

물에게 넘겨줄 수 있다. 이 경우에도 서술자 의식화와 인물반영 의식화라는 두 가지 양상이 구분하여 생긴다. 내부시점화와 인물반영 의식화가 결합한다. 이때 서술자는 거의 기능을 하지 않고 목소리로만 그 흔적을 남긴다. 이른바 의식의 흐름의 수법이나 내적 독백의 서술 체라고 하는 기법들은 여기에서 나타난다. 또 인물의 대화나 독백, 의식을 서술자가 서술하는 과정에서, 인물의 말을 서술자가 서술하는 과정에서 인물의 말을 서술자가 한 것처럼 꾸미거나 서술자의 역할을 인물이 대신 맡으면서 그 인물이 하는 것처럼 꾸미기도 한다. 조정래, 『소설과 서술-소설의 이야기 체계와 서술의 기능』, 개문사, 1995, 202~210쪽; 정미숙, 「한국 근대여성 소설의 서술시점연구」, 부산대학교 박사학위논문, 2000, 70쪽에서 재인용.
24) 위의 책, 192~193쪽.

(가) 남편은 죽기 전에 경인도로에서 본 인민군의 이야기를 했다. 아직도 나이 어린 소년이었다는 것이다. …… 남편은 마치 자신의 죽음의 예고처럼 그런 이야기를 한, 수 시간 후에 폭사했다.[25]

(나) 문수가 자라서 아홉 살이 된 초여름, 진영은 내장이 터져서 파리가 엉겨 붙은 소년병을 꿈에 보았다. 마치 죽음의 예고처럼 다음 날 문수는 죽어버린 것이다. 비가 내리는 밤이었다.[26]

(다) 아주머니가 가버린 뒤 진영은 자리에 쓰러졌다. 솜처럼 몸이 풀어진다. 진영은 방 속에 피운 구멍탄 스토브에서 가스가 분명히 지금 방에 새고 있는 것이라고 생각한다. 방 안에 가득히 차면 나는 죽어버리는 것이라고 생각한다. 어느새 진영은 괴로운 잠이 드는 것이었다. 내장이 터진 소년병이 꿈에 나타났다. 진영은 꿈을 깨려고 무척 애를 썼다.[27]

소년병의 이야기가 불길한 예감으로 그 이야기를 매체로 진영은 남편이 죽고 아들을 잃었다. 악몽 같은 전쟁은 끝났지만 진영의 머리에는 전쟁에 보았던 소년병의 주검이 남아 있어 꿈속에 자주 나타날 만큼 전쟁의 기억을 잊지 못하고 있으며 사변에서 허우적대고 있다.

5. 나가며

「불신시대」는 아이의 죽음 앞에서 '나'의 무력함을 발견한 것이며 절대적인 고독 속에 있으면서도 '애련', '유정'이니 하는 인간관계,

---

25) 위의 책, 191쪽.
26) 위의 책, 192쪽.
27) 위의 책, 222쪽.

남편의 죽음과 아이의 죽음으로 인한 외공간의 해체와 함께 남성 공간의 무표로 인한 가족의 내공간이 가치 부정되고 있음을 보여주고 있다. 즉, 아이와 어머니, 아내로 대표되는 내공간이 아이의 죽음과 자신의 병, 남편의 죽음으로 부정됨에 따라 그리움, 이별, 기다림 등의 인간관계의 애정은 사라지고 절대 고독의 화자만 존재할 뿐이다.28)

이 소설이 아쉬운 점은, 여러 가지 상황 전개가 주인공 진영 개인의 체험과 의식으로만 제시된다는 점이다. 환경과 현실을 바라보는 시각이 너무 피해의식과 감상주의에 치우쳐 있어서 개인적 차원의 자기설득이고 다짐일 뿐 공감대의 형성에는 한계를 지닌다고 할 수 있다.

총적으로 박경리의 서술 시점의 특성은 단편의 경우 먼저 삼인칭 서술상황에서 출발하는 것이 대부분이다. 이는 서술자의 역할문제와 관련된다. 박경리는 서술자의 역할을 제약하는 방법을 통하여 여성의 조건과 상황을 간접적으로 드러낸다. 이로부터 작가가 서술에 있어서 객관적이고자 하는 태도를 견지한다는 것을 알 수 있다. 이는 서술자를 관찰자적 위치에 둠으로써 현실을 있는 그대로 제시하되 이를 통해 여성적 현실도 드러내자는 담론 전략과 연결된다. 따라서 여성에 대한 '응시'라는 시점 특성을 보인다. 물론 응시의 수준이므로 여성의 본질 탐구로 나아가지는 못한다. 다만 현실이 제도와 권력 그리고 도덕과 이념이라는 공적 층위에 의해 움직이는 반면, 이러한 공적 차원에 대하여 여성은 자기 세계에 갇혀 있거나 위축된 존재라는 사실을 확인한다. 이러한 점에서 여성은 실존적인 존재로 보인다. 따라서 서술자와 인물들 간의 관계는 서술자의 관찰이나 응

---

28) 한혜련, 「박경리 소설의 공간구조」, 이화여자대학교 석사학위논문, 1999, 12~26쪽.

시에 직면한 여성들이라는 관계로 나타난다. '응시'되는 여성은 한결같이 예민하고 자의식이 강하며 말이 없는 여성들이란 공통의 성격으로 묶인다. 그러나 이들 화자의 성격은 일제 군국시대와 해방의 혼돈기를 살아온 박경리의 시대정신을 잘 드러낼 수 있도록 의도되어 일종의 신뢰성 있는 화자로서의 자격을 획득한다.

박경리의 「불신시대」와 같은 일련의 초기소설들은 그가 장편을 씀에 보다 넓고 깊은 문학에 구체적이고 현실적이며 확고한 디딤돌이 되었다.

한국 근대문학 100년사에서 박경리의 문학은 우뚝하다. 박경리 문학은 한국 근대문학의 형성에서 중요한 계기가 되었던 서양의 충격을 극복하고 한국문학의 전통을 새로운 경지로 이끄는 데서 결정적인 역할을 하였다. 그것은 도도하게 밀려오는 서양문화의 파고를 훌쩍 넘어서서 아득한 역사의 시원으로부터 흘러온 민족문화전통을 되살리고 있다. 외래문화의 범람 속에서 무엇인지 알 수 없는 잡탕으로 희석되고 지하로 잠복하여 근근이 명맥을 유지했던 한겨레의 유구한 문화전통이 박경리 문학에서 홀연히 새로운 생명으로 빛나기 시작한 것이다.

참고문헌

박경리, 「불신시대」, 최원식 외, 『20세기 한국소설 15, 김성한·장용학 외』, 창비, 2005.

김동숙, 「박경리 소설에 나타난 여성상 연구」, 대성효성가톨릭대학교 석사학위논문, 1998.

김치수, 「박경리와의 대화」, 『박경리와 이청준』, 민음사, 1982.

김영민, 「박경리의 문학관 연구」, 『새미작가총서 9, 박경리』, 새미, 1998.

류학영, 「1950년대 한국소설 연구-전쟁체험과 갈등구조를 중심으로」, 성균관대학교 박사학위논문, 1987.

박경리, 『문학을 지향하는 젊은이들에게』, 현대문학사, 1995.

이지혜·김건우, 「전후문학의 실험과 모색, 그리고 한계」, 『20세기 한국소설 15, 김성한, 장용학 외』, 창비, 2005.

조윤아, 「박경리 소설의 죽음의 모티브」, 서울여자대학교 석사학위논문, 1993.

한길녀, 「박경리 초기 단편소설 연구-작중 여성인물에 나타난 작가 의식을 중심으로」, 순천향대학교 석사학위논문, 2001.

한혜련, 「박경리 소설의 공간구조」, 이화여자대학교 석사학위논문, 1999.

연합뉴스 TV, '9.28서울수복 55주년 기념', 2005.9.28, 17:33.

제2절 이상 「날개」의 시점과 서술 연구

소설에서 화자가 청자에게 이야기를 들려주는 데 있어서 이야기의 내용을 이루고 있는 사건들은 있는 그대로 제시되지 않는다. 반드시 화자가 어떤 특정한 위치에 서서 사건들을 제시하고 있다. 이때 화자의 위치는 바로 시점이며 작가가 대상을 바라보는 시각이다. 사실 소설은 작가가 대상의 어느 점을 강조하느냐에 따라 전혀 다른 효과를 낼 수 있다. 같은 사건에서조차 작가에 따라 전혀 다른 느낌과 감동을 갖게 되는 것은 바로 이 때문이다.

소설의 서술자는 서술내용과 독자 사이를 조정하는 중재자이다. 작가에 의해 하나의 인격적 실재로 제2의 자아로 간주되는 내포작가는 이야기의 언어적 소통을 위해 서술자를 통하여 독자에게 그 이야기를 전달한다. 내포작가는 독자에게 아무 이야기도 해줄 수 없지만 그를 통해 창조된 서술자는 서사를 하거나 서사의 필요에 의해 부응하는 행위자로서 기능할 때 화자가 된다.

1. 1인칭 주인공 시점

이상의 소설을 시점전략과 서술형식을 중심으로 살펴보기 위해 시점 분류의 고전이 되다시피 한 C브룩스의 4분법으로 분류[29]해보

---

29) 남금희, 이현숙 등은 모두 4분법에 의해 이상 소설의 시점 분류를 했는데 약간의 차이로 보이는 1인칭 주관자 서술 시점 분류는 같다.

면 이상의 「날개」는 1인칭 주인공 서술 시점에 속하는 1인칭 소설
이다.

이상의 1인칭 소설의 특색은 작가의 대리자(숨어 있는 작가)로서
의 서술자, 화자와 인물이 모두 일치하는 1인칭 화자가 행동의 주동
적 인물이고 동시에 서술자가 되는 '주동자적 1인칭 형태'로 규정지
을 수 있다.

나는 우선 내 아내의 직업이 무엇인가를 연구하기에 착수하였으
나 좁은 시야와 부족한 지식으로는 이것을 알아내기 힘이 든다. 나
는 끝끝내 내 아내의 직업이 무엇인가를 모르고 말려나 보다.

아내는 늘 진솔버선만 신었다. 아내는 밥도 지었다. 아내가 밥
짓는 것을 나는 한 번도 구경한 일은 없으나 언제든지 끼니때면 내
방으로 내 조석밥을 날라다 주는 것이다. 우리 집에는 나와 내 아내
외의 다른 사람은 없다. 이 밥은 분명히 아내가 손수 지었음에 틀림
없다. 그러나 아내는 한 번도 나를 자기 방으로 부른 일이 없다.

나는 늘 윗방에서 나 혼자서 밥을 먹고 잠을 잤다. 밥은 너무 맛
이 없었다. 반찬이 너무 엉성하였다. 나는 닭이나 강아지처럼 말없
이 주는 모이를 넙죽넙죽 받아먹기는 하였으나 내심 야속하게 생각
한 적도 더러 없지 않다. 나는 안색이 여지없이 창백해가면서 말라
들어갔다. 나날이 눈에 보이듯이 기운이 줄어들었다. 영양부족으로
하여 몸뚱이 곳곳이 뼈가 불쑥불쑥 내어밀었다. 하룻밤 사이에도
수십 차를 돌쳐눕지 않고는 여기저기서 배겨서 나는 배겨낼 수가
없었다.

---

1. 작품 내적 화자(화자가 소설의 등장인물인 경우): ① 1인칭 주관자 서술 시점(주인물이
자신의 이야기를 말함)의 작품은 「12월 12일」, 「날개」, 「東骸」, 「봉별기」, 「실화」, 「환시기」, 「
종생기」로 보았다. ② 1인칭 관찰자 시점(부인물이 등장인물의 이야기를 함).
2. 작품 외적 화자(화자가 소설의 등장인물이 아닐 경우): ③ 작가관찰자(3인칭 또는 작가관
찰자 서술. 작가가 관찰자로서 이야기를 함) 시점에서 「지귀회돈」, 「지도의 암실」, 「단발」,
④ 전지적 작가(분석적이며 전지적 작가가 이야기를 함); 시점에 관한 해석은 이현숙, 「이상
소설에 나타난 화자의 심리적 위상」, 수도여자사범대학교 석사학위논문, 1976 참조.

그들이 밤에는 잠을 자지 않나? 알 수 없다. 나는 밤이나 낮이나
잠만 자느라고 그런 것은 알 길이 없다.30)

이 글에서 주인공 '나'는 자신의 이야기를 하는 등장인물이기도
하고 다른 인물에 대한 관찰자적 서술자이기도 하다. 즉, '나'는 자
기의 생활을 회고해보기도 하고 아내를 관찰하기도 한다. 이상의 소
설이 1인칭으로 씌어있으면서도 독자와 아주 가까워질 수 없는 것
은 서술자 '나'의 비도덕적, 반윤리적 사고와 행위와 관련이 있다.
그러면서 작품에 매력을 느끼는 것은 표면적으로 서술자들의 독특
한 기행 때문이다. 자신이 인식하지 못하는 사이에 스스로 자신의
성격이나 습성을 드러내는 화자의 면모는 매우 성실하여 독자에게
연민을 가져다주지만 독자는 위와 같은 극화된 서술을 통하여 순진
함과 자기비하(폭로)의 아이러니를 느낀다. 이는 작가나 서술자의
시점, 작중인물인 '나'의 시점과 독자의 시점 등이 모두 다른 거리를
두고 판단을 유보하게 하는 아이러니의 양상이다. 31)

이상이 1인칭 서술방법을 택한 것은 바로 그의 소설이 자전적이
고 의식흐름의 수법을 사용한 것과도 관계된다. 이것은 외적 사건을
서술하는 서술자가 아닌 인간 내부의 표현 곧 자전적 자아분열, 자
아해체의 심층세계를 나타내는 데 알맞은 시점을 택한 것이다. 이것
은 외관적 현실에 대한 객관적 재현만을 목표로 하지 않고 있음을
의미한다.

---

30) 이상, 「날개」, 최원식 외, 『20세기 한국소설 9, 이상, 최명익 외』, 창비, 2005, 134~135쪽.
31) 그 외 이상 소설이 견인력과 친화력을 가지는 것은 작가가 '나'와 '아내'의 거리, 작중화자
   인 나의 주석적 논평에 있어서 화자로서뿐 아니라 심리적 거리와 어조에 냉혹성을 부여하기
   때문이다. 그리고 「날개」가 나름대로 성공할 수 있었던 것은 '나'의 의식과 '아내'의 논리를
   사회화, 통념화시키지 않는 자리에서 견고성을 확보하는 데 있다.

2. 1인칭 서술 시점에서의 심리표현

1인칭 서술 시점은 인물의 심리표현에 가장 적합한 서술방식이다. 1인칭 서술의 일반적 첫 번째 특징은 자신의 내적 비밀을 독자에게 고백하는 듯한 느낌을 주어 독자의 관심을 사건이 아닌 주인공이란 인물 자체로 수렴시킬 수 있다. 따라서 작가는 인물의 초점이 어디로 이동하는가에 따라 주체적 국면을 전경화시킬 수 있다.[32]

> 나는 날마다 이불을 뒤집어쓰고 밤이나 낮이나 잤다. …… 아마 한 달이나 이렇게 지냈나 보다. 내 머리와 수염이 좀 너무 자라서 훗훗해서 견딜 수가 없어서 내 거울을 좀 보리라고 아내가 외출한 틈을 타서 나는 아내 방으로 가서 아내의 화장대 앞에 앉아 보았다. 상당하다. 수염과 머리가 참 산란하였다. 오늘은 이발을 좀 하리라 생각하고 겸사겸사 고 화장품 병마개를 뽑고 이것저것 맡아보았다. 한동안 잊어버렸던 향기 가운데서는 몸이 배배 꼬일 것 같은 체취가 전해 나왔다. 나는 아내의 이름을 속으로만 한번 불러보았다. '연심이' 하고. ……[33]

작품에서는 사건의 전개과정 중 자신의 내면세계를 서술하는 데 있어서는 자유롭지만 다른 인물, 즉 아내의 내면세계는 거의 없다고 할 수 있다. '연심이' 하고 불러보는 장면은 이 작품에서 등장하는 유일한 직접화법이고 서술상황으로 보아 굳이 아내의 이름이 등장

---

32) 프란츠 슈탄젤 저, 안삼환 역, 『소설 형식의 기본 유형』, 탐구당, 1982. 그 외 1인칭 서술의 특징으로는 전형적인 1인칭 서술상황은 제한적인 내부시점을 선택한다. 즉, 주인공이 자신의 내면에 초점을 맞추어 사적 내밀성을 동반한 주관적 서술의 느낌을 강하게 준다. 따라서 서술자는 사건보다 서술과정 자체에 초점을 맞추게 되는 자의식적 서술을 행하게 된다. 그 외의 특징으로는 심리표현과 내부시점을 병행함으로 말미암아 독자가 소설 속의 인물 편이 되도록 거리 조정의 잠재적인 영향을 끼칠 수 있다.

33) 위의 책, 149~150쪽.

할 필요가 없음에도 불구하고 호칭을 따온 것이다. 이는 작가 이상이 무의식중에 드러낸 진실한 감정의 발설로 볼 수 있다. 그렇다면 '연심이'는 도대체 누굴까? 1932년 작가 이상은 배천온천에 요양차 갔다가 사귀게 된 금홍이란 이름의 여인과 3년 동거생활을 해왔음이 전기적인 자료에서 드러난다. 1936년에 이 작품이 쓰인 것으로 보아 금홍의 기명이 연심이일 가능성이 크다고 추측된다. 이상에게는 그 연심이라는 여인이 소중했다. 이는 이상이 연심을 깊이 사랑한 증거로서 이것만큼 확실한 것이 따로 없을 것이다. 「날개」는 이토록 1인칭 주인공 시점으로 심리적인 것, 삶의 진실에다 저도 모르게 비중을 두었기에 그의 어느 작품보다도 무게가 있고 작가 스스로도 자신의 첫 번째 소설이라고 밝히고 있다. 1인칭 소설에서의 이와 같은 다양한 성격의 서술양식은 소설문체의 성층화를 이루어 표현형식의 확대와 기법적 효과를 나타낸다.

3. 변이되는 시각

소설 「날개」는 "지성의 극치를 흘깃 좀 들여다본 일이 있는" 일종의 정신분열자가 남성이라는 처지에 서 있음에서 비롯되고 있다. 남성과 맞수의 처지에 놓인 것은 여인이긴 하나 완전한 혹은 일반적 정상적인 여인이 아니고 여인의 '반'에 해당되는 그런 것이다. 그 이유는 일목요연하다. 남성 쪽이 온전한 처지에 있지 않고 이른바 精神奔逸者인 까닭이다. 그런데 이런 남성과 여성의 생활관계를 대칭점으로 하여 조소하며 낄낄거리는 제3의 시점이 내려다보고 있다. 이 제3의 시점이란 기실은 정신분일자로서 여성과 맞선 남성이기도 한 것이어서 이중성을 면치 못한다. 「날개」의 바둑판이 조금 까다로운 것은 이 이중성 때문이다. 남성의 처지에서 여인과 마주 서 있으면서도 슬쩍 그 처지에서 빠져나와 그 두 대칭점을 동시에 위에서 내려다보며 조소하는 제3의 시각을 갖추고 있다. 그 제3의 시각의 주체가 정신분일자인 그 사나이임은 말할 필요가 없다. 이 제3의 시각은 전혀 객관적인 것이 아니라 '나'의 변형에 지나지 않는다.

그럼 '나'는 어떠한가?

① 나는 그러나 그들의 아무와도 놀지 않는다.
② 나는 어디에 가든지 내 방이-집이 아니다. 집은 없다-마음에 들었다.
③ 그렇지만 나에게는 옷이 없다.
④ 나에게는 인간사회가 소스로왔다.
⑤ 나는 아내의 밤 외출 틈을 타서 밖으로 나왔다.

이러한 것들은 이 작품구성의 한쪽을 이루는 기둥이다. 한편 '아내'는 어떠한가?

① 아내가 외출만 하면 나는……
② 아내의 방은 늘 화려하다.
③ 아내는 낮보다는 밤에 더 좋고 깨끗한 옷을 입는다. 그리고 낮에는 외출하고 밤에도 외출하였다.
④ 아내는 한 번도 나를 자기 방으로 부른 일이 없다.
⑤ 아내는 물론 나를 감금하여 두다시피 하여 왔다.

정신분일자인 '나'의 대칭점에 '아내'가 놓여 있는데 그 '아내'는 여인의 반에 지나지 않는다. 이 두 대립항을 "흡사 두 개의 태양처럼 마주 쳐다보면서 낄낄거리는 것이 까마귀의 시각"[34]이다. 까마귀 시각은 새가 내려다보는 시각이며 작가가 의식적으로 비꼬는 태도를 나타내고 있다. 날개는 기형적인 부부관계를 통하여 현대에 살고 있는 인간들의 현실과 단절된 자아의 심층을 예리하게 파헤쳐 인간의 모순성을 표출하였다.

4. 서술양식 특징

「날개」의 텍스트 층위는 내포작가로서 기능하는 극화되지 않는 서술자의 진술인 프롤로그와 비신빙성 화자에 의한 내부 이야기로 구성되어 있다. 프롤로그는 내포작가의 주체적 통찰이라 할 수 있으며 작가의 세계관이나 작품창작 의도 곧 제시될 내부 이야기의 성격이 아이러니와 패러독스[35]로 위장되어 있어서 프롤로그 자체 또한 해독되어야 할 코드로 제시되어 있다.

1) 프롤로그 부분

날개에는 등장인물 간의 대화가 없이 모두 '나'의 의식 속에서 재구성되어 있다. 프롤로그는 내부 이야기를 안내하는 역할이고 내부 이야기 속 '나'는 경험주체로서의 면모를 갖고 독자를 텍스트 속으로 안내하는 또 하나의 중개자의 역할을 하고 있다. 이러한 서술양식의 특성은 작중인물의 대화나 지문이 서술자아 '나'의 언어에 삽입되어 간접화되어 나타나고 그 결과 독백과 서술과의 독백에 비해 1인칭 소설에서의 서술독백 형태는 주인물의 내밀한 감정묘사가 독

---

34) 김윤식, 『이상소설 연구』, 문학과 비평사, 1988, 145~151쪽 참조.

35) 아이러니는 의미구조 자체에서 모순을 말하고 패러독스는 표현된 언어질서 가운데서 발견되는 모순원리를 말한다. 이 둘은 근본적으로 모순되는 개념이나 현상들이 동시에 제시되어 의미의 충돌을 야기하는 것으로 사용된다. 오세영, 『문학연구방법론』, 이우출판사, 1988.

특한 심리공간을 형성한다.

> '박제가 되어버린 천재'를 아시오? 나는 유쾌하오. 이런 때 연애
> 까지가 유쾌하오.[36]

서술자는 이렇게 이야기를 시작하고 있다. 여기에서의 나는 작품
본 내용의 인물로서의 나와는 구분되는 서술주체로서의 존재이다.
더욱이 '아시오?'라는 의문문을 사용하고 있는데 이것은 '그대'라는
대상 혹은 독자에게 직접 말을 건네는 형식으로 말의 대상을 갖고
있지 않은 혹은 의식하지 않은 채 자기세계에만 갇혀 있는 본문의
'나'와는 다른 일면을 보이고 있다.

이 서술주체는 본문에 들어서면서 독자로부터도, 그리고 다른 소
설 속의 인물로부터도 고립된 채 독백 같은 서술 형태를 보이게 된
다. 에필로그에서 사고의 전달상대로 계속 등장하던 '그대'의 존재
가 완전히 사라짐으로써 어떤 종류의 교신 행위도 불가능한 상태처
럼 나타나게 되는 것이다. 실제로 본문의 '나'는 외부세계로부터 고
립된 채 오로지 '아내'와의 관계 속에서만 이루어지고 있는 생활을
보내고 있고 그 아내와도 정상적인 관계를 갖고 있지 못한 형편으로
나타난다. 이는 닫힌 세계로의 침잠이라는 의미망이 소설세계의 내
용 이전에 잠재되어 있기도 한 것이다.

프롤로그의 서술태도는 앞으로 전개될 내부 이야기가 '회고'라는
것, 자신의 처지는 '박제가 되어버린 천재'로서 현실과의 단절 속에
서 살고 있다는 것을 서술하고 있다. 자아와 분리된 그런 생활 속에
한 발만 들여놓고 흡사 두 개의 태양처럼 마주 쳐다보면서 낄낄거리

---

36) 위의 책, 125쪽.

는 나의 냉소적 서술은 내포작가의 세계관적 태도를 보여준다. 이 냉소는 자아와 세계 간의 갈등이며 자아와 또 다른 자아와의 갈등으로 볼 수도 있는데 고도의 지성에 의해 감지된 '두 개의 태양'은 바로 의식과 행동이 합일되지 않은 '정신분일자'로서의 '나'의 모습을 위조하려는 내포작가의 전략이라 할 수 있다.

2) 내부 이야기

이야기의 층위는 크게 세 개 부분으로 나눌 수 있다. 즉, 두 개의 자아의 대립을 나타내는 프롤로그 부분으로 33번지의 상황묘사와 아내와 나의 관계가 서사적 과거사실로 제시되는 부분, 서사적 현재로서 다섯 차례의 외출과 귀가가 반복되는 자아회복을 향한 비상에서 욕망 부분으로 단락을 지을 수 있다.

> ① 내가 아내에게 흔들려 깨었을 때는 역시 불이 들어온 뒤였다. 아내는 자기 방으로 나를 오라는 것이었다. 이런 일은 또 처음이다. …… 아내는 내가 왜 우는가를 안다는 것이다. 돈이 없어서 그러는 게 아니냔다. 나는 실없이 깜짝 놀랐다. …… 그리고 나의 귀에다 대고 오늘일랑 어제보다도 좀 더 늦게 들어와도 좋다고 속삭이는 것이다.[37]
> ② 아내는 너 밤 새어가면서 도적질하러 다니느냐고 계집질 하러 다니느냐고 발악이다. 이것은 참 너무 억울하다. 나는 어안이 벙벙하여 도무지 입이 떨어지지 않았다.
> 너는 그야말로 나를 살해하려던 것이 아니냐고 소리를 한번 꽥 질러보고도 싶었으나 그런 긴가민가하는 소리를 섣불리 입 밖에

---

37) 위의 책, 145-146쪽.

내었다가는 무슨 화를 볼는지 알 수 있나. 차라리 억울하지만 잠
자코 있는 것이 상책인 듯시피 생각이 들기에 나는 이것은 또
무슨 생각으로 그랬는지 모르지만 툭툭 털고 일어나서. ……38)

①은 아내의 발화내용은 드러나지 않고 화자 '나'가 간접화시킨
아내의 말이 화자의 반응 속에 들어와 있다. 이와 같이 서술자아의
입장에서 재해석하는 자기 분석적 서술은 사건의 경과보다는 묘사
와 느낌의 분석에 주력하여 상대방의 행동조차 자신의 심리적 공간
안에서 해석하여 독자에게 전달한다.

②에서는 '너'라는 2인칭의 사용으로 타인의 발화내용을 화자가
자신의 감정이나 의도대로 변형시킨 자유간접화법이 이루어지고 있
다. 자유간접화법은 현대소설의 새로운 수법으로서 전통소설에서는
쓰이지 않았다. 위의 인용문은 「날개」에서 처음으로 '나'의 속생각
이 외적 행동으로 나타날 뻔한 갈등이 첨예화되어 있음에도 불구하
고 갈등을 직접 표출하기보다 의식이 변모해가는 서술자아의 내면
을 전경화시키는 데 주력하고 있다.

> 이때 사이렌이 울었다. 사람들은 모두 네 활개를 펴고 닭처럼 푸
> 드덕거리는 것 같고 온갖 유리와 강철과 대리석과 지폐와 잉크가
> 부글부글 끓고 수선을 떨고 하는 것 같은 찰나, 그야말로 현란을
> 극한 정오다.
> 나는 불현듯이 겨드랑이가 가렵다. 아하, 그것은 내 인공의 날개
> 가 돋았던 자국이다. 오늘은 없는 이 날개, 머릿속에는 희망과 야심
> 의 말소된 페이지가 닉셔너리 넘어가듯 번뜩였다.
> 나는 걷던 걸음을 멈추고 그리고 어디 한번 외쳐보고 싶었다.

---

38) 위의 책, 152쪽.

날개야 다시 돋아라

날자, 날자, 한번만 더 날자꾸나

한번만 더 날아보자꾸나.39)

　'인공의 날개'란 일상적인 현실에 대한 희망과 야망의 날개이며
의식의 성숙이 격리되어 있던 자신을 해방시켜 주는 자유의 날개이
기도 하다. 또한 그것은 모든 인간의 생활대열 속에 다시 섞여서 살
아갈 수 있는 미래의 자기 자신을 의미한다. 이 날개의 재생은 의식
과 현실을 대표하는 나와 여자, 즉 두 극의 상반된 세계를 관련시켜
주는 실재의 힘이기도 하다. 그러므로 '한번만 더 날아보자꾸나' 하
는 것은 단순한 일상성의 희망과 야욕에 대한 행위 그것만을 뜻하는
것은 아니다. 그것은 나와 아내와의 완전한 합치점을 꿈꾸는 이상이
고 절대적인 애정에의 갈망이다. 또한 레몬에 도달할 수 있는 길이
며 또 하나의 자신의 생을 탄생시키려는 진통의 과정이기도 하다.
이상의 「날개」는 절망하기 위해 또 절망하는 희망과 비상의 날개다.
　이상의 소설 「날개」는 소외되고 분열된 의식을 지닌 인물의 내면
에 비친 기만적 현실을 1인칭 고백적 직접 서술을 통해 30년대 식민
지 지식인의 존재론적 상황과 사회병리 현상을 해부하는 셈이다.

---

39) 위의 책, 155쪽.

참고문헌

이상, 「날개」, 최원식 외, 『20세기 한국소설 9, 이상·최명익 외』, 창비, 2005.

김윤식, 『이상소설 연구』, 문학과 비평사, 1988.

프란츠 슈탄젤 저, 안삼환 역, 『소설 형식의 기본 유형』, 탐구당, 1982.

이현숙, 「이상 소설에 나타난 화자의 심리적 위상」, 수도여자사범대학교 석사학위논문, 1976.

제3절 염상섭 「만세전」의 인물 연구

소설이란 사회계층 속에 뿌리를 박고 사회구조 속의 여러 다른 작중인물들과의 상호관계 가운데 행동하는 혼합된 동기를 갖는 복잡한 작중인물을 그려냄으로서 사실주의의 효과를 내려는 허구에 의한 시도라는 것을 특징으로 하는 장르이다. 서사예술인 소설 뿐만아니라 시를 포함한 모든 문학 활동이 어떤 의미에서는 '인간학'이라하지만 대부분의 위대한 소설은 작중인물을 나타내고 탐구하기 위해 존재한다는 Harvey의 말과 같이 소설의 경우도 행동의 주체로서인물이 더욱 중요한 것이다. 우리는 인물의 성격과 행동, 의식 등을파악함으로서 소설을 이해하기도 한다.

염상섭은 한국문학사에서 중편소설 장르를 개척한 작가이다. 그의 소설 「만세전」은 반제반봉건 시각에서 추진된 한국 근대화의 의지를 구현한 작품으로서 1920년대 리얼리즘 문학의 한 본보기를 보여주었다. 본고는 염상섭의 「만세전」을 텍스트로 작품 속에 등장하는 인물들의 유형, 사건 속에서 나타나는 주인공의 의식, 인물들 간의 관계 등을 살펴본다. 그럼으로써 주인공의 의식 세계와 염상섭과의 관계도 짚어보고자 한다.

1. 인물의 유형

<표 2> 「만세전」의 인물 유형

기준	인물유형	작품에서의 인물
가치관 기준	근대의식 가진 인물	주인공, 화자-나(이인화)
	전통적, 구습적, 보수적 가치관을 나타내는 인물	아내, 아버지, 형님, 어머니 등 가족
	개화기의 과도기적 가치관을 의미 하는 인물	을화, 병화, 김의관 등
현실 대응 기준	식민지 상황에서 노예처럼 얽매여 현실을 더욱 암담하게 만드는 도 피적 인물	부산 음식점 계집, 갓장수, 조선인 형사 보, 임바네쓰 등
	친일적인 인물	궐자, 양복쟁이, 까만 수염을 가진 자
	기타 인물	최참봉, 김현묵(최참봉, 큰사위), 작은 형 수, 최참봉 마누라, 셋째 집 종형, 경식,

소설 「만세전」의 인물은 가치관과 현실 대응 기준으로 나눌 수 있다. 가치관 기준에서 인물유형은 근대의식을 가진 인물로 주인공 이자 화자인 나·이인화가 있다. 전통적 구습적, 보수적 가치관을 의 미하는 인물로는 아내, 아버지, 형님, 어머니가 있다. 개화기의 과도 기적 가치관을 의미하는 인물로는 을화, 병화, 김의관 등이 있다. 현 실 대응 기준에서 식민지 상황에서 노예처럼 얽매여 현실을 더욱 암 담하게 만드는 도피적 인물들로는 부산 음식점 계집, 갓장수, 조선 인 형사보, 임바네쓰 등이 있다. 친일적인 인물로는 궐자, 양복쟁이, 까만 수염을 가진 자가 있다. 기타 인물들로는 최참봉, 김현묵(최참 봉, 큰 사위), 작은 형수, 최참봉 마누라, 셋째 집 종형, 경식으로서 작품에는 총 28명의 인물군상이 등장한다.

2. 사건 속에 나타나는 식민지 지식인(이인화)의 의식세계

「만세전」의 배경은 만세 곧 기미독립운동이 일어나기 전해인 1918년 겨울이다. "세계대전이 막 끝나고 휴전조약이 성립되어 세상은 비로소 변해진 듯싶었고 세계개조의 소리가 동양천지에도 떠들썩한 때이다. 일본은 참전국이라 하여도 이번 전쟁 덕에 단단히 한 밑천 잡아서 소위 나리낀 나리낀하고 졸부가 된 터라 전쟁이 끝났다고 별로 어깻바람이 날일도 없지만은 그래도 또 한몫 보겠다고 발버둥을 치는 판이고", "아직 북선 지방은 내지인이 덜 들어간" 시기였다. 즉 소설 속의 조선은 봉건사회가 근대적 자본주의 사회로 넘어가는 과도적 시기이다. 그리고 전통적인 것과 근대적인 것, 조선적인 것과 일본적인 것이 교차되는 시대적 과도기의 시기이다.

소설 「만세전」의 주인공은 화자인 '나' 이인화이다. 이인화는 스물두셋 쯤 되는 평범한 문과대학생이다. 때는 "합병이후로 일본유학생이 더구나 신시대, 신지식의 선구인 듯이 치어다 보이는 때"이지만 이인화는 조국의 현실에 대해 특별한 관심을 가지고 있는 것이 아니다.[40] 이인화는 아내가 위독하다는 소식을 듣고 귀국길에 식민지조국을 바라보게 되는데 이 뜻밖의 여행을 통해 조선현실에 대한 새로운 감각과 인식에 도달하고 있다. 그러나 내심독백으로만 그치고 행동으로는 나타나지 않는 모순되고 복합성적이다. 이는 여러 측

---

[40] 나는 그 소위 우국지사는 아니나 자기가 망국 백성이라는 것은 어느 때나 잊지 않고 있기는 하다. 망국 백성이 된지 벌써 근 십년동안 인제는 관심하도록 주위가 관대하게 내버려두었다. 도리어 소학교 시대에는 일본 교사와 충돌을 하여 퇴학을 하고 조선 역사를 가르치는 사립학교로 전학을 한다는 등 솔직한 어린 마음에 애국심이 비교적 열렬하였지마는 자각이 나자마자 일본으로 건너간 뒤에는 간혹 심사가 틀리는 일을 당하거나 일 년에 한 번씩 귀국하는 길에 하관에서나 부산, 경성에서 조사를 당하고 성이 가시게 할 때에는 귀찮게 하고 분하기도 하지만은 그 때 뿐이어서 그리 적개심이나 반항심을 일으킬 기회가 적었었다. 염상섭, 「만세전」, 최원식 외, 『20세기 한국소설2 염상섭』, 창비, 2005, 94쪽.

면에서 찾아볼 수 있다.

이인화는 하관의 연락선 속에서 일본인들의 대화를 듣는다. 그들은 조선의 농민들은 일본탄광으로, 시골아낙들은 공장으로 팔아먹은 자들이다. 이인화는 일본인들에게 혐오감을 느낀다. 그러면서도 농민들은 단지 흙의 노예일 뿐이고 자신의 생명의 노예[41]라 생각한다. 그는 "일본인의 행위는 결국 조선사람으로 하여금 민족적 타락에서 스스로를 구하여야 하겠다는 자각을 주는 가장 긴요한 원동력이 된"다고 생각한다. 그리고 그는 될 수 있으면 많은 조선사람이 듣고 오랜 몽유병에서 깨어나길 바라는 기원도 함께 하고 있다. 이인화는 이 여행을 통해 외부적 사회현실에 점차 눈을 떠가게 된다. 여기에서 보이는 '나'의 혼란은 바로 억압을 타개하려는 각성을 추구하는 때의 혼란이다. 이러한 진실의 각성이 플롯의 전개에 따라 점진적으로 강화되고 있는 것이 이 작품의 한 특징이기도 하다.

이인화가 조선민족에 대한 생각은 "술이나 먹고 흐지부지하는 것밖에는 할 일이라고는 없는 것 같기도 하지만 생각하면 조선사람이란 무엇에 써먹을 인종인지 모를 것 같다. …… 그들에게는 과거에 인생고난이 없고 이상이 없었던 것과 같이 현재 또한 그러하다. 그들은 자기의 생명이 신의 무절제한 낭비라"[42] 했듯이 생각 없이 술이나 마시고 흐지부지 살아가며 과거에도 현재에도 희망이 없는 인종이다. 그리고 살아가는 것보다 "죽은 후의 묫자리에만 전전긍긍하는 한심"한 조선인들이다. 여기에 사랑의 대상이어야 할 조국과 민족을 사랑할 수 없는 주인공의 비극이 있다.

---

41) 자기 자신의 생명의 노예이다. 그들에게 있는 것은 다만 땀과 피뿐이다. 그리고 주림뿐이다. 열 방울의 땀과 백 방울의 피는 한 톨의 나락을 기른다. 그러나 그 한 톨의 나락은 누구의 입으로 들어가는가? 그에게 지불되는 보수는 무엇인가? 주림만이 무엇보다도 확실한 그의 밭을 품삯이다. 염상섭, 「만세전」, 최원식 외, 『20세기 한국소설2 염상섭』, 창비, 2005, 94쪽.

42) 염상섭, 「만세전」, 최원식 외, 『20세기 한국소설2 염상섭』, 창비, 2005, 182쪽.

이인화는 '단순한 노동자'나 '무산자', '못가진자', '주의자' 등의 신분계층에 대해 비하적이다. "단순한 노동자라거나 무산자라고만 생각할 때에도 어울리기가 싫다. 덕의적 이론으로나 사적으로는 소위 무산계급이라는 것처럼, 우리 친구가 되고 우리 편이 될 사람은 없다고 생각하면서도 실제에 그들과 마주 딱 대하면 어쩐지 얼굴이 찌푸려지지 않을 수 없"을 만큼 꺼려진다. 그리고 여차하면 거칠게 나오고 무지한 '못가진자'와 입으로는 투쟁, 계급, 착취를 운운하면서 제 앞가림 하나 똑똑히 못하는 '주의자'들, 일인을 가장하는 역부와 조선인은 '요보'이고 바보라는 취급을 달게 받으려 하는 갓장수를 혐오한다. 나아가서 일반사람들까지도 주위사람들을 주시하고 서로 훔쳐보고 눈치를 본다고 혐오한다.

이인화는 식민지 상태를 그대로 받아들이면서도 그러한 굴욕적 식민지 안에서 인정하고 순응하는 조선민족에게 동질감을 느끼지 못한다. 바로 이러한 인식 하에서 이인화는 일본의 부산침탈에 대해 탄식한다.

> 부산이라 하면 조선의 항구로는 첫 손 꼽을 데요. 조선의 중요한 첫 문호라는 것. …… 그만큼 부산만 와 봐도 조선을 알 수 있다. 조선을 축소한 것, 조선을 상징하는 것이 부산이다. 조선사람의 집이라고는 하나도 눈에 띄는 것이 없다. …… (중략) …… 조선사람의 동리를 물어보니… 몇 집 있다고 한다. …… (중략) …… 조선사람 집 같은 것은 그림자도 보이지를 않는다. 간혹 납작한 조선 가옥이 눈에 띄기에 가까이 가서 보면 화방을 헐고 일본식 창틀을 박지 않은 것이 없다. 한집 줄고 두 집 줄며 열 집이 바뀌고 백 집이 바뀌어 쓰러져가는 집은 헐리고 어느 틈에 새집이 서고 단층집은 이층집으로 변하며 온돌이 다다미로 되고 석유불이 전등불이 된 것이다. 전차가 놓이고 우체국이 들어와 앉고 헌병주재소가 들어와 앉는다.[43]

조선의 첫 항구이자 문호인 부산은 일본에 먹혀 조선의 집은 거의 일본식으로 바뀌었으며 조선인의 숨결이 거의 남아있지 않다. 그러나 조선의 백성들은 자신의 조상들이 애써 조금씩 다져놓은 토지들이 빼앗겨도 자신들의 문제임을 인식하지 못한다. 주인공은 "흰옷 입은 백성의 운명을 패자의 쓸쓸한 뒷모습으로 보고 있다."

이러한 조선을 이인화는 '공동묘지'와 같다고 한다. "지금 내 주위는 마치 공동묘지와 같습니다. 생활력을 잃은 백의의 백성과 백주에 횡행하는 이매망량 같은 존재가 뒤덮은 무덤 속에 들어앉은 나로서 어찌 꽃의 서울에 호흡하고 춤추기를 바라겠습니까? …… 대기에서 절연된 무덤 속에서 화석되어 가는 구더기의 몸부림치는 질식입니다. 우선 이 질식에서 벗어나야 하겠습니다."44) 그러면서 서울을 떠나 낭만의 도시 동경으로 간다.

이인화의 부정적인 조국관, 조선인관은 일본에서 얻어진 것으로 일본유학과 무관하지 않다. 이는 의식의 차원에서 도처에 식민지 상황을 그리지만 실상 무의식 속에는 일본에의 강렬한 애착을 말해주고 있다. 김윤식은 염상섭은 일본에 무려 8년 있다가 1920년 2월에 귀국하였으며 일본체류기간 기자생활 등을 한 것을 보면 일본에 대한 그의 애증이 상당이 깊었을 것이다. 염상섭은 1926년 재다시 일본으로 가게 되는데 무엇보다도 그 목적은 식민지 서울에서 벗어나고 싶은 탈출의식이 자리 잡은 것이다. 이는 "조선은 공동묘지다"라고 웨치며 서울을 떠났던 <만세전>의 주인공 이인화를 쉽게 연상할 수 있다.45)고 지적하고 있다. 조국보다 더 적국을 지향하는 것, 여기에 <만세전>의 뒤엉켜있고 혼돈되어 있는 세계가 있고 주인공의 의

---

43) 위의 책, 112쪽.
44) 위의 책, 199쪽.
45) 김윤식, 『염상섭』, 문학과 지성사, 1977. 51쪽 참조.

식의 혼란성과 불안정한 모순과 딜레마가 있다.

3. 주인공과 주변 인물들과의 관계

나·이인화의 주변에는 3명의 여성이 있다. 병든 아내와 과거의 여인 올라, 그리고 현재 사귀고 있는 일본인 카페 여급 정자가 있다. 이인화는 그들 사이에서 심리적 갈등을 겪고 있다.

우선 아내와의 관계를 살펴보자. "아내는 시집이라고 왔어야 나하고 살아본 동안이 날짜로 따져도 몇 달이 못 될 것이다. 내가 열 셋, 당자가 열 다섯에 비둘기장같은 신랑방을 꾸몄으니까, 십 년 동안이나 시집살이를 한 셈이나 내가 열다섯 살에 일본으로 달아난 뒤로는 더구나 부부라고는 말 뿐이다." 보다싶이 이인화는 아내와 정신적 화합이 되지 않는 인물이다. 집에서 전보에 아내가 죽었다는 내용이 오자 "그러지 않아도 사오일 전에 김천의 큰 형님이 부친 편지가 생각이 나서 어쩌면 오늘 내일쯤 전보나 오지 않을까 하는 근심인지 기대인지 자기도 알 수 없는 막연한 생각을 하며 오던 차에 그런 소리를 듣고 보니 가슴이 뜨끔하면서도 잘되었든 못되었든 하여간 일이 탁방이 난 것 같아서 실없이 마음이 턱 가라앉는 듯도 싶었다." 그러하기에 후술한 동경 술집 여급들과의 대화에서는 아내의 병이 위독하다는 것에 대해 심드렁해하며 "죽으면 죽었지" "송장을 치러 나가는지? 또 한 번 사모 쓸 일이 있어 좋아서 나가는 셈인지?" 하면서도 또 한 편 가책하면서 아내를 사랑은 하지 않지만 미워도 하지는 않는 중립적인 심리를 드러내기도 한다. "내 처가 죽어 가는데 술을 먹다니? 하는 오죽잖은 양심이 머리를 들지만 그것이 진정한 양심이라기보다는 관념이란 가면이 목을 매서 끄는 것이다" 조선의 집에 돌아와서 아내의 방안에 들어가서도 마지못해 형식적으로 조금 앉아 있다가 그것도 싫고, 비위가 거슬리는 방안의 냄새도 싫어서 나와 버린다. 그러나 또한 "나는 비로소 가엾은 생각이 났다. 가죽이 착 달라붙고 뼈가 앙상한 손이 바르르 떨렸다." 아내가 죽은 뒤에도 눈물 한 방울 흘리지 않아 빈축을 사며 삼일장으로 치를 것으로 주장하는 부작위 행위는 그가 아내에 대한 사랑이 전혀 없음을 말한다. 아내의 죽음에 대한 나의 행위를 시대와 관련지어 해석하면 그것은 "주권과 나라마저 상실한 상황에서 상실에 대한 불감증"[46] 이며 인간미, 인간애의 상실을 단적으로 말해주고 있다.

현재 사귀고 있는 일본인 카페 여급 정자에 대한 나의 태도를 보기로 하자. 정자는 "여우머리를 예푸수수하게 쪽찌고 새로 빨아다린 에이프린을 뒤로 매었으며 명상적이요 신경질적일 뿐만 아니라 아직 순결한 맛이 남아있다."[47] 그녀는 "고등여학교를 졸업하였을 뿐만 아니라 문학서적과 소설을 탐독한다." "조리가 정연한 이론과 이지적이고 명지적인 머리를 갖고 있으며 문학에 대한 감상력이 호락호락이 볼 것이 아닌데 대해 나는 귀엽고 경애를 느끼는 것이다." 한마디로 정자는 "현대여성"이다. 그렇다고 이인화는 정자를 한마음으로 사랑하지도 못한다. 왜냐하면 "과연 지금 나는 정자를, 내 처에게 대하는 것처럼 냉연한 태도로 내버려 둘 수는 없으나 내 처를 사랑하지 않으니만치 또 다른 의미로 정자를 사랑할 수는 없다. 결국 나는 한 여자도 사랑하지 못할 위인이다."

결국 아무도 선택하지 않을 것이라는 냉랭한 감정 속에서도 정자를 찾아가 애정 표현을 하는 이중성을 보여주기도 하는데 이는 인물

---

46) 조미숙, 「염상섭 장편소설의 인물묘사방법 연구」, 건국대학교 박사학위논문, 1995, 30쪽.
47) 염상섭, 「만세전」, 최원식 외, 『20세기 한국소설2 염상섭』, 창비, 2005, 59쪽.

의 의식 구조의 모호성을 이야기하고 있다. 이인화는 한 여성을 열렬히 사랑할 수 없을 정도로 인간미가 없어진 자기 자신을 한탄한다. 이는 사랑할 수 있는 마음을 잃음으로서 식민지에서 삶의 모든 것을 잃어버린 채 살아갈 뿐인 젊의 지식인의 내면세계를 보여주고 있다.

계속하여 주인공이 과거의 여인 을라에 대해 느끼는 모호한 감정을 살펴보기로 한다. 을라는 한 때 그가 좋아했으나 사촌형인 병화와의 사이가 심상치 않음을 느끼고 마음을 돌린 여성이다. 나는 신호(新戶)에 내려서 을라를 찾아보려는 호기심이 와락 일어 C음악학교로 찾아간다. 그러나 을라를 만나서 "당신도 만날 겸, 후보자도 선을 볼 겸…… 이렇게 이외의 실없는 소리를 하며" 정자의 경우와 마찬가지로 모호한 애정표현을 하지만 감정의 혼란만 더욱 가중된다. 이 대목은 그가 아직 과거에 대한 연민을 버리지 못하고 있음을 나타내고 있는 것으로 지적될 수 있다. 그러면서도 "나는 을라를 위하여 이틀씩 묵기 싫었다"고 모순성을 나타내기도 한다.

지금까지 살펴본 이인화가 세 여성에 대한 태도는 애정이라고 하기에는 모두 모호한 감정을 가지고 있다. 이 세 여성들과의 관계에서 나타나는 일차적 혼란의 감정, 즉 억압된 상황에서 느끼는 선택과 자유의 문제는 마찬가지로 당시의 시대적 사회적 혼란기와 관련지어 볼 수 있다. 다시 말하면 문화적 교체기에 일어나는 시대적 사회의 혼란은 나에게는 2차적인 억압의 상황이 되고 있다. 이러한 억압들이 이 작품을 묘지의 암울한 분위기로 이끌고 있다.

근대사회로 넘어오는 시기에 청산되지 못한 봉건적 의식을 가졌던 한 젊은이 이인화가 여행을 통해 주변 인물들과의 갈등을 겪으면서 근대적인 자아인식에 도달하고 있는 것을 그리고 있다. 이때 아내는 보수적인 전통적인 인물로, 을라는 과도기적인 개화기의 인물로, 정자는 종속적인 가치관을 가진 식민지 인물로 각각 나타내고 있다.

그 외에도 부자관계 가족관계를 살펴보면 "생각하면 우리 삼부자 같이 극단으로 다른 길을 제각기 걸어 나가는 사람들은 없다. 세상에는 정치 밖에 없다는 부친의 피를 받았으면서 보수적, 전형적 형님과 무이상한 감각적, 유랑적 기분이 농후한 내가 태어났다는 것이 세상도 고르지 못한 아이러니다"48) 나의 가족은 신분적으로나 경제적으로 상층에 속하고 있지만 가족들의 의식은 구도덕에 사로잡혀 있다. 형님은 한학을 배운 촌생원님이나 신학문에도 그리 어둡지는 않을 뿐만 아니라 우리 집에서는 없어서는 안 될 사람이다. 보통학교 훈도쯤으로 이천여 원 돈이나 모은 것을 보면 규모가 얼마나 짜인 사람인가를 알 수 있다. 나로서는 존경스러우면서도 성미가 맞지는 않았고 아들을 낳겠다는 생각으로 아내 외의 다른 여자를 들인 형님을 보고는 이해할 수 없어한다. 자기 자신은 조혼(13세 결혼)으로 말미암아 아내에 대한 애정이 결핍하고 낳아버린 자식이야 죽일 수 없으니 길러야 할 것일 뿐 식민지치하에서 자식 같은 건 사랑의 대상으로 느껴지지 않는 것, 이것은 당시 닫힌 사회 속에서 존재의 무의미성을 개탄하는 것이 된다. 그 외 친일단체인 동우회에 참여하여 호상 차지나 하는 아버지, 의식적인 슬픔을 강요하는 누이, 평생토록 하는 일 없이 증손이라는 자격으로 먹고 사는 사촌형…… 그는 인간사회의 기초라 할 수 있는 부모-자식 간의 사랑을 부정한다. 이들로 구성된 가족 역시 주인공의 소외의식, '묘지' 의식에 해당된다.

이인화는 양성관계에서 그리고 가족관계에서 모든 사랑의 부정, 그보다도 이러지도 저러지도 못하는 모순되고 혼란된 중립성을 나

---

48) 위의 책, 127쪽.

타내고 있다. 이인화의 자조나 욕설로는 아무런 문제도 해결할 수 없다. <만세전>은 여행 구조 속에서 타락한 당대 현실을 적나라하게 묘사하고 이인화의 반응이 중립적 상태로 나타나면서 작가 염상섭의 반제적 정치의식과 반봉건적 의식이 복합적으로 표출되었다.

- 『중한언어문화연구』10, 2016.6

참고문헌

염상섭, 「만세전」, 최원식 외 『20세기 한국소설2 염상섭』, 창비, 2005.
김윤식, 『염상섭』, 문학과 지성사, 1977.
조미숙, 「염상섭 장편소설의 인물묘사방법 연구」, 건국대학교 박사학위논문,
　　　1995.

제4절 이효석 「메밀꽃 필 무렵」의 문체 연구

문체는 제재를 기법으로 형상화하여 주제를 암시하는 형태이다. 아무리 방대한 제재와 뛰어난 기법에 의해 위대한 사상을 형상화하려고 해도 문체에 의하지 않고는 불가능하다. 문체의 연구는 문장의 이해는 물론이고 표현기술인 문장 뒤에 숨어 있는 이른바 프랑스 소설가 Flaubert가 말하는 "말에 생명을 주는 혼"을 찾는 일이다. 즉, 작자의 개성적인 표현의 특이성을 발견하여 작품에서 풍기는 작자의 생명을 찾아 작품을 분석해야 한다고 할 때 이는 문체에 용해되어 있는 의미를 찾아 작품을 이해하는 일이다.

이효석은 동반작가로 출발하다가 자연 속에서 인간성을 추구하려는 소설로 30년대 소설의 한 주축을 이룬다. 이효석의 문학이 높이 평가되는 것은 그의 독특한 문체 때문이라 할 수 있다. 그를 신랄하게 혹평한 정명환도 그의 공격을 "스타일에 대한 관심"49)이라고 하고 김윤식은 "구성과 문체의 멋짐"50)을 말하고 있고 구인환은 "주제의식을 기법에 의해 문체로 정착되어야 예술작품으로서 소설이 이루어진다"51)라고 하였다. "문체가 주제다"라고 할 정도로 문체연구는 효석 문학 접근의 관건이 된다고 할 수 있다.

본고는 이효석의 「메밀꽃 필 무렵」을 텍스트로 소설로서 시적인

---

49) 정명환, 「위장된 순응주의」, 『李孝石論』, 창작과 비평사, 1968, 175쪽.
50) 김윤식, 『한국 현대문학 명작 사전』, 일지사, 1979, 108쪽.
51) 구인환, 『한국근대소설의 연구』, 일지사, 1979, 131쪽.

경지를 이룩한 서정성에 초점을 두면서 시적인 서정성, 역전기법, 생략과 요약의 기법, 언어적 구조 등으로 나누어 고찰하고자 한다.

1. 시적인 서정성

이효석 소설을 이야기함에 시적 특성을 빼고 이야기할 수 없다. 소설문학이 산문의 영역임에도 불구하고 시로써 소설을 쓰려 했다는 것은 자타가 공인하는 사실이다.

「메밀꽃 필 무렵」은 이성의 문제를 애욕의 탐구로서가 아닌 생명의 본질과 생명의 신비성의 해명과 구명으로서 탐구하였다. 성의 문제가 대두되는 장면에서 신비스럽고 아름다운 자연묘사가 성화되어 나타난다. 자연묘사에서 공감대를 깊이 자극하는 것이 달이 주는 원형적 영상이다.

> 이지러지기는 졌으나 보름을 갓 지난 달은 부드러운 빛을 흔붓이 흘리고 있다. 대화까지는 칠십 리의 밤길, 고개를 둘이나 넘고 개울을 하나 건너고 벌판과 산길을 걸어야 된다. 길은 지금 긴 산허리에 걸려있다. 밤중을 지난 무렵인지 죽은 듯이 고요한 속에서 짐승같은 달의 숨소리가 손에 잡힐 듯이 들리며 콩포기와 옥수수 잎새가 한층 달에 푸르게 젖었다. 산허리는 온통 메밀밭이어서 피기 시작한 꽃이 소금을 뿌린 듯이 흐뭇한 달빛에 숨이 막혀 하였다. 붉은 대궁이 향기같이 애잔하고 나귀들의 걸음도 시원하다.[52] ······ 방울소리가 밤 벌판에 한층 청청하게 울렸다. 달이 어지간히 기울어졌다.[53]

---

52) 이효석, 「메밀꽃 필 무렵」, 최원식 외, 『20세기 한국소설8, 이효석, 유진오 외』, 창비, 2005, 111~112쪽.
53) 위의 책, 116쪽.

달빛에 젖어 있는 메밀꽃 밭은 이 소설의 배경으로 정선된 언어와 세련된 운율, 감각적 언어표현으로 한 폭의 동양화처럼 아름답게 그려져 있다. 달빛은 낭만적인 분위기와 서정적인 감정이 유발시키는 심상으로 과거에 대한 향수를 불러일으키게 한다. 메밀꽃의 숨 막히는 향기는 달빛에 의해 '허생원'은 행복했던 과거로 더듬어 올라가게 된다. 그리고 이 행복했던 과거는 인물의 내적 독백으로 아름답게 드러난다. 시적 언어를 통한 배경묘사는 작품 전체의 서정적 분위기를 형성하며 문학이 가질 수 있는 최고의 미적 감동력으로 독자를 끌어들인다. 이 작품은 리얼리즘 소설의 플롯을 유지하고 있지만 여기에 얽매이지 않고 새로운 시도를 통해서 서정성을 원만하게 드러내고 있다.

　자연을 바라보는 작가의 시점은 인간이 완전히 자연과 일체가 되는 동양적 자연관으로 이루어져 있기에 자연의 일부분인 인간의 성의 문제가 애욕의 추구로서의 한 국면을 드러내기보다는 자연적인 질서나 이법으로서 형상화되고 현실세계에서 초월한 듯한 원초적 세계의 서정적 미학이 되어 나타난다. 이것은 시대성이나 역사의식을 외면하고 아직 생활의식을 갖지 못한 인간생활을 서정적 미학으로 그리기 위한 가장 알맞은 기법이기도 하다.

2. 역전기법

　「메밀꽃 필 무렵」에 나타나는 시간은 파장 무렵에서 시작하여 저녁, 달밤, 새벽녘에 끝나지만 작가는 교묘하게 크고 작은 역전기법을 설치하여 스토리가 매끄럽고 풍만하게 전개되고 서정성을 획득함에 소설적 구조가 튼튼하게 짜이도록 하였다. 작은 단위에서의 역전기법을 보기로 하자.

허생원의 이야기로 실심해한 끝이라 동이의 어조는 한풀 수그러진 것이었다.

"아비 어미란 말에 가슴이 터지는 것도 같았으나 제겐 아버지가 없어요. 피붙이라고는 어머니 하나뿐인걸요."

"돌아가셨나?"

"당초부터 없어요."

"그런 법이 세상에……"

생원과 선달이 야단스럽게 껄껄들 웃으니 동이는 정색하고 우길 수밖에 없었다.[54]

…… (중략) ……

"그래 모친은 애비를 찾지 않는 눈치지?"

"늘 한 번 만나고 싶다고는 하는데요."

"의부와도 갈라져 제천에 있죠. 가을에는 봉평에 모셔오려고 생각 중인데요. 이를 물고 벌면 이럭저럭 살아갈 수 있겠죠."

"아무렴 기특한 생각이야, 가을이랬다?"[55]

이 대목은 동이가 자신의 과거 이야기를 함에 중간중간에 스토리의 서술이 삽입되고 허생원과의 대화를 통해서 동이의 과거 이야기를 끝내는 특이한 기법의 역전형식이다. 이것의 짜임의 연결을 살펴보기 위해 동이의 이야기나 대답을 'a'로, 허생전의 이야기나 질문이나 푸념을 'b'로, 서술자의 서술을 'c'로 표시하여 보면 다음과 같이 나타난다. a→b→a→b→a→ⓒ→b→a→b→ⓒ→b→a→b→a→b→ⓒ→b→a→b→a→b→a→b

동이의 과거 이야기는 a와 b의 대화 형식으로 서술되고 c는 세 차례나 삽입되어 c의 발화점 시점에서 서술을 삽입하여 인물의 과거

---

54) 위의 책, 113~114쪽.
55) 위의 책, 115~116쪽.

이야기를 돕고 있는 특이한 기법의 역전형식이 된다. 작품 전체를 관통해서 볼 때 여름장의 오후를 시발점으로 4개 단위의 역전구조들을 쓰고 있다.

3. 생략과 요약의 기법

문장과 문장 사이를 대담하게 생략시키는 어법 속에서 서정적 배음의 효과를 거두고 있다. 특히 대화에서 이런 성향들이 많이 발견된다.

> "……봉평은 지금이나 그제나 마찬가지나, 보이는 곳마다 메밀밭이어서 개울가가 어디 없이 하얀 꽃이야. 돌밭에 벗어도 좋을 것을, 달이 너무도 밝은 까닭에 옷을 벗으러 물방앗간으로 들어가지 않았나. 이상한 일도 많지. 거기서 난데없는 성서방네 처녀와 마조쳤단 말이네. 봉평서야 제일가는 일색이었지"
>
> "팔자에 있었나부지"
>
> "(중략) …… 그러나 처녀란 올 때같이 정을 끄는 때가 있을까. 처음에는 놀라기는 한 눈치였으나 걱정 있을 때에는 누그러지기도 쉬운 듯해서 이럭저럭 이야기는 되었네…… 생각하면 무섭고도 기막힌 밤이었어. 봉평서야 제일가는 일색이었지…… 팔자에 있었나부지…… 처음에는 놀라기는 한 눈치였으나 걱정 있을 때에는 누그러지기도 쉬운 듯해서 이럭저럭 이야기는 되었네…… 생각하면 무섭고도 기막힌 밤이었어."[56]

성처녀가 봉평서 제일가는 미인이었음을 이야기하면서 그다음에 올 여러 가지 말들을 독자는 정확하게 예측할 수 없다. 무언가 말하

---

56) 위의 책, 112쪽.

고 싶은 것을 참는다든가 절단시켜 버린 것을 느낄 뿐이다. 이럭저럭 이야기가 되었는데도 다음에 올 이야기를 절단시켜 버렸다. 독자는 애매하게 상상만 할 뿐 그 사이에 무슨 일이 일어났는가를 알 수 없다. 문장과 문장 사이의 맥락을 비약시키는 수법으로 작가는 긴 얘기가 될 수 있을 것을 이처럼 압축시켜 놓고 있다. 이효석의 문학적 정수는 동양화가 이루어놓은 대담한 여백과 같은 곳에 있다. 그의 소설은 한 폭의 그림으로 독자들에게 인상을 안겨주는 것이지 결코 굴곡이 많은 줄거리로 혹은 추론된 사상으로 남겨주지 않았다.

4. 언어적 구조

이효석 소설의 문체적 특징으로 손꼽을 수 있는 것은 그의 소설에 참신한 은유가 많다는 점이다. 소설은 묘사의 예술이기에 모호한 시적 은유는 기피되어야 할 것이지만 효석은 자신의 문학관을 추구함에 은유를 많이 사용하고 있고 그것도 예사의 상사성에 의한 은유가 아니라 "짐승 같은 달의 숨소리가 손에 잡힐 듯이 들리며 콩포기와 옥수수 잎새가 한층 달에 푸르게 젖었다"는 동떨어진 창조적인 은유를 많이 활용하면서 서정적인 배음을 내고 있다.

이효석의 "소설을 읽고 있으면 곳곳에서 주어 없는 문장과 마주친다. 이 또한 대상 속에 자신을, 자신 속에 대상을 용해시켜 가는 효석의 개성과 깊은 관계에 있다."[57]

"그다지 마음에 당기지 않는 것을 쫓아갔나?"
"충주집 문을 들어서 술좌석에서 짜장 동이를 만났을 때는 어찌 된

---

57) 유진오, 「작가 이효석」, 『이효석 전집 3』, 창미사, 1983, 336쪽.

서슬엔지 발끈 화가 나버렸다."

"동이 앞에 막아서면서부터 책망이었다."

여기서는 주격어인 주인공 허생원이 생략되어 있다. 정한모는 "효석이 이처럼 주격 내격에 있어 가능한 모든 경우를 적극 포착하고 있음으로 하여 그 문장에서 받는 인상이 부드러울 뿐만 아니라 단락이 뚜렷하게 떨어질 때까지 종지부에 관계없이 같은 정서와 분위기 속에서 같은 호흡으로 읽어나갈 수 있다"[58]고 지적하였다.

또한 이효석은 자기만이 쓰는 말을 여러 군데에 많이 사용하고 있다. 말하자면 사전에도 나오지 않고 사투리에도 끼지 않는 사회성을 획득하지 못한 언어들이다. 예를 들면 "부락스런 녀석들이라 어쩌는 수 있어야죠"에서 "부락스런", 그리고 "개진개진 젖은 눈은 주인의 눈과 같이 눈꼽을 흘렸다"에서 "개진개진"은 모두 작가가 만들어낸 언어들이다.

이효석은 강원도, 충청도, 경상도의 일부 방언을 많이 채택하고 있다. 이는 그의 출생지인 강원도 평창군 봉평면이 충북 및 경북과 강원도의 도계에서 아주 가까운 곳이고 이 지방 근변에는 3도의 방언이 엇갈려 쓰이는 경우가 많기 때문이다. 그는 작품의 언어를 아주 정선하고 속어를 알뜰히 조각하여 쓰고 있음을 그의 작품에서 더한층 실감할 수 있다.

이효석의 대표작 「메밀꽃 필 무렵」은 소설을 통해서 구현해낸 그의 시정신의 결정체라 할 수 있다. 그는 한국 문단에서 드물게 소설을 시적 경지로 승화시킨 소설가이다. 이는 그의 특이한 문체의 소산에서 온 것이라 할 수 있다.

---

58) 정한모, 『현대작가연구』, 범조사, 1959, 158쪽.

참고문헌

이효석,「메밀꽃 필 무렵」, 최원식 외,『20세기 한국소설 8, 이효석 · 유진오
　　　외』, 창비, 2005.
구인환,『한국근대소설의 연구』, 일지사, 1979.
김윤식,『한국 현대문학 명작 사전』, 일지사, 1979.
유진오,「작가 이효석」,『이효석 전집 3』, 창미사, 1983.
정명환,「위장된 순응주의」,『李孝石論』, 창작과 비평사, 1968.
정한모,『현대작가연구』, 범조사, 1959.

제5절 윤동주와 용정시대

1. 들어가며

윤동주는 1940년대 암흑기 한국 문단을 장식한 시인이다. 1945년 후쿠오카 형무소에서 사망한 후, 1948년 『하늘과 바람과 별과 시』 유고 시집이 발표되면서 윤동주는 세상에 알려졌다. 윤동주는 그의 작품이 독자와 언제 만날지도 모르는 상황에서 작품에 열과 성을 다한 시인이다.

윤동주의 29세 생애는 공간적으로 북간도, 서울, 일본으로 볼 수 있다. 그중 대부분의 시간을 그는 고향인 북간도의 명동촌과 용정에서 보냈다.

윤동주 집안은 증조부 윤재옥 때인 1886년에 함경북도 종성에서 오늘의 용정시 개산툰진 자동촌[59]으로 이주하였고 조부 윤하현 때인 1900년에 화룡현 명동촌[60]으로 옮기어 살다가 1931년 4월에 명동에서 20리 서쪽에 있는 소도시인 용정으로 이사하였다.

윤동주는 1917년 12월 30일 명동촌에서 본관이 파평인 부친 윤영석, 모친 김룡의 맏아들로 태어나서 1938년 4월 9일 서울 연희전문

---

59) 자동촌은 원래 길림변무독판 녕원보 개운사 자동이라 불러야 한다. 오늘날 용정시 개산툰진 자동촌이다. 리함, 「윤동주 연구에서 제기되는 몇 가지 문제」, 『윤동주 문학론』, 연변인민출판사, 2013, 311쪽; 남송우, 「중국조선족문학사에서의 윤동주 연구현황 일고」, 『한국문학논총』 제68집, 2014, 283쪽 재인용.

60) 당시는 중화민국 동북부 간도성 화룡현 명동촌이었으나 현재는 길림성 연변자치주 화룡시 (和龍市) 지신진(智新鎭) 명동촌(明東村)이다.

학교에 입학하기 전까지 평양 숭실학교에서의 7개월을 제외하고는 줄곧 명동과 용정에서 성장하고 생활하고 공부를 하였다. 시간적으로 볼 때 윤동주는 명동촌에서 태어나서 5년간 명동소학교(1926.4.4~1931.3.15), 1년 반 동안 명동에서 10리 떨어진 대랍자 소학교에서 수학하였는데 명동촌에서의 시간은 14년에 달한다. 그리고 그의 가족은 명동촌에서 이사하여 용정에서 죽 살았는바 용정에서 학교 다닌 시간은 용정의 은진중학교(1931.4~1935.8)에서의 3년 반, 용정의 광명중학교(1936.3~1938.2.17)에서의 2년 해서 모두 5년 반이다. 그러나 윤동주는 학생신분으로 서울에 공부하러 가서나 일본에 유학을 가서도 방학하면 집이 있는 고향 용정으로 오곤 했다. 1943년 방학하면서 일본에서 귀향의 길에 오르기 직전인 7월 윤동주는 송몽규와 함께 사상범으로 일경에 체포되어 독립을 불과 6개월 남겨놓은 1945년 2월 16일에 운명하였다. 한 줌의 재가 된 유해는 아버지 품에 안겨 고향으로 돌아와 눈보라가 몹시 치는 3월 초순 간도의 용정 동산 마루턱에 묻혔고 그해 단오 무렵 가족들에 의해 묘소에 <詩人尹東柱之墓>라는 비석이 세워졌다.

윤동주에게 명동은 시와 시심을 키워준 태어난 고향이라면, 용정은 자아발견을 하고 자아정체성을 확립하고 성장을 통한 성숙의 과정 공간이라 할 수 있다. 윤동주가 용정으로 가는 1931년은 만주사변이 일어난 시기였다. 만주사변을 일으킨 일본은 본격적으로 만주 침략에 나섰는데 1932년 동삼성과 열하 및 내몽고 동부를 판도로 하는 '만주국'이란 이름의 괴뢰국을 세우고 청나라의 마지막 황제 부의를 명목상의 통치자로 앉혔다. 정치, 역사적인 대격변이 일어나는 시기였다.

조선이 식민지로 전락되고 만주마저 일제에 의해 짓밟힌 혼란한 상황에서 윤동주는 용정에서 어떠한 시절을 보냈고 어떠한 작품을 썼으며 그 당시 그의 시세계는 어떠한지를 살펴보는 것이 이 글의 목적이다. 즉, 본고에서는 일제 암흑기 당시의 상황에 비추어 실제 지역을 한정하는 용정이라는 공간에 착안하여 용정 시절의 윤동주와 그 당시 쓴 작품을 통한 시인의 내면의식 및 시세계를 살펴보고자 한다.

2. 용정 시절의 윤동주와 그의 작품들

'용정(龍井)'이란 지명은 '용두레 우물'에서 유래하였다. 1881년에 조선인들이 북간도의 '육도구(六道溝)'란 마을에 대거 이주하면서 옛 우물을 발견하게 되었는데 그 우물의 물이 맑고 감미로워서 우물가에 두레박을 세웠는데 '용두레 우물'이라 하였다. '용두레 우물'이란 사람 손으로 두레박질을 하는 게 아니라 용두레를 이용하여 물을 긷는 우물이다. 우물곁에 큰 기둥을 세우고, 기둥에다 긴 장대를 설치한다. 장대 한끝에는 두레박을 매달고 다른 한끝에는 그보다 더 무거운 돌을 매단다. 두레박줄을 물까지 잡아내려 두레박에 물이 담기게 한다. 그런 다음 손을 놓으면 돌의 무게 때문에 물 담긴 두레박이 절로 위로 올라온다. 1931년 만주사변 이후 공식적으로 '육도구' 명칭을 '용정촌'으로 개명하였다. 1934년에는 이기섭(李基燮)의 발기하에 2미터 높이의 화강암 돌비석을 세우고 "용정의 지명은 우물에서 유래했다"고 새겼다.[61]

북간도는 지역적 특수성으로 지역 내에 두 개의 구심점이 있었는데 하나는 용정, 하나는 연길(일명 국자가)[62]이다. 용정이 한인들이

---

61) 중국 바두우 백과사이트 참조. http://baike.sogou.com/v5848969.htm

집중적으로 모여 사는 도회지라면, 연길은 중국 측의 최고 행정관청을 비롯한 공공기관들의 중심지였다. 1909년 9월 일본은 청나라와의 간도협약에 의해 용정에 총영사관(1909.11.2~1945.8.15), 국자가와 두도구, 백초구에 영사관 분관을 설치했다. 이 네 곳은 북간도에서 인구 밀집지대로서 각기 소속 지역의 중심이 되는 중요한 곳들이었다. 일본은 이 네 지대를 외국인의 자유로운 거주와 무역이 보장되는 개방지(공식적으로는 상부지(商埠地)라고 불렀다)로 하여, 그 안에서는 일본의 치안조직이 그대로 가동되도록 조약으로 보장받았다. 그리고 그들은 총영사관과 분관에 '영사관 경찰서'니 '영사관 유치장'이니 하는 명목으로 체계적인 경찰조직과 수감시설을 갖추어놓고 소위 '치안'에 활용하였기에 독립운동가들은 개방지 이외의 지역에서 활동했다.

그러나 용정에서는 일본 측이든 중국 측이든 손을 못 대는 곳이 있었으니 기독교 장로교파의 캐나다 선교부가 자리 잡은 동산 일대로서 일명 '영국덕'이다. 캐나다는 국제상으로는 영국 연방국의 하나로서 '영국인들의 언덕'이란 뜻으로 만들어진 별칭이다. 선교부 구역 내에는 선교사들이 설립하여 운영하는 학교, 병원 등 각종 기관들과 주택들이 있었는데 그중 윤동주가 다닌 은진중학교도 있었다.63)

윤동주는 용정에서 은진중학교와 광명중학교를 다녔다. 은진중학교가 용정의 기독교계 학교라면 광명중학교는 친일계 학교였다.

은진중학교는 1931년 4월에 송몽규, 문익환과 함께 입학하였다.

---

62) 1644년 만주족이 중원을 점령한 후 200여 년간 만주지역을 봉금하였다. 19세기 중엽에 청 정부는 봉금 해지령을 내리고 1881년에 간도를 개척하였다. 1902년에 국자가에 연길청을 설립하였는데 1909년에 연길부에서 연길현으로 승격하였다. 1913년에는 연길부에서 연길현으로 고쳤으며, 1934년에는 일본 침략자에 의해 연길을 '간도시'로 개명하고 '간도성'에 편입하였다. 1945년 8월, 일본이 투항한 후 연길현인민정부를 성립했으며 이는 송강성에 소속되었다. 1952년에는 연변조선족자치주에 귀속되었다. http://baike.sogou.com/v5848969.htm

63) 송우혜, 「해란강의 심장 용정」, 『윤동주 평전』, 푸른 역사, 2004, 108~111쪽 참조.

윤동주의 집에서는 명동의 농토와 집을 소작인에게 맡기고 용정에 이사했다. 부친 윤영석은 용정에다 인쇄소를 내었으나 워낙 선비체질인 그에게 사업은 여의치 않았다. 환경이나 여건 등이 명동에 비해 좋지 않았지만 윤동주에게는 별 영향을 주지 않았고 학교에서도 우수했다. 윤동주의 동생 윤일주 교수의 증언을 들어보도록 한다.

> 은진중학교 때의 그(윤동주)의 취미는 다방면이었다. 축구선수로 뛰기도 하고 밤에는 늦게까지 교내 잡지를 내느라고 등사 글씨를 쓰기도 하였다. 기성복을 맵시 있게 고쳐서 허리를 잘록하게 한다든지 나팔바지를 만든다든지 하는 일을 어머니의 손을 빌지 않고 혼자서 재봉틀로 하기도 하였다. 2학년 때이던가, 교내 웅변대회에서 '땀 한 방울'이란 제목으로 1등 한 일이 있어서 상으로 탄 예수 사진의 액자가 우리 집에 걸려 있었다. 절구통 위에 귤 궤짝을 올려놓고 웅변 연습을 하던 모습이 눈앞에 선하다. 그러나 그는 웅변조의 사람이 아니었고 대회의 평도 침착한 어조와 내용 덕분이란 것이었다. 그 후 그는 다시 웅변에 관심을 둔 바는 없다. 그는 수학도 잘하였다. 특히 기하학을 좋아하였다.[64]

학교 문예지를 책임진 문학 소년에 수학도 잘하고 축구도 잘하는 데다가 옷차림에도 관심이 커서 손수 재봉틀을 해서 옷을 맵시가 나게 고쳐 입는 센스를 부리기도 하는 소년 윤동주, 이 증언은 활달하고 미적 감수성도 있는 윤동주 소년을 떠올리게 한다.

1935년 9월 1일, 은진중학교 4학년 1학기를 마친 윤동주는 평양 숭실중학교 3학년 2반에 편입한다. 그러나 이듬해인 1936년 3월 말, 숭실학교가 신사참배 거부 문제로 폐교되기에 이르자 고향 용정으

---

64) 윤일주, 「윤동주의 생애」, 『나라사랑』 23집, 외솔회, 1976. 153쪽; 송우혜, 『윤동주 평전』, 푸른 역사, 2004, 121쪽에서 재인용.

로 돌아와 5년제인 광명학원 중학부 4학년에 편입하였다. 숭실학교에서 일련의 사건들을 목격하고 윤동주는 더욱 많은 작품을 쓰게 된다. 윤동주가 숭실학교에 가서 다닌 시간은 7개월 정도인데, 그에게 미친 영향은 자못 크다. 왜냐하면 그의 작품경향이 숭실중학 가기 전에는 추상적이고 관념적이었다면 그 이후에는 현실적이고 민족문제를 고민하는 것으로 나타나기 때문이다. 그러므로 이 글에서는 윤동주의 숭실중학 시절과 그 시절에 창작한 작품을 포함시켜 다루고자 한다.

윤동주는 최초의 작품으로 기록된 1934년 12월부터 1938년 2월 용정의 광명중학을 졸업할 때까지 도합 73편[65]의 시를 쓴다. 그중 동시 32편, 현대시 41편이다. 그의 총 작품이 125편이라 할 때 이는 적지 않은 숫자이다. 그리고 동시창작도 1938년 「귀뚜라미와 나와」 작품을 마감으로 37편[66]인데 이 시기에 창작한 동시 작품이 대부분을 차지한다고 할 수 있다. 그의 작품연보를 살펴보도록 한다.

윤동주 연보에 의하면 1934년 12월 24일 「삶과 죽음」, 「초 한 대」, 「내일은 없다」(동시) 이 세 작품이 "오늘날 찾을 수 있는 최초의 작품"이라고 말하고 있다. 은진중학시절에 쓴 것으로서 이날 정리한 것으로 볼 수 있다.

1935년 10월, 숭실학교에 편입된 윤동주는 학교 YMCA 문예부에서 내린 『숭실활천』 제15호에 시 「공상」을 최초로 발표하였다. 7개월간 그는 동시 「조개껍질」, 「거리에서」, 「꿈은 깨어지고」, 「창공」, 「남쪽하늘」 등 6편을 창작했다.

---

65) 윤동주 저, 홍장학 엮음, 『정본 윤동주 전집』, 문학과 지성사, 2004. 윤동주 작품 연보 참조, 163~165쪽.

66) 윤동주 동시 37편으로는 위에 제시한 32편 외에 「어머니」(1938.5.28), 「햇빛 바람」(1938), 「해바라기 얼굴」(1938), 「아기의 새벽」(1938), 「귀뚜라미와 나와」(1938) 등이 있다.

1936년 3월 말, 윤동주는 숭실학교에서 광명학원 중학부 4학년으로 편입하게 되면서 보다 많은 시를 창작하게 된다. 그는 동시 「고향집」, 「병아리」, 「오줌싸개 지도」, 「창구멍」, 「기왓장 내외」, 「빗자루」, 「해비」, 「비행기」, 「굴뚝」, 「무얼 먹구 사나」, 「봄1」, 「참새」, 「개1」, 「편지」, 「버선본」, 「이불」, 「사과」, 「눈」, 「닭2」, 「겨울」, 「호주머니」 21편과, 시 「비둘기」, 「이별」, 「식권」, 「모란봉에서」, 「황혼」, 「가슴1」, 「가슴2」, 「종달새」, 「닭1」, 「산상」, 「오후의 구장」, 「이런 날」, 「양지쪽」, 「산림」, 「가슴3」, 「곡간」, 「빨래」, 「가을밤」, 「아침」 19편을 쓴다. 그중 간도의 연길에서 발행하던 『카톨릭 소년』에 윤동주(尹童舟)라는 필명으로 동시 「병아리」는 1936년 11월호에, 「빗자루」는 1936년 12월호에, 「오줌싸개 지도」는 1937년 1월호에 발표한다.

　1937년에는 동시 「황혼이 바다가 되어」, 「거짓부리」, 「둘다」, 「반딧불」, 「밤」, 「할아버지」, 「만돌이」, 「개2」, 「야행」 9편과, 시 「나무」, 「장」, 「달밤」, 「풍경」, 「울적」, 「한난계」, 「그 여자」, 「비 뒤」, 「소낙비」, 「명상」, 「비로봉」, 「바다」, 「산협의 오후」, 「창」, 「유언」 15편을 창작하는데 그중 동시 「거짓부리」가 1937년 『카톨릭 소년』 10월호에 발표되고, 시 「유언」은 1939년 2월 6일 『조선일보』에 발표된다.

　그 당시 창작한 그의 시들을 살펴보면 어린이 시각으로 순수한 동심 세계를 반영한 동시가 있는가 하면 식민지 암흑한 현실에 대한 불만정서, 한민족에 대한 민족정서와 의식 등을 나타내는 시들도 있다. 이 글에서는 윤동주의 1934~1937년 사이에 쓴 시를 대상으로 순수지향의 동심 세계, 식민지 현실에서의 민족의식 두 분야로 나누어 윤동주의 시세계를 살펴보도록 한다.

3. 용정시대의 작품 세계

1) 순수 지향의 동심 세계

윤동주가 추구하는 동심의 세계는 맑고 깨끗하고 순수하며 가족, 인간, 자연이 조화를 이루는 화해의 세계이다. 이러한 화해의 세계에는 기발한 착상과 재치로 일상생활의 흥미진진한 이야기를 다루고 있으며 더불어 서로 나눔을 통한 평화로움이 묻어 있다.

(1) 흥미로운 일상 이야기와 동심 세계

동심은 동시를 중심으로 나타내고 있는데 윤동주 동시의 특징은 그 착상의 기발함과 재치를 꼽을 수 있다. 동시의 소재는 일상의 흥미진진한 가족 이야기나 풍경 이야기로 풀어나가고 있다. 그 일례로 「거짓부리」, 「빗자루」, 「참새」, 「닭2」, 「비행기」 등을 들 수 있다.

> 똑, 똑, 똑 / 문 좀 열어주셔요 / 하루 밤 자고 갑시다 / 밤은 깊고
> 날은 추운데 / 거, 누굴까? / 문 열어주구 보니, / 검둥이의 꼬리가 /
> 거짓부리한걸. // 꼬기요, 꼬기요 / 닭알 낳았다 / 간난아! 어서 집어
> 가거라 / 간난이 뛰어가 보니, / 닭알은 무슨 닭알 / 고놈의 암탉이 /
> 대낮에 새빨간 / 거짓부리한걸 //
>
> - 「거짓부리」 전문, 『카톨릭소년』 1937년 10월호

시에서는 시적 화자가 지나가던 행인이 문 두드리는 줄 알고 나가 봤더니, 검둥이 꼬리가 문을 친 것이다. 검둥이를 욕하지 않고 검둥이 꼬리가 거짓부리 한 것이라고 재치 있게 표현했다. 여기에서는

깊고 추운 겨울밤, 지나가는 행인을 하룻밤 재워주는 따뜻한 인심, 검둥이를 사랑하는 마음을 엿볼 수 있다. 마찬가지로 알은 낳지 않고 울기만 한 암탉도 거짓부리 한 것이라고 열거법으로 표현하였다. 어린이 시각으로 사물을 바라보는 순수한 동심의 세계를 나타냈다. 그리고 「빗자루」도 같은 맥락에서 재치와 기지로 표현된 동시이다.

> 요ー리조리 베면 저고리 되고 / 이ー렇게 베면 큰 총 되지. / 누나 하구 나하구 / 가위로 종이 쏠았더니 / 어머니가 빗자루 들고 / 누나 하나 나 하나 / 볼기짝을 때렸소 / 방바닥이 어지럽다고ー // 아니 아ー니 / 고놈의 빗자루가 / 방바닥 쓸기 싫으니 / 그랬지 그랬어 / 괘씸하여 벽장 속에 감췄더니 / 이튿날 아침 빗자루가 없다고 / 어머니가 야단이지요. //
> - 「빗자루」 전문, 『카톨릭 소년』 1936년 12월호

빗자루는 청소도구이다. 그러나 나와 누나는 가위로 종이를 쏠면서 집을 어지럽히기만 하고 쓸지 않았다. 그랬다고 어머니는 빗자루를 들고 우리를 한 대씩 때렸는데 시적 화자는 이는 모두 '고놈의 빗자루가 방바닥 쓸기 싫어서' 일어난 일이라고 재치 있게 빗자루에게 잘못을 돌려버린다. 그리고 빗자루를 벽장 속에 감추는데 이튿날 빗자루가 없다고 야단치는 어머니를 보며 통쾌해한다. 가족에서 일어나는 일상을 스케치하듯 생동감 나게 묘사하였다.

그 외에도 「닭2」에서는 "닭은 나래가 커두 / 왜, 날잖나요 / …… 아마 두엄 파기에 / 홀, 잊었나봐" 하고 동심의 시각으로 닭이 날지 못하는 원인을 재치 있고도 엉뚱하게 딴 데로 돌리고 있고, 「비행기」에서도 "새처럼 나래를 / 펄럭거리지 못한다 / 그리고 늘ー / 소리를 지른다. / 숨이 찬가봐"라고 비행기가 숨이 차서 새처럼 나래 펄럭거

리지 못하고 소리만 지른다고 형상적으로 표현하였으며 「참새」에서
도 "하루 종일 / 글씨 공부하여도 / 짹자 한 자밖에 더 못 쓰는 걸"
하고 해학적이고 재치 있게 표현하였다.

요컨대 윤동주의 「거짓부리」, 「빗자루」, 「닭2」, 「비행기」, 「참새」
등 동시는 착상의 기발함과 재치의 시작법을 활용하고 있으며 동시
에서 나타나는 동심 세계는 밝고 명랑한 분위기를 자아내고 있다.
어린 화자의 시각을 통해 나타나는 이러한 세계는 순수지향의 화해
의 세계이다.

(2) 나눔의 정겨움과 평화로운 세계

윤동주 시에 나타나는 나눔의 세계에는 가족과의 나눔, 젊은이들
사이의 나눔, 동물들 사이의 나눔, 자연과의 나눔이 있으며 거기에
는 일상적인 평화로움이 깃들어 있다. 일례로 「굴뚝」, 「밤」, 「비둘
기」, 「사과」, 「창구멍」 등이 있다.

> 산골짜기 오막살이 낮은 굴뚝엔 / 몽긔몽긔 웬 내굴 대낮에 솟나. //
> 감자를 굽는 게지, 총각 애들이 / 깜박깜박 검은 눈이 모여 앉아서, /
> 입술이 꺼멓게 숯을 바르고, / 옛 이야기 한 커리에 감자 하나씩 //
> 산골짜기 오막살이 낮은 굴뚝엔 / 살랑살랑 솟아나네 감자 굽는 내 //
>   -「굴뚝」 전문, 1936년 가을

이 시는 이야기 시로서, 시적 분위기가 백석의 「여우난곬족」67)이

---

67) …… / 이 그득히들 할머니 할아버지가 있는 안간에들 모여서 방안에서는 새옷의 내음새가
    나고 / 또 인절미 송기떡 콩가루찰떡의 내음새도 나고 끼때의 두부와 콩나물과 볶은 잔대와
    고사리와 도야지비계는 모두 선득선득하니 찬 것들이다. / 저녁술을 놓은 아이들은 외양간
    옆 밭마당에 달린 배나무 동산에서 쥐잡이를 하고 숨굴막질을 하고 꼬리잡이를 하고 가마

나 「모닥불」68)을 닮아 있다. 산골짜기 오막살이집에서 가족이 아닌 총각애들이 감자를 구워 먹고 있다. 입술이 꺼멓게 숯을 바르고 있지만 깜박깜박 검은 눈들이 신이 나서 흥미진진하게 감자를 먹으면서 옛이야기들을 나누고 있다. 음식을 함께 나누면서 서로 정을 나누는 평화로움의 장면이다. 이는 백석의 시에서 자주 표현되는 공동체 의식인바, 윤동주는 어느 정도 백석에게서 영향을 받았다.69) 그리고 동시 「사과」에서도 "붉은 사과 한 개를 / 아버지, 어머니 / 누나, 나, 넷이서 / 껍질째로 송치까지 / 다 노나 먹"는다. 가난해서 사과 하나뿐인 상황에서 가족 넷이서 나눠 먹는 정겨운 장면을 그린 것이다. 나눔의 정겨움과 공동체 의식 외에 일상의 평화로운 모습을 담아낸 시들도 있다.

> 외양간 당나귀 / 아-ㅇ 앙 외마디 울음 울고, // 당나귀 소리에 / 으-아 아 애기 소스라쳐 깨고, // 등잔에 불을 다오, // 아버지는 당나귀에게 / 짚을 한 키 담아주고 // 어머니는 애기에게 / 젖을 한 모금 먹이고, // 밤은 다시 고요히 잠드오. //
>
> -「밤」 전문, 1937.3

타고 시집가는 놀음, 말 타고 장가가는 놀음을 하고 이렇게 밤이 어둡도록 북적하니 논다. / 밤이 깊어가는 집안엔 엄매는 엄매들끼리 아랫간에서들 웃고 이야기하고 아이들은 아이들끼리 윗간 한 방을 잡고 조아질하고 쌈방이 굴리고 바리깨돌림하고 호박떼기하고 제비손이구손이하고 이렇게 화대의 사기 방등에 심지를 몇 번이나 돋우고 홍계닭이 몇 번이나 울어서 졸음이 오면 아랫목싸움 자리싸움을 하며 히드득거리다 잠이 든다. 그래서는 문창에 텅납새의 그림자가 치는 아침 시누이 동서들이 욱적하니 흥성거리는 부엌으론 샛문 틈으로 장지문 틈으로 무이징게국을 끓이는 내음새가 올라오도록 잔다.
-백석, 「여우난곬족」 일부, 1935.12

68) …… 재당도 초시도 문장도 늙은이도 더부살이 아이도 새사위도 갓사돈도 나그네도 주인도 할아버지도 손자도 붓장수도 땜쟁이도 큰 개도 강아지도 모두 모닥불을 쪼인다.
-백석, 「모닥불」 일부

69) 1937년 8월, 윤동주는 100부 한정판인 백석시집 『사슴』을 몽땅 베껴냈다.

밤에 당나귀는 배고파 울고 그 울음소리에 애기도 깨여나 운다. 당나귀는 짚을 한 키 담아주고 아기는 젖을 한 모금 먹인다. 동리에서 흔히 발생하는 밤의 정경을 묘사한 것이다. 이 밤은 당나귀가 울고 아기가 우는 생명력이 있고, 가족과 동물이 서로 공존하는 평화로운 화해의 세계인 것이다. 이러한 평화로운 세계는 「봄」, 「병아리」, 「눈」, 「햇비」 등에서도 나타난다.

요컨대, 윤동주 시에 나타난 나눔은 서로 음식을 나누고 정을 나누는 공동체 의식이며 일상의 평화로움에서 동물과 사람이 함께 어울려 공존하는 평화로운 화해의 세계이다.

2) 식민지 현실에서의 민족의식

일제식민치하에서 조선인들의 만주 이주는 크게 독립운동이 목적이거나 아니면 먹고 사는 문제를 해결하기 위해 개인적이나 혹은 만주이민정책에 의해 이주 온 형태로 나눌 수 있다. 윤동주 시에 나타난 조선인들은 후자로 나타나고 있다. 조선인의 이민에 관하여 다룬 시로는 「오줌싸개 지도」, 「고향집」, 「조개껍데기」 등이 있다.

> 헌 짚신짝 끄을고 / 나 여기 왜 왔노 / 두만강을 건너서 / 쓸쓸한 이 땅에 // 남쪽 하늘 저 밑엔 / 따뜻한 내 고향 / 내 어머니 계신 고향 / 그리운 고향 집 //
> - 「고향집-만주에서 부른」 전문, 1936.1.6

'만주에서 부른'을 부제로 달아놓은 이 시는 만주에서의 유랑과 이민의 서러움, 고향의 그리운 정서를 나타내고 있다. 시적 화자는 북쪽 만주에 있다. 너무나 가난해서 "헌 짚신짝을 끄을고 두만강을 건너서" 잘 살아보려고 만주로 왔다. 그러나 만주 땅은 쓸쓸함과 외로움만 남겨주고 별로 고향보다 낫지가 않다. 그리하여 "나 여기 왜 왔노"라고 후회하기까지 한다. 그러면서 "남쪽하늘 저 밑"에 "내 어머니가 계"시는 따뜻한 고향을 그리워한다. 이는 이주민 개인 삶의 비극이 아닌 전반 민족적 비극이기도 하다.

이 시는 1936년에 쓴 것인데 시기적으로 시인은 평양 숭실중학교에 있었다. 그때 숭실중학교에서는 신사참배 문제를 거부했다가 일제에 의해 강제폐교에 이르게 되고 시인도 학교를 그만두고 용정으로 옮기게 된다. 앞에서도 언급을 했겠지만 이 사건을 계기로 시인은 민족문제를 고민한 것으로 생각된다. 이는 평양 가기 전에 발표한 「초한 대」, 「삶과 죽음」, 「내일은 없다」 등 작품들과 비교해볼 때 차이를 보이고 있다. 첫 발표작들이 삶과 죽음, 빛과 어둠 등 관념적이고 추상적인 것들을 다루고 있다면 이는 현실적인 민족문제로 고민하는 것이다. 같은 맥락에서 시 「오줌싸개 지도」를 들 수 있다.

> 빨래 줄에 걸어논 / 요에다 그린 지도는 / 지난밤에 내 동생 / 오줌 싸서 그린 지도, // 꿈에 가본 / 엄마 계신 / 별나라 지돈가, / 돈 벌러 간 아빠 계신 / 만주땅 지돈가, //
>
> ― 「오줌싸개 지도」 전문, 1937.1

이 시는 「고향집」과 비슷한 정서를 나타내고 있다. 그러나 시적 화자의 공간적 위치는 조선이다. 시적 화자는 어린이인데 어머니와 사별하고, 아버지는 어려운 생활 때문에 만주 땅으로 돈을 벌려고 갔다. 이 시의 기발한 착상은 빨랫줄에 걸려 있는 동생이 오줌 싸놓은 요라는 회화적 사물을 통해 지도를 연상하는 것이다. 시적 화자는 계속하여 상상의 나래를 펼쳐 그 지도가 사별한 엄마가 계시는 별나라의 지도인가, 아니면 아빠가 계시는 만주 땅 지도인가, 하고 두 개의 질문을 하고 있다. 떨어져 있는 아빠와 엄마에 대한 그리움, 돈 벌러 갈 수밖에 없는 현실, 이는 식민지 현실에서 개인과 민족의 아픈 현실이기도 하다.

식민지 현실에 대한 윤동주의 생각이나 사상 정서는 시「이런 날」과「양지쪽」에서 나타나고 있다.

> 사이좋은 정문의 두 돌기둥 끝에서 / 오색기와, 태양기가 춤을 추는 날, / 금을 그은 지역의 아이들이 즐거워하다 // 아이들에게 하루의 건조한 학과로, / 해맑간 권태가 깃들고, / '모순' 두 자를 이해치 못하도록 / 머리가 단순하였구나 // 이런 날에는 / 잃어버린 완고하던 형을 / 부르고 싶다.
>
> -「이런 날」전문, 1936.6.10

이 시는 시인이 숭실중학에서 광명학원으로 간 후에 쓴 시로, 간도의 현실 상황이 그대로 드러나 있다.「이런 날」은 국경일로 이해할 수 있다. 국경일에 만주국은 두 국기를 대문 양쪽에 나란히 걸었기 때문이다. 학생들은 학교의 정문 돌기둥 두 끝에 위만주국의 오색기와 일본의 태양기가 나란히 걸려 하늘에서 펄럭이고, 자유의 금지를 받는 식민지 현실을 이해하지 못한다. 그들에게 중요한 건 권태가 다가오는 하루의 건조한 학과이고 일상이다. 화자는 "잃어버린 완고한 형"을 부르는 것으로 모순된 상황을 극복하고자 한다.

광명학원은 친일계 학교로, 평양 숭실중학과는 달랐다. 숭실중학이 신사참배를 거부하고 그들의 신앙적 양심을 굳게 지킴으로써 폐교에 이르렀다면, 광명중학은 일제의 식민정책과 제국주의, 황민화를 합리화하는 교육을 단행하는 학교였다. 이러한 학교에서 시적 화자는 오색기와 태양기를 보면서, 현실의 비극을 느끼지 못하는 학생들을 보면서, 답답함을 느낀다. 시「양지쪽」에서도 시인의 이면의 사상이나 정서가 나타나고 있다.

> 저쪽으로 황토 실은 이 땅 봄바람이 / 호인(胡人)의 물레바퀴처럼 돌아 지나고, / 아롱진 사월 태양의 손길이 / 벽을 등진 설운 가슴마다 올올이 만진다. // 지도째기놀음에 뉘 땅인 줄 모르는 애 둘이, / 한 뼘 손가락이 짧음을 한(恨)함이여. // 아서라! 가뜩이나 엷은 평화가, / 깨어질까 근심스럽다. //
>
> - 「양지쪽」 전문, 1936년 봄

이 시에 등장하는 인물은 양지쪽에서 지도째기 놀이하고 있는 두 아이다. 지도째기 놀음은 아이들의 일상적 유희인바 땅따먹기 놀이다. 이 놀이는 부단히 땅을 따 먹는 확장 지향적 욕심을 드러내고 있다. 두 가지로 해석이 가능하다. 한 측면으로, 두 아이의 놀이는 영토의 야심을 보이는 일본과 거기에 먹히는 중국의 대결을 은유적으로 표현하였다 할 수 있다. "한 뼘 손가락이 짧음의 恨과 안타까움"은 중국을 통째로 삼키고자 하는 일본의 야심을 드러내고 있다. 다른 측면으로, 두 아이는 중국 아이들로서, 황토의 봄바람이 부는 계절에, 일본에 뺏긴 이 땅에서 땅따먹기 놀이를 하고 있지만 이게 진정 "뉘 땅인지" 상황을 모른다. 시적 화자의 '아서라!' 표현은 표면적으로는 두 아이의 놀음을 저지하는 말로 들리지만, 실제로는 영토 확장의 야심을 드러내며, 평화를 깨뜨리는 제국주의자들을 두고 하는 것이라 볼 수 있다. 여기에서 윤동주의 저항 의식을 볼 수 있다.

용정 시절의 윤동주 시에서, 시인은 비록 북간도에서 살고 있었지만, 민족에 대한 정서와 민족의식을 읽어낼 수 있다.

① 나 여기 왜 왔노 / 두만강을 건너서 / 쓸쓸한 이 땅에 // - 「고향집」
　　부분, 1936.1.6

② 돈벌러간 아바지게신 / 만주땅 디도ㄴ가, //
　　- 「오줌싸개 지도」 부분, 1937.1

③ 달밤의 거리 / 광풍이 휘날리는 / 북국의 거리 / ……괴롬의 거리 /
　　- 「거리에서」 부분, 1935.1

④ 저쪽으로 황토 실은 이 땅 봄바람이 / 호인(胡人)의 물레바퀴처
　　럼 돌아 지나고 /

　　　　　　　　　　　　　　- 「양지쪽」 부분, 1936년 봄

　윤동주는 시에서 자신이 살고 있는 땅을 '만주 땅', '북국', '호인
의 땅'이라고 표현했다. 이는 만주국에 대한 강한 부정이라 볼 수 있
다. 이러한 땅이기에 '쓸쓸한 땅'이고 '괴롬의 거리'인 것이다. 일제
시대 만주제국은 치외법권과 국적법을 시행하고자 했으나 결국 실
현하지 못했다. 간도에 있는 조선인들의 국적은 식민지 조선에 속해
있었다.

　윤동주가 지향하는 곳은 조선이었다. 그 조선은 "남쪽 하늘 저 밑
엔 / 따뜻한 내 고향 / 내 어머니 계신 고향 / 그리운 고향"(「고향집」)
이었다. 시 「조개껍질」에서는 "여긴 여긴 북쪽 나라요 / …… / 장난
감 조개껍데기 // 데굴데굴 굴리며 놀다 / 짝잃은 조개껍데기 / 한 짝
을 그리워하네 //"라고 떠나온 조선을 그리워한다. 그 향수는 "어린
靈은 쪽나래의 鄕愁를 타고 / 南쪽하늘에 떠돌뿐-"(「南쪽하늘」)이
다. 시인은 조선적인 것에 정겨움을 나타내었다.

식권은 하루 세 끼를 준다. // 식모는 젊은 아이들에게 / 한 때 흰 그릇 셋을 준다. // 대동강 물로 끓인 국, / 평안도 쌀로 지은 밥, / 조선의 매운 고추장. // 식권은 우리 배를 부르게. //

- 「식권」 전문, 1936.3.20

시에서는 대동강, 평안도, 조선을 나열하면서 이 고장의 물, 쌀, 고추장들이 우리들을 배부르게 하고 살찌운다고 말하고 있다. 조선은 산이 많고 물이 맑아 '금수강산'으로 유명하며, 평안도 쌀은 찰진 것으로 이름 있고, 매운 것을 좋아하는 것은 조선인의 민족특색인 것이다. 바로 이러한 민족음식을 먹으며, 시적 화자는 조선인으로서의 자긍심을 느낀다. 민족의식의 발로라 할 수 있다.

반면에 시인은 시 「모란봉」에서 "허물어진 성터에서 / 철모르는 여아들이 / 저도 모를 이국말로 / 재질대며 뜀을 뛰고" 여기서는 그들이 하는 행위를 "난데없는 자동차가 밉다"고 에둘러 표현한다. 이 시는 "대동강"이 나오는 평양에서 쓴 것을 감안하면 철모르는 여아들이 쓰는 이국말은 일본어로 풀이된다. 철없는 아이들이 쓰는 일본어도 시적 화자에게는 싫었던 것이다. 식민지 현실에서 시인에게는 바로 이러한 민족과 민족어를 사랑하는 민족의식이 항상 자리 잡고 있었다.

4. 나가며

윤동주는 간도 이민 3세대로, 29세의 생애 중 22년을 북간도에서 보냈다. 북간도에서 시 창작을 한 시기는 1935년 12월에서 1937년 사이이며 이 시기 창작한 시는 도합 73편인데 그중 동시 32편, 현대시 41편이다. 이 글에서는 순수지향의 동심 세계와 식민지 현실에서의 민족의식 두 갈래로 나누어 시인의 작품 세계를 짚어보았다.

순수지향의 동심 세계는 화해의 세계로 나타나는데 이는 흥미진진한 일상적 스토리로 기발한 착상과 재치의 시작(詩作)법을 활용하였다. 동심의 세계는 밝고 순수하며 명랑한 분위기를 자아낸다. 또한 화해의 세계는 나눔과 평화로움으로 나타나는데 여기에는 가족, 인간, 자연의 나눔이 있고 일상의 평화로움이 있다. 음식을 나눠 먹음으로써 서로 정을 나누고, 일상의 평화로움에서 동물과 사람과 자연이 함께 어울리어 공존하는 화해의 세계가 있다.

식민지 현실에서의 민족의식은 민족의 비극, 식민지 현실을 인식하지 못하는 철부지 학생들에 대한 안타까움, 조선에 대한 사랑으로 살펴보았다. 가난을 극복하기 위한 이주민의 만주 이주는 개인 삶의 비극이 아닌 민족적 비극이며, 식민지 상황임에도 멋모르고 즐거워하고 일본어를 쓰는 철부지들을 보면서 안타까워하는 '만주국'에 대한 부정, 더불어 내심으로 조선을 사랑하는 민족의식을 도출하였다.

윤동주의 작품과정을 볼 때 이러한 현실인식, 민족의식은 숭실중학교를 다녀와서 형성된 것으로 보인다. 숭실중학교에서의 신사참배 거부를 통한 강제폐교나 기타 경험을 통하여 그전의 작품들이 관념적이고 추상적이었다면 다녀와서의 작품들은 현실과 민족을 고민하는 작품들이 나타난다.

식민지 현실에서 민족을 사랑하고 부단히 갈고 닦는 노력으로 열심히 시 쓰기에 정진한 시인 윤동주, 그의 작품은 당시나 오늘을 살아가는 독자들에게 공명을 일으키고 있으며, 암흑기 시대의 한국문학의 한 페이지를 장식하는 빛나는 별인 것이다.

참고문헌

왕신영・심원섭・오오무라 마스오・윤인석 엮음, 『사진판 윤동주 자필시고
　　전집』, 민음사, 1999.
남송우, 「중국조선족문학사에서의 윤동주 연구현황 일고」, 『한국문학논총』
　　제68집, 2014.
리함, 「윤동주 연구에서 제기되는 몇 가지 문제」, 『윤동주 문학론』, 연변인
　　민출판사, 2013.
송우혜, 『윤동주 평전』, 푸른 역사, 2004.
윤동주 지음, 홍장학 엮음, 『정본 윤동주 전집』, 문학과 지성사, 2004.
윤일주, 「윤동주의 생애」, 『나라사랑』 제23집, 외솔회, 1976.
중국 바두우 백과사이트, http://baike.sogou.com/v5848969.htm

제6절 백석 시에 나타나는 북방정서와 유랑의식

1. 들어가며

만주!

이는 고대로부터 근대, 현대에 이르기까지 정치, 경제, 외교, 영토 등 문제로 한국, 중국, 일본 삼국 내지는 러시아, 영국, 독일 등 세계사적으로도 수많은 문제를 내포하고 있는 지역이다. 한국사에서 광활한 만주벌은 고구려 광개토왕과 장수왕시대가 100년을 걸쳐서 대제국의 흥성을 구가했던 곳이고 더욱이 발해(699∼927)가 2세기 이상 남쪽 대동강 유역으로부터 북만주의 너른 평원, 즉 북쪽 흑룡강 중하류 일대, 우수리강 중하류 유역, 송화강 중하류 지방의 사방 5천리에 달하는 광대한 지역을 통할하여 흥성했던 곳이다.

제2차 세계대전 시기, 중국(청)은 서구 열강에 의해 반식민지 상태가 되었는데 러시아가 여순과 대련을 조차한 데 이어 독일은 산동반도를, 영국은 구룡반도와 위해위를, 프랑스는 광주만(廣州灣)을 조차하였다. 러시아의 만주점령은 공동으로 출병한 것 외에도 동청철도 보호라는 명목으로 별도로 대병력을 파견하여 만주 북부에서 남하하여 1900년 6월 하순부터 국경 지대를 넘어 7월 중순 훈춘·하얼빈을 점령한 후 계속 남진하였다. 1931년 일본은 '9·18사변'을 일으켜 만주를 점령한 후 1932년 3·1일 청나라의 말대 황제 부의(溥儀)를 내세워 괴뢰정권 "만주국"을 건립하고 1945년 8·15 직전까지 옹근 14년간 잔혹한 식민통치를 실시하였다. 수도는 신경(新京)으로 오늘날의 장춘이다.

한국에서는 일명 '북방문학'이라고도 하는데 이는 단순한 방위개념의 어휘에 불과한 것이 아니라 변화의 시류성과 의미확대의 복합성을 가진 용어이다. 수많은 흥망성쇠를 겪어온 만주는 세계의 많은 작가와 시인들에 의해 묘사되어 왔다. 더욱이 동아시아의 일본, 중국, 한국을 포함한 문학작품에서도 번번이 등장하는 테마이다. 그 속에는 한국 시인 백석이 있다.

백석(본명 白夔行, 1912~1995)은 1930년 조선일보에 단편소설 「그母와 아들」이 당선되어 이를 계기로 일본의 청산학원에 진학하여 1944년에 졸업하였으며 그 뒤에는 조선일보에 입사한다. 1935년 조선일보에 시 「정주성」을 발표함으로써 문단에 데뷔하여 1936년에는 시집 『사슴』을 발표하게 된다. 이해 4월부터 백석은 함흥 영생고보에 영어교사로 재직하면서 함흥에 거주하였다. 1939년 1월 서울에 올라와 조선일보에 재입사하여 여성지의 편집을 담당하였다. 1940년 1월 조선일보사를 다시 그만두고 만주로 옮겨간다. 백석은 구시가(舊市街) 동삼마로(東三馬路) 시영주택 35번지 황씨 집에 거처를 마련하고 본격적인 만주생활을 시작하였다. 만주 일대에서 그는 만주국 국무원 경제부에 잠시 근무하다가 측량보조원, 측량서기 등을 전전하며 고달픈 생활을 하였다. 1945년 광복 후 고향 정주로 돌아오게 된다. 백석은 해방 후 계속 북한에 머물면서 아동문학에 힘쓰다가 1962년 이후로 몰락하게 되며 1995년 83세의 나이로 세상을 떠난다.

현재까지 알려진 백석의 작품은 그의 시집인 『사슴』에 수록된 시 33편과 기타 산문과 잡지 등에 실린 시들을 합쳐 110여 편에 이른다. 그중 백석이 만주 체류기에 발표한 작품으로는 시간적으로 「목구」,

「수박씨, 호박씨」, 「北方에서」, 「許俊」, 「국수」, 「흰 바람벽이 있어」, 「촌에서 온 아이」, 「燥塘에서」, 「杜甫와 李白같이」 등이다. 「목구」는 잡지편집의 관행으로 볼 때 만주 출발 이전에 써서 잡지사로 넘긴 것으로 짐작된다. 만주에서의 그의 작품은 예전과 다른 작품세계를 보여주고 있다.

본고에서는 위의 시편들과 더불어 만주로 가기 직전 1939년 11월에 평안도 지방을 여행하며 쓴 「安東」과 더불어 「북신」이 포함된 「서행시초」 시편들이 북방정서와 중국인의 정서를 반영하였기에 여기에 포함시킨다.

본고에서는 만주 체험 시를 중심으로 그의 시에 나타나는 북방정서와 이국체험에 대해 살펴보도록 한다.

2. 북방정서

북방대륙은 조선의 넋이 살아 있는 곳이다. 만주 유이민들에게는 길러준 어버이고 사랑하여 안아준 아내이자 육체의 한 부분과 같은 결코 저버릴 수 없는 운명적 존재이다. 북방에 관한 시들 중에서도 백석의 「북방에서」는 역사적 화자의 목소리로 민족의 역사와 더불어 북방정서에 대해 이야기하고 있다.

　아득한 넷날에 나는 떠났다
　扶餘를 肅愼을 渤海를 女眞을 遼를 金을,
　興安嶺을 陰山을 아무우르를 숭가리를.
　범과 사슴과 너구리를 배반하고
　송어와 메기와 개구리를 속이고 나는 떠났다.
　나는 그때

자작나무와 익갈나무의 슬퍼하든것을 기억한다

갈대와 장풍이 붇드든 말도 잊지않었다

오로촌의 멧돌을 잡어 나를 잔치해 보내든것도

쏠론이 십리길을 딸어나와 울든것도 잊지않었다.

나는 그때

아모 익이지못할 슬픔도 시름도 없이

다만 게을리 먼 앞대로 떠나나왔다

그리하여 따사한 해ㅅ귀에서 하이얀 옷을 입고 매끄러운 밥을먹고

단샘을 마시고 낮잠을 잤다

밤에는 먼 개소리에 놀라나고

아츰에는 지나가는 사람마다에게 절을 하면서도

나는 나의 부끄러움을 알지못했다

그동안 돌비는 깨어지고 많은 은금보화는 땅에 묻히고 가마귀도 긴

족보를 이루었는데

이리하여 또 한 아득한 새 넷날이 비롯하는때

이제는 참으로 익이지 못할 슬픔과 시름에 쫓겨

나는 나의 넷 한울로 땅으로-나의 胎盤으로 돌아왔으나

이미 해는 늙고 달은 파리하고 바람은 미치고 보래구름만 혼자 넋

없이 떠도는데

아 나의 조상은 형제도 일가친척은 정다운 이웃은 그리운것은 사랑

하는것은 우럴으는것은 나의 자랑은 나의 힘은 없다 바람과 물과

세월과 같이 지나가고 없다.

- 「北方에서-鄭玄雄에게」 전문,

『문장』 2권6호, 1940.7

이 시는 백석의 북방시편을 대표하는 작품으로 주목된다. 부제에
서 보다시피 이 시는 백석이 조선일보 재직시절의 동료이고 절친한
친구였으며 화가인 정현웅[70]에게 편지글처럼 전달하는 대화체형식

을 취하고 있다. 만주를 주된 공간으로 다루고 있는 이 시는 거침없는 시적 어조와 웅대한 서사적 화폭으로 이채를 띤다. 흡사 민족적 자아를 대신한 듯한 일인칭의 성찰적인 시적 페르소나를 통해 시간적으로 '아득한 녯날', '가마귀도 긴 족보'를 이루는 남진 이후의 세월, '새 녯날이 비롯하는 때' 등 세 시기를 넘나든다. 여기서 '새 녯날'이란 당시의 상황으로 보아 일제가 대동아 공영권을 내세워 중일 전쟁을 일으키던 시기이다. 이 작품을 쓸 무렵 백석이 일제가 세운 만주국의 수도 신경(지금의 장춘)에 머물렀었다는 것은 이러한 시점을 반영한 것이다.

제1연에 보이는 부여, 숙신, 발해, 여진, 요, 금 등은 북만주에서 흥망을 거듭했던 나라들이다. 이 나라들에 대해 알아보도록 한다. 기원전 1세기경부터 30년 동안 퉁구스계(系)의 부여족이 세운 부여는 고조선과 같은 시기에 지금의 북만주 일대(송화강 유역의 평야지대)에 웅거한 부족국가였고, 일부의 부여인들은 계속 북옥저, 즉 두만강 유역에 머물면서 점차 자립하여 동부여국을 형성하였다. 동부여의 수도는 지금의 훈춘(琿春)이다.[71] 부여는 만주 서북부에 있던 예맥족의 연맹왕국 부여라는 이름은 사슴을 뜻하는 만주어 '부루'에서 왔다는 설과, 평야를 의미하는 '벌'에서 왔다는 설이 있다. 494년 (문자왕 3) 고구려에 의해 완전 소멸되었다. 숙신은 고대 중국의 북동 방면에 거주한 이민족(異民族)으로서 고조선 시대에 만주 북동 방면에서 수렵생활을 하였다. 고구려 서천왕(西川王) 때 일부가 고구려에 복속되었으며, 398년(광개토대왕 8) 완전히 병합되었다. 뒤에

---

70) 정현웅(1911~1976), 서양화가, 1927년부터 조선미술전람회에 거듭 입선과 특선, 『신천지』 편집인, 한국전쟁 발발 직후 남조선미술동맹에서 활동하다가 월북. 북한에 머물러 『조선미술이야기』(1954) 등의 저술을 남겨놓았다.

71) 한민족문화사전의 디지털 한국학 자료 참조.

일어난 읍루(挹婁)·말갈(靺鞨) 종족이 숙신의 후예이다. 여진은 동부 만주(滿洲)에 살던 퉁구스 계통의 민족이다. 여직(女直)이라고도 하는데 이 민족의 명칭은 시대에 따라 달라 춘추전국시대에는 숙신(肅愼), 한(漢)나라 때는 읍루(挹婁), 남북조시대에는 물길(勿吉), 수(隋)·당(唐)나라 때는 말갈(靺鞨)로 불리었다. 10세기 초 송나라 때 처음으로 여진이라 하여 명나라에서도 그대로 따랐으나, 청나라 때는 만주족이라고 불렀다. 발해는 698년 고구려가 멸망한 뒤 고구려 유장 대조영(大祚榮)이 세워 220여 년간 지속된 국가이다. 발해는 전성기에 대동강 이북에서 요하를 거쳐 흥안령 아래의 눈강 하류 지역, 그리고 흑룡강을 거쳐 연해주 전체를 포함하면서 다시 남으로 내려와 원산 주변지역에 이르는 광대한 영토를 가졌다. 926년 거란군에게 패전하여 멸망하였다. 요는 거란족의 왕조(916~1125)로서 창시자는 동호계(東胡系) 유목민인 거란족의 야율아보기(耶律阿保機)이다. 태조시대에 서쪽으로는 탕구트·위구르 등 제부족을 제압하여, 외몽골에서 동투르키스탄에 이르는 지역을 확보하였고, 동쪽으로는 발해(渤海)를 멸망시켜 만주지역 전역을 장악하였다. 금은 퉁구스족 계통의 여진족이 건립한 왕조(1115~1234)이다. 창건자는 완안부(完顔部)의 추장 아구다(阿骨打)이다. 여진족은 본래 10세기 초 이후 거란족이 세운 요(遼)의 지배를 받고 있었으나, 12세기 초 북만주 하얼빈(哈爾濱) 남동쪽의 안추후수이(按出虎水) 부근(지금의 松江省) 아청(阿城)에 있던 완안부의 세력이 커지자, 그 추장인 아구다가 요를 배반하고 자립하여 제위(帝位)에 올라, 국호를 금(金)이라 하였다. 그 후 명나라가 임진왜란 때 조선에 원병해준 것이 계기가 되어 국력이 차차 쇠약해지자 이 틈을 타 여진족은 세력을 확장해 나가다가, 1616년(광해군 8) 여진의 추장 누루하치(奴兒哈赤)가 선양(瀋

陽)에 후금(後金)을 세웠다.72) 이토록 '아득한 옛날'의 만주는 부여, 읍루와 옥저의 땅이던 데로부터 고구려의 영토였으며 그 뒤에는 발해의 영토였다.

흥안령과 음산은 산맥을, 아무르와 숭가리는 흑룡강과 송화강이다. 송화강은 만주어로 '숭가리'라 하고, 흑룡강은 '아무르'라 한 것은 흥망을 거듭한 나라를 환기시키려는 의도적인 시어선택이다. 길짐승 범과 사슴과 너구리를 배반하고 물고기 송어와 메기와 개구리를 속이고 떠났다고 제1연에서 말하고 있는 것은 한민족이 북만주 옛터에서 자연과 합일 속에서 평화롭게 살았음을 강조하고 있다. 자연은 나와서 자라고, 쇠약해져 사멸하며 그 안에서 생명력을 가지고 스스로의 힘으로 생성, 발전하는바 '그 자체 안에 운동의 원리를 가진 것'(아리스토텔레스)이다. 그러기에 자연은 조금도 인간에게 대립하는 것이 아니고 오히려 그러한 생명적 자연의 일부로서 포괄되어 있다. 자연은 인간에게 대하여 이질적·대립적이 아니고 그것과 동질적으로 조화하고 신(神)마저도 거기에서는 자연을 초월하는 것이 아니고 거기에 내재적이다.

자연과의 친화는 제2연에서도 반복되어 나타난다. 육지에서 자라는 자작나무와 이깔나무가 떠나는 것을 슬퍼하고 물가에서 자라는 갈대와 장풍이 붙들던 말도 잊지 않았음은 물론 흥안령 북구 소흥안령에 사는 북퉁구스계의 한 종족인 '오로촌(Orochon족)'과 남방퉁구스계통의 부족 '쏠론' 등이 멧돌(멧돼지의 오자)을 잡아 장도를 축하하고 십리 길을 따라 나와 이별을 슬퍼하던 것을 잊지 않았다고 화자는 말한다. 자연과의 친화는 물론 이웃부족들과도 평화롭게 살던

---

72) 한국학중앙연구원의 한국역사정보통합시스템-왕실도서관 장서각 디지털 아카이브와 네이버 홈페이지 참조.

시절의 기억을 떠올리는 것은 시적 화자의 개인적 술회만이 아니라 민족공동체의 역사적 체험을 노래하고 있다. 백석이 발견한 민족의 공동체는 정을 나누며 살고 조상들의 전통을 이어받는 영원한 민족의 역사를 이어가는 공동체이다. 여러 종족들은 서로 간의 투쟁과 대립보다는 서로 상대방을 인정하고 관용함으로써 그리고 자연적인 사랑의 생명력을 서로 나누어주고 가짐으로써 평화스러운 세계, 더욱 풍요롭고 강력해진 국가를 이룰 수 있다고 말해주고 있다. 이는 '한 강력한 중앙집권국가에 의해 나머지 모든 나라들이 종속적으로 되어 지배되는 그런 세계가 아니라 여러 소국들이 자치적으로 연합하고 서로 조화시킨 연방제'를 보여준다. 이는 한국의 특유한 정치철학과 사상—축제적 신시를 말하고 있다.[73]

3연에서 보듯 고구려와 발해가 멸망한 이후 조상들은 '아모 이기지 못할 슬픔도 시름도 없이' 그 영토를 떠나 '따사한 해ㅅ귀에서 하이얀 옷을 입고 매끄러운 밥을 먹고 단샘을 마시고 낮잠을 자며' '갈가마귀도 긴 족보'를 이룰 만큼 오랜 세월을 살아왔다. 그러나 이런 삶은 평화롭고 안락하지 않았다. 그리하여 밤에는 먼 개소리에도 놀란다. 아침에는 지나가는 사람마다에게 아부하면서도 부끄러움을 몰랐던 삶을 뉘우친다. 남진하여 한반도 정착 후 민족의 역사를 간결하게 요약하였는데 이는 시인의 시적 역량이다. '금은보화'가 쌓인 옛날의 화려한 역사는 온데간데없고 '참으로 익이지 못할 슬픔과 시름에 쫓겨' 지금은 다시 '옛 한울로 땅으로' 돌아왔지만 이미 해는 늙고 조상과 형제와 이웃은 아무 힘도 없는 존재가 되어버린 것이다. 이 시의 마지막 구절처럼 '바람과 물과 세월과 같이' 지나가버린 것이다.

73) 신범순, 「축제적 신시와 처용신화의 전승」, 『한국근대문학의 정체성』, 2006 서울대학교 근대문학 강의자료 참조.

이토록 「북방에서」는 자연과의 합일점 더불어 여러 종족이 어울러 화합하는 축제적 신시의 깊은 뜻을 내포하고 있다. 이런 축제적 신시의 의미는 그의 다른 시 「귀농」에서도 나타난다.

白狗屯의 눈녹이는 밭가운데 땅풀리는 밭가운데
촌부자 老王하고 같이 서서
밭최뚝에 즘부러진 땅버들의 버들개지 피어나는데서
볕은 장글장글 따사롭고 바람은 솔솔 보드라운데
나는 땅님자 老王한테 석상디기 밭을 얻는다
老王은 집에 말과 나귀며 오리에 닭도 우울거리고
고방엔 그득히 감자에 콩곡석도 들여 쌓이고
老王은 채매도 힘이들고 하루종일 百鈴鳥 소리나 들으려고
밭을 오늘 나한데 주는것이고
나는 이젠 귀치않은 測量도 文書도 실증이 나고
낮에는 마음놓고 낮잠도 한잠 자고싶어서
아전노릇을 그만두고 밭을 老王한테 얻는것이다
날은 챙챙 좋기도 좋은데
눈도 녹으며 술렁거리고 버들도 잎트며 수선거리고
저한쪽 마을에는 마돗에 닭개즘생도 들떠들고
또 아이어른 행길에 뜰악에 사람도 웅성웅성 흥성거려
나는 가슴이 이무슨흥에 벅차오며
이봄에는 이밭에 감자 강냉이 수박에 오이며 당콩에 마눌과 파도
심그리라 생각한다
수박이 열면 수박을 먹으며 팔며
감자가 앉으면 감자를 먹으며 팔며
까막까치나 두더쥐 돗벌기가 와서 먹으면 먹는대로 두어두고
도적이 조금 걷어가도 걷어가는대로 두어두고
아, 老王, 나는 이렇게 생각하노라

나는 老王을 보고 웃어말한다

이리하여 老王은 밭을 주어 마음이 한가하고

나는 밭을 얻어 마음이 편안하고

디퍽 디퍽 눈을 밟으며 터벅터벅 흙도 덮으며

사물사물 해볕은 목덜미에 간지로워서

老王은 팔장을 끼고 이랑을 걸어

나는 뒤짐을 지고 고랑을 걸어

밭을 나와 밭뚝을 돌아 도랑을 건너 행길을 돌아

집웅에 바람벽에 울바주에 볕살 쇠리쇠리한 마을을 가르치며

老王은 나귀를 타고 앞에 가고

나는 노새를 타고 뒤에 따르고

마을끝 虫王廟에 虫王을 찾어뵈려 가는길이다

土神廟에 土神도 찾어뵈려 가는길이다

- 「歸農」 전문, 『朝光』 7권4호, 1941.4

　　이 글은 백석이 만주 신경의 근처에 있는 白狗屯에 살면서 쓴 시
라 생각된다. 白狗屯의 원래 마을 이름은 白果屯이었는데 마을에
돈 있고 세력 있는 양씨사람이 이사 오면서 의도적으로 흰 개를 많이
키워 온 마을이 개 울음소리로만 가득 차게 함으로써 마을사람들에
게 강박적으로 白果屯을 白狗屯으로 고쳐 부르게 했다는 이야기가
있다. 마을사람들은 그 세력에 어쩔 수 없이 白狗屯으로 불렀으며
그 사람이 죽은 후에는 그 이름이 별로 좋지 않아서 新月屯이라 불
렀다. 지금은 장춘시에 편입되었는바 위치상으로 청년로북부서쪽(靑
年路北部西側) 환성공원근처(环城公路附近) 신월로서단(新月路西
端)이다.74)

　　이 시기 백석은 "이젠 귀치않은 測量도 文書도 실증이 나서 / 낮

74) 중국인터넷 百度, www.hwwh.cn에서 검색.

에는 마음놓고 낮잠도 한잠 자고싶어서 / 아전노릇을 그만두고 밭을 老王한테 얻는것이다"에서 볼 수 있듯이 측량기사 노릇을 하다가 그것마저 집어치우고 老王이라는 중국인 촌부자로부터 땅을 얻어 농사를 짓는다. 그는 비로소 문서를 보면서 분주하게 지낼 때는 생각하기도 어렵던 편안함을 얻게 된다. 즉, 근대적 표준화의 결정체라 할 수 있는 측량 일을 하면서 정작 잃어버렸던 구체적 삶의 숨결을 귀농하여 농사일을 하면서 얻게 된 것이다.

그의 한가하고 편안한 생활과 더불어 그 속의 자연과 사람들도 그 주변 여건 속에서 합일하면서 나타나거나 살고 있는 모습 또한 흥겹고 벅차다. '날은 챙챙 좋기도 좋은데 / 눈도 녹으며 술렁거리고 버들도 잎트며 수선거리고 / 저한쪽 마을에는 마돗에 닭개즘생도 들떠들고 / 또 아이어른 행길에 뜰악에 사람도 웅성웅성 흥성거려 / 나는 가슴이 이무슨홍에 벅차'올라 봄빛처럼 따사롭고 해맑은 이미지를 준다. 그리고 시적 화자는 보잘것없는 소작인의 처지일망정 수박과 감자를 심고 게다가 까막까치나 두더지, 돌벌기(감자밭에서 뿌리나 줄기를 자르는 해충) 그리고 도적까지도 포용하는 자연친화적 삶을 살겠다고 자신의 의지를 밝히고 있다. 더불어 땅주인인 노왕과의 관계도 매우 화애롭다. '눈녹이는 밭가운데 땅풀리는 밭가운데 / 촌부자 老王하고 같이 서서' '아, 老王, 나는 이렇게 생각하노라 / 나는 老王을 보고 웃어말한다' '老王은 팔장을 끼고 이랑을 걸어 / 나는 뒤짐을 지고 고랑을 걸어' '老王은 나귀를 타고 앞에 가고 / 나는 노새를 타고 뒤에 따르고' 지주와 소작인사이의 화해와 융합을 읽을 수 있다. 이는 시의 마지막 대목 '마을끝 蟲王廟에 蟲王'과 '土神廟에 土神'을 찾아간다는 데서 고조된다. 벌레신, 땅의 신을 찾아 한 해의 농사를 잘 짓게 해준 데 대해 감사함을 표시하러 가는 길이다.

농부들은 예로부터 벌레까지도 왕으로 섬기고 또한 흙의 신을 숭배함으로 해서 사람과 흙과 모든 벌레까지도 서로 하나가 되어 살아왔던 것이다. 이는 땅을 일구면서 농사를 짓는 사람이 그 대상과 일체가 되는 상태를 보여주는 것이다. 비록 이국땅의 소작인 생활이지만 진실한 '귀농'의 모습이 무엇인가를 깨달은 화자는 달관의 자세로 현실을 수용하였던 것이다. 근대의 도시화된 삶 속에서 정착하지 못하고 추상적 표준의 세계 속에서 헤매던 영혼이 이제야 비로소 자기가 거처할 공간을 찾게 된 셈이고 바로 이 상태가 백석이 지향하고 있는 세계인 것이다.

3. 만주체험과 유랑의식

여행은 백석에게 있어 자아와 현실에 대한 성찰을 확장시키는 중요한 계기로 자리 잡는다. 식민지 조국의 비참한 현실은 타인에 대한 관심과 연민을 유발해 그의 삶에 비극적 의미를 확인하게 하였다. 이것은 그가 동족의 고통과 슬픔을 자신의 것으로 동화시키면서 삶에 관한 통찰을 깊이 하게 하고 시에서 면면히 흐르는 동족애의 애정, 현실에의 대응으로 나아가게 하였다. 그는 평안도 지방 기행시로 「서행시초」를 썼고 만주체류기에 아홉 편의 시를 남겼다.

백석의 시는 크게 그가 추구하고자 하는 삶과 현실의 삶으로 나누어진다. 이를 구체적으로 드러내는 역할을 하는 매개물이 바로 백석의 시에 빈번히 등장하고 있는 음식물이다. 토속적인 음식은 백석시에 다양하게 존재한다. 「북관」, 「국수」를 살펴보도록 한다.

明太창난젓에 고추무거리에 막칼질한무이를 뷔여익힌것을

이 투박한 북관을 한없이 끼밀고있노라면
쓸쓸하니 무릎은 꿇어진다
시큼한 배척한 퀴퀴한 이내음새속에
나는 가느슥히 女眞의 살내음새를 맡는다
얼근한 비릿한 구릿한 이 맛속에선
깜아득히 新羅백성의 鄕愁도 맛본다.

-「北關」咸州詩抄1 전문,

『조광』 3권10호, 1937.10

　백석은 북관(함경도)을 떠돌며 명태 창난젓을 먹으면서 음식 속에
서 조상과 조국을 느끼고 있다. 이 음식물들은 단순히 허기를 때우는
기능을 넘어 조국을 상징하고 있다. 백석은 음식을 먹으며 고향의
정취를 느끼는 동시에 여진이나 신라 백성의 살 내음과 향수를 맛본
다. 음식이란 어머니가 물려준 조상의 맛이며 문화이다. 그 속에는
대대로 내려오는 조상의 피가 섞여 있다. 백석은 음식물을 통하여
민족의 동질성을 회복하고자 의도하였고 그 의도는 시대를 뛰어넘
어 현실로까지 확장되고 있다. 이러한 사실은 그의 주체적 삶에의
희구가 얼마나 강렬한 것인지를 느끼게 하는 것으로 개인사적인 의
미를 떠나 민족사적인 의미망으로까지 확대되고 있다.

　아, 이 반가운 것은 무엇인가
　이 히수무레하고 부드럽고 수수하고 슴슴한것은 무엇인가
　겨울밤 쩡 하니 닉은 동티미국을 좋아하고 얼얼한 댕추가루를 좋아
　하고 싱싱한 산꿩의 고기를 좋아하고
　그리고 담배내음새 탄수내음새 또 수육을 삶는 육수국 내음새 자욱
　한 더북한 삿방 쩔쩔 끓는 아르굴을 좋아하는 이것은 무엇인가
　이 조용한 마을과 이마을의 으젓한 사람들과 살틀하니 친한것은 무

엇인가

이 그지없이 枯淡하고 素朴한것은 무엇인가

　　　　　　　-「국수」전문, 『문장』 3권4호, 1941.4

　국수라는 음식은 '아득한 옛날 한가하고 즐겁든 세월로부터' 내려
오는 음식이다. 또 국수는 '의젓한 마음'을 가진 마을 사람들에게 어
울리는 음식이다. 그래서 국수는 '조용한 마을과 이 마을의 의젓한
사람들과 살틀하니 친한 것'이고 '그지없이 담백하고 소박한 것'이
다. 국수는 '대대로 나며 죽으며 죽으며 나며 하는' 한민족과 함께
남아 있을 음식물인 것이다. 국수의 이미지를 통하여 조상과 후손의
긴밀한 연결과 민족역사의 영원성을 드러내고 있다.

　「두보와 이백같이」에서는 이국에서 고향의 풍속을 그리워하며 상
실감을 자아낸다. '나'는 '멀리 고향을 나서 남의 나라 쓸쓸한 객고
에 있는 신세'인데 그 나라의 옛 시인인 두보나 이백도 '먼 타관에
나서 이날을 맞은 일이 있었을 것'이라고 자신의 신세를 중국의 시
인에 비겨 보면서 '오늘 고향에 내 집에 있다면' '새 옷을 입고 새신
도 신고 떡과 고기도 억병 먹고 일가친척들과 서로 모여 즐거이 웃
음으로 지낼 것'이라고 고향의 풍속을 회상하며 그리움에 빠진다.
또 외로움을 달래보려고 자신의 '한 고향사람의 조그마한 가업집으
로' 가서 '그 맛스러운 떡국이라도 한 그릇 사먹으리라' 생각한다.
이것은 '우리네 조상들이 먼먼 옛날로부터 대대로 이날엔 으레 그러
하며 오'는 것이며 '먼 타관에 난 그 두보나 이백 같은 이 나라의 시
인'도 '이날은 그어늬 한 고향 사람의 주막이나 판관을 찾아가서 그
조상들이 대대로 하든 본 대로 원소라는 떡을 입에 대며 스스로 마
음을 느꾸어 위안'하였을 것이라고 자신의 외로움을 외로웠을 타인
과 동일시하며 달래본다. 그들의 먼 훗날 자손들도 그들의 본을 따

서 이날에는 원소를 먹을 것이라 생각하며 자신도 조상 대대로 내려온 음식인 '떡국을 놓고 아득하니 슬플 것'이라고 자신의 처지를 쓸쓸한 어조로 토로한다.

> 異邦거리는
> 비오듯 안개가 나리는속에
> 안개가튼 비가 나리는속에
> 異邦거리는
> 콩기름 쪼리는 내음새속에
> 섭누에번디75) 삶는 내음새속에
> 異邦거리는
> 독기날 별으는 돌물네76)소리속에
> 되광대77) 켜는 되앙금78)소리속에
> 손톱을 시펄하니 길우고 기나긴 창꽈즈79)는 줄줄 끌고시펏다
> 饅頭꼭갈을 눌러쓰고 곰방대를 몰고가고시펏다
> 이왕이면 香내노픈 취향梨돌배 움퍽움퍽 씹으며 머리채 츠렁츠렁
> 발굽을차는 꾸냥80)과 가즈런히 雙馬車 몰아가고시펏다
> ─「安東」전문, 『조선일보』, 1939.9.13

이 시는 백석이 만주로 가기 직전 1939년 11월에 평안도 지방을 여행하며 쓴 「서행시초」 제목하에 발표한 일련의 시 중의 하나이다. 안동(지금은 단동)은 신의주 맞은편의 만주와의 국경도시로서 여기

---

75) 섭누에번디: 섶누에(산누에)의 번데기.
76) 돌물네: 칼, 도끼, 가위 등의 무뎌진 날을 벼리게 만든 회전 숫돌.
77) 되광대: 중국인 광대.
78) 되앙금: 중국 앙금.
79) 창꽈즈: 长褂子, 중국식 긴 저고리.
80) 꾸냥: 姑娘, 처녀를 뜻하는 중국어.

에서는 이방에서 느끼는 정취와 새로운 고향탐구의식이 엿보인다.

1연에서 시인은 이방거리의 자연환경을 시각적 이미지로서 잘 제시하고 있다. '안개가 비 오 듯' 그리고 비 오 듯 안개가 내리는 이방거리의 자연환경을 시각적인 이미지로써 대구법으로 잘 표현하고 있다. 1연이 이방의 자연풍경이라면, 2연은 이방에 살고 있는 인간들의 체취와 삶 그 자체를 묘사하고 있다. 따라서 1연의 시각적 이미지 대신 2연에서는 후각과 청각적 이미지를 함께 결합시킴으로써 이방의 생활모습을 더욱 고조시킨다. 콩기름 쫄이는 내음새와 섶누에 번디를 삶는 냄새는 바로 후각을 통한 삶의 한 모습이고, 도끼날을 벼리는 돌물레소리와 되광대 켜는 되양금(중국 현악기) 소리는 청각을 통한 만주족 사람들의 생활 그 자체의 소리이다. 시적 자아는 사람 사는 냄새와 그들이 부대끼는 소리 속에서 떠나온 고향을 회상하게 되고 고독과 외로움을 느끼게 되며 나아가 이 공간이 고향이길 갈망한다. 그리하여 시퍼런 손톱을 기른, 중국식 긴 저고리를 입은 중국인으로 살며 중국 아가씨와 쌍마차를 몰고 가는 꿈을 꿔본다. 시인의 소망은 바람일 뿐이지만 그의 내면에는 더불어 살아가려는 공동체의식이 숨어 있기도 하다. 이런 내면세계는 「조당에서」의 시에 더 한층 승화된다.

> 나는 支那나라사람들과 가치 묵욕을 한다
> 무슨 殷이며 商이며 越이며하는 나라사람들의 후손들과 가치
> 한물통안에 들어 목욕을 한다
> 서로 나라가 달은 사람인데
> 다들 쪽발가벗고 가치 물에 몸을 녹히고 있는것은
> 대대로 조상도 서로 모르고 말도 제각금 틀리고 먹고 입는것도 모도달은데

이렇게 발가들벗고 한물에 몸을 씻는것은

생각하면 쓸쓸한 일이다

이 딴나라사람들이 모두 니마들이 번번하니 넓고 눈은 컴컴하니 흐리고

그리고 길줏한 다리에 모두 민숭민숭 하니 다리털이 없는것이

이것이 나는 웨 작고 슬퍼지는 것일까

그런데 저기 나무판장에 반쯤 나가누어서

나주볕을 한없이 바라보며 혼자 무엇을 즐기는듯한 목이긴 사람은

陶淵明은 저러한 사람이였을것이고

또 여기 더운물에 뛰어들며

무슨 물새처럼 악악 소리를 질으는 삐삐 파리한 사람은

陽子라는 사람은 아모래도 이와같었을것만 같다

나는 시방 넷날 晉이라는 나라나 衛라는 나라에 와서

내가 좋아하는 사람들을 맞나는것만 같다

이리하야 어쩐지 내마음은 갑자기 반가워지나

그러나 나는 조금 무서웁고 외로워진다

그런데 참으로 그 殷이며 商이며 越이며 衛며 晉이며하는나라사

람들의 이후손들은

얼마나 마음이 한가하고 게으른가

더운물에 몸을 불키거나 때를 밀거나 하는것도 잊어벌이고

제 배꼽을 들여다 보거나 남의 낯을 처다보거나 하는것인데

이러면서 그 무슨 제비의 춤이라는 燕巢湯이 맛도있는것과

또 어늬바루 새악씨가 곱기도한것 같은것을 생각하는것일것인데

나는 이렇게 한가하고 게으르고 그러면서 목숨이라든가 인생이라

든가 하는것을 정말 사랑할줄아는

그 오래고 깊은 마음들이 참으로 좋고 우럴어진다

그러나 나라가 서로 달은 사람들이

글세 어린 아이들도 아닌데 쪽발가벗고 있는것은

어쩐지 조금 우수웁기도하다

　　　　　　　 -「澡塘에서」 전문, 『인문평론』 3권3호, 1941.4

「조당에서」는 이국사람들의 목욕하는 모습을 보고 세상걱정 없이 살아가는 삶을 상상하여 아름답다고 생각하는 것이다. '지나사람들'은 '무슨 은이며 상이며 월이며 하는 나라 사람들의 후손들'이며 나아가 '참으로 그 은이며 상이며 월이며 위며 진이며 하는 나라 사람들의 이 후손들'이다. 이 가운데 어떤 이는 '도연명'과 같고 어떤 이는 '양자'와 같다. 그들은 모두 비슷하지만 각자 조금씩 다르다. 나는 '이렇게 발가들 벗고 한물에 몸을 씻는' 일에서 슬픔과 쓸쓸함을 느끼지만 이들의 조금씩 다른 모습에서 '내가 좋아하는 사람들을 만나는 것만 같다'고 느낀다. 그들은 때를 밀거나 물에 몸을 불리는 일을 잊고 '제 배꼽을 들여다보거나 남의 낯을 쳐다보거나' 하는 한가하고 게으른 모습을 보인다. 이것은 내 분주한 마음과 여유 없는 육신과 대조되기에 나는 '조금 무서웁고 외로워진다.' 나는 이들이 '연소탕'이나 '어느 바루 새악시가 곱기도 한 것 같은 것'을 생각한다고 여긴다. 이들의 한가함과 게으름은 '목숨이라든가 인생이라든가 하는 것을 정말 사랑할 줄 아는 / 그 오래고 깊은 마음'의 소산이었던 것이다. 그래서 나는 이들에게서 위로를 받고 '그 오래고 깊은 마음들이 참으로 좋고 우럴어진다'고 토로한다. 그럼에도 불구하고 '나라가 서로 다른 사람들이 / 글쎄 어린아이들도 아닌데 쪽 발가벗고 있'다는 사실이 지워지지 않는다. 그것은 우스꽝스럽다. 아니 모두가 평등하고 모두가 한가하고 게으르다는 점에서 서로 웃어 보일 수 있다. 백석의 유랑의식에서 보여주는 슬픔과 외로움은 음식물이나 인물을 통해 표현되며 인물들은 가난하고 선량한 모습인바 그 구체성을 잃지 않은 채로 오롯하게 나타난다.

4. 나가며

본고는 시인 백석이 만주 체류기에 발표한 체험 시를 중심으로 그의 시에 나타나는 북방정서와 이국체험에 대해 살펴보았다.

북방정서에서는 시 「북방에서」로부터 자연과의 합일점 더불어 여러 종족이 어울러 화합하는 축제적 신시의 깊은 뜻을 시사하였고 시 「귀농」에서는 진실한 귀농의 의미를 깨달은 화자의 달관의 자세와 자연과 주변사람들과 합일하는 의식을 드러냈다.

이국체험에서는 시 「北關」, 「국수」의 명태창난젓, 국수 등 음식물을 통하여 민족의 동질성을 회복하고자 의도하였고 그 의도는 시대를 뛰어넘어 현실로까지 확장되었다. 그리고 시 「두보와 이백같이」, 「安東」, 「澡塘에서」에서는 이방에서 느끼는 정취와 고향의 풍속을 그리워하며 상실감을 드러내기도 했으며 새로운 고향탐구의식을 표현하기도 했다.

백석은 당대의 주류에 휩쓸리지 않고 그만의 고유하고 독특한 시 세계를 구축하였다. 그는 한민족을 주체로 삼아 민족적인 것을 잃지 않으려고 부단한 노력을 경주하였다.

참고문헌

백석 지음, 고형진 엮음, 『정본 백석 시집』, 문학동네, 2007.
신범순, 「축제적 신시와 처용신화의 전승」, 『한국근대문학의 정체성』, 서울
　　대학교 근대문학 강의자료, 2006.
百度사이트, www.hwwh.cn

한국 고전문학 연구

제1절 李鈺의 「南程十篇」에 나타나는 작가의 의식세계와 문체 표현

1. 들어가며

「南程十篇」은 정조 19년(1795), 李鈺(1760~1813)이 '삼가 임금 님으로부터 귀양의 명령을 받아' 三嘉縣(지금의 경상남도 합천 지 방)으로 갔다가 돌아오는 여정을 기록한 글이다.[1] 이옥이 성균 유생 으로 應製旬語를 하였는데 상께서 그 '문체가 괴이'하다 하여 停擧 를 명하였다가 곧 改命하여 充軍케 하였던 것이다.

이 글은 1795년 9월 13일 이옥이 한양을 떠나 삼가에 이르렀다가 삼가에서 10월 14일 다시 한양에 돌아올 때까지의 한 달간 천구백 이십 리의 三嘉 유배 길에서 보고 들은 내용을 적었다. 대부분의 유 배길이나 귀양길에서 적은 글들을 보면 작자 자신의 울분이나 현실 생활이나 귀양살이에 대한 애환, 혹은 자신의 소행에 대한 뉘우침 형식으로 되어 있겠지만 이옥의 남쪽 귀양길에서 적은 이 글은 유배 길임에도 불구하고 행로에서 보고 듣고 체험하고 느낀 일상적이고 사소한 소재들을 다루고 있다. 그만큼 그는 자신의 문체에 대해 회 의 없어 하였다.

---

[1] 「남쪽 귀양길의 시말을 적다」에 의하면 이옥이 정조 19년(1795) 충군의 명을 받고 삼가까지 갔다 돌아온 일이 있는데 「南程十篇」은 그때 일을 기록한 것이다. 실시학사 고전문학연구회, 『역주 이옥전집』, 소명출판, 2001, 250쪽.

「南程十篇」은 金瀘가 「題文無子文抄卷後」에서 "더욱 세 번이나 감탄하였"고(且余於南程十篇, 尤有所三復而感歎者) 姜彝天의 문집2)에도 「南程十篇」에 대해 공감하는 題後가 실려 있는 대표적 소품문의 하나이다. 이 글은 한 편 한 편이 독특한 관점을 보이면서 대상에 즉한 사실 묘사에 힘쓴 작품들이다.

「南程十篇」은 구조상 敍文으로 전체를 개괄한 뒤, <路問>, <寺觀>, <烟經>, <方言>, <水喩>, <屋辨>, <石嘆>, <嶺惑>, <古蹟>, <棉功> 등 자유로운 제목으로, 10편의 주제로 부분부분 나누어 세밀하게 다루고 있다. 이는 그의 다른 글인 「중흥유기」와 비슷한 체재를 따르고 있다.3) 「南程十篇」이 전체-개괄의 형식이라면, 「중흥유기」는 개괄-총론의 형식을 취하고 있다. 「南程十篇」은 <敍文>에서 자신이 이 글을 쓴 시간, 지점, 경위를 소개하고 본문에서는 단순히 경물의 묘사에 그치지 않고 역사의 현장(<古蹟>), 지리, 방언을 채록(<方言>)하거나 오던 길에 본 가옥의 형태(<屋辨>), 시냇물의 다양한 형세(<水喩>), 지역에 따른 바위모양의 변화(<石嘆>), 심지어 嶺南에서 처음 목화밭을 보고, 목화가 면포가 되고 옷이 되는 과정에 대한 기술(<棉功>), 그리고 작자의 불교관(<烟經>)에 이르기까지 그 다루는 영역이 다양하고 무제한적이다.

---

2) 『重菴稿』 利卷(규장각 소장 필사본)에 이옥의 「南程十篇」에 대한 「書絅錦子南程10篇後」가 수록되어 있다. 강이천의 「書絅錦子 南程10篇後」의 전체가 우언으로 되어 있는데 두 우화는 집짓기와 물을 소재로 한 이옥 글을 염두에 두고 지어진 것이다. 집짓기에서는 연암이 일구어낸 新思潮(연암이 지은 새집으로 상징될 수 있는 현실변화에 부응할 수 있는 보다 나은 현실을 지향하는 새로운 문화와 사상의 발양)에 대한 이옥의 찬사를 두고 강이천도 이 글에서 그에 공감하는 태도를 표했다.

3) 「중흥유기」는 독특한 구성방식을 취하고 있다. 즉, 소재별로 독립된 항목으로 나누어 글을 짓고 마지막에 '총론'을 추가하여 끝맺고 있다. 각 항목의 명칭을 들어보면 '時日-2則', '伴侶-2則', '約束-5則', '譙堞-2則', '亭榭-4則', '官廨-1則', '寮利-5則', '佛像-5則', '치곤-12則', '泉石-1則', '草木-2則', '眠食-1則', '盃觴-2則', '총론-1則'으로 총 15항 47칙으로 이루어져 있다. 신익철, 「중흥유기의 글쓰기 방식과 18세기 북한산 산행의 모습」, 『문헌과 해석』11, 문헌과 해석사, 2000.

「南程十篇」은 일차적으로는 여러 사물과 유적들을 간략하게 소개하는 博物誌적 성격의 글이지만 그중에는 상당히 재미있는 연구 가치가 있는 글들이 많이 있어 주목된다. 본고에서는 이 글 속에 담겨 있는 작가의 의식세계를 중심으로 당시의 사회면모와 작자의 독특한 기술태도와 서술체제 등 문체에 대하여 추적해본다.

2. 고유문화에 대한 자긍 의식

이옥이 전통문화에 대한 구체적 논설을 전개한 것은 없지만 「南程十篇」에서 전통문화의 유산이 될 만한 것들에 관심을 가지고 남긴 기록들을 볼 수 있다. 그의 이런 태도는 고유문화에 대한 자긍의식의 결과라 생각된다. 이러한 의식 아래 기록된 조선 역사와 지리, 풍속 등이 곳곳에서 어떻게 표현되었는지 찾아보도록 한다.

1) 역사적 관심

역사는 민족이 살아온 발자취이고 삶의 뿌리이다. 「南程十篇」의 <고적을 찾아서(古蹟)>에서는 남도를 여행하며 본 유적과 역사적 사건에 대해 기술하고 있다. 이옥의 눈길을 따라 <고적을 찾아서>의 일정을 날짜, 지점, 역사사건, 기타로 나누어 함께 살펴본다.

<표 3> "고적을 찾아서"의 일정

날짜	지점(현재지점)	역사사건	기타
무진일	남부여	계백(백제 말 장군)이 싸우다 패퇴하여 죽은 곳	소정방 비
	반월성-낙화암	의자왕(백제왕)이 망한 곳	
신미일	금마국(전북 익산)	한무강왕(백제 30대 무왕)이 도읍을 옮긴 곳	주춧돌, 담장, 선화부인, 서동왕의 이야기
정축일	삼기-도굴산	용화향도(신라시대 김유신을 따르던 무리 칭호)와 김유신이 하늘에 맹세했던 곳	
경진일	대량주	죽죽(신라 선덕여왕 때 사지벼슬 있던 인물)씨의 가문	
신사일	영천(경북 고령)	대가야 뇌질주일씨(대가야 왕)가 봉해 받은 곳	석불 하나 남다
	금곡	악사 우륵이 업을 익힌 곳	
	경산	가야 벽진씨의 식읍이 있던 곳	
계미일	숭산-금오산	징사 길재가 머물렀던 곳	
	-낙동강	정녀 상랑이 빠진 곳	산유화 노래 연유
갑신일	감주	감문국이 있었던 곳, 장부인 무덤 있는 곳	
병술일	적등강→관성	신라 김흠운이 나라 위해 일찍 죽은 곳	양산가 연유
정해일	淸州-동장	옛날의 낭비성	
무자일	환주(충남 천안)	옛날 남부여, 고구려, 서벌라의 요새	
기축일	위례성(백제 초기 도읍)	십제 온조씨(백제 시조왕)가 나라를 세운 곳	

　　백제, 신라시대를 중심으로 기술한 인물과 역사사건들에서 이옥이 해박한 역사지식을 갖고 있음을 알 수 있다. 인물로는 의자왕, 한무강왕, 뇌질주일씨, 온조씨 등 왕으로부터 학자 길재, 장군 계백과 김유신, 화랑 김흠운, 사지벼슬의 죽죽, 악사 우륵에 이르기까지 다양하게 다루었을 뿐만 아니라 가야 벽진씨의 식읍 있던 곳, 정녀 상랑의 이야기, 낭비곡, 산유화 노래와 양산가의 유래 등에 대해서 간단명료하게 말하고 있다. 조선의 인물, 역사 등 조선적인 것에 대한 애착과 자각이 투철하였음을 입증하고 있다. 한편 '서벌라가 망한

지, 어느덧 이미 천 년이 되었고, 부여씨, 가야씨는 모두 서벌라에 앞서 없어졌다. …… 까마득한 옛 자취를 경험할 수가 없다. 다만 남부여국에 소정방의 비가 있고 금마국의 평평한 왕궁 터에 주춧돌과 담장이 남아 있었는데, 혹 선화부인, 혹 서동왕의 이야기가 얽혀 있다고 한다. 대가야 지방에도 석불 하나가 남아 있으니 옛날부터 변하지 않는 것은 돌인가? 충신, 열녀, 효자의 이름이 종종 길 주변에서 혁혁히 드러나니, 그렇다면 옛날부터 영원히 변하지 않는 것은 오직 돌과 충신, 열녀, 효자의 이름뿐이로다'라고 하면서 옛날에 대한 그리움과 흘러가는 세파의 무상함과 씁쓸함을 말하고 있다.

2) 지리적 관심

지리란 어떤 곳의 형편이나 길 따위를 말한다. 자연과 더불어 공존하는 인간은 그 지리를 이해해야 자연과 조화를 이루고 또한 그것을 보호하고 가꾸어 인간에 이롭게 이용될 수 있다. 「南程十篇」에서 이옥의 지리적인 상식은 <서문>, <길을 묻다>, <嶺南에서의 의문> 등에서 볼 수 있다.

<서문>에서는 귀양길에 거치게 되는 행적을 상세하게 적고 있다. 로정이 漢陽→銅雀津→麟德院→花石莊→金角→天安→銅川→定山→石城→黃山江→斗城 (거리: 620리)斗城→良井→松廣寺→淞灘→嶺南→安陰→紫峙→三嘉 (거리: 410리) 三嘉→貴壽院→大梅→洛東江→海平→金泉→永同→赤登津→陳驛→仙江→淸州→天安→振威→銅雀津→漢陽 (거리: 890리)이다. 조선시대에 명나라 법전인『大明律』을 그대로 본받아 만들어진 行刑의 5형제도 중 유형(流刑)은 2천 리에서 3천 리에 이르기까지 3등급이 있고 매 등급

은 5백 리가 가감된다. 이옥의 남양귀양길은 총 거리를 합하면 1,920리, 한 달이란 시간이 걸렸으니 하루에 평균 64리를 걸은 셈이다. 한 시간에 평균 10리를 걷는다 해도 하루에 6~7시간은 소요될 것이라 짐작된다. 귀양길이지만 마음으로 여유를 갖고 있었기에 이옥은 주변사물을 살펴보고 귀 기울일 수 있었을 것이다.

그 외 <嶺南에서의 의문>과 <길을 묻다>에서 지리적인 묘사에 대한 부분을 보도록 한다.

가) 충주로부터 남으로 가면 조령이 있고 괴산으로부터 남으로 가면 죽령이 있으며 운봉으로부터 동으로 팔량치가 있고 장수현으로부터 동으로 가면 육십령이 있고 황간으로부터 남으로 가면 추풍령이 있다. 여기에서 그 밖을 구분하여 '嶺南'이라 한다. 嶺南이란 곳은 영을 경유하지 않으면 그 경계에 들어갈 수 없다. 일찍이 듣건대 조령은 천하의 험준한 곳이어서 길가는 사람이 사람의 어깨를 타고 가고 죽령은 말에서 안장을 풀어야 하고 팔량치는 평평하면서도 지대가 높아 고개 밑 부분부터 정상까지 십오 리나 되고 육십령은 옛날에 육십 명의 사람이 없으면 감히 들어가지 못하였기에 이름 붙여졌다고 한다. 이것으로 영이 모두 험준하고 가파름을 알겠다.4)

나) 은진의 논산에서 동쪽으로 오십 리를 가면 연산의 두기가 되지요. 두기에서 사십 리를 가면 공주의 한전이 되고, 한전에서 이십 리를 가면, 옥천의 진역이 되고, 다시 이십 리를 가면 곽암이 되고, 곽암에서 육십 리를 가면 영동현이 됩지요. 거기서 육십 리를 가서 추풍령을 지나면 황간의 창이 되는데, 여기서 비로소 남쪽으로 이십 리를 가면 금산이고, 금산에서 육십 리를 가면 부상이 됩니다. 부상은 호남과 嶺南 사람들이 만나는 곳입지요. 성주로 가는 데 사

---

4) 위의 책, <영남에서의 의문>, 270~271쪽.

십 리, 성주에서 다시 사십 리면 고령현, 다시 육십 리면 합천, 다시 육십 리를 가면 삼가현이 됩니다. 모두 합하면 오백칠십 리인데 이 길이 하나지요. 중간에 한 길은 위의 오백칠십 리에서 백팔십리가 단축됩니다. 江京에서 參禮驛에 못미처, 全州의 동쪽에 良谿 벌판이 나오는데, 우리나라 생강의 최대 생산지지요. 웅치를 넘으면 진안의 우화정에 이르고, 진안과 안음의 경계에 육십령이 있는데, 이곳에서 반은 걸어서 가야 합니다. 화림천을 따라 가면 안음현에 이르게 되고, 산음을 건너지르면 단성의 紫峙에 이르지요. 거기서 새벽에 삼가로 출발하여 도착하면 날이 기울 것입니다. 이 길이 하나지요.

또 한길이 있는데, 강경의 운교에서 全州까지 백 리, 남쪽으로 남원을 지나서 동으로 운봉과 함양의 팔량치까지 일백칠십 리, 劉綎 都督의 기념비가 있지요. 다시 북으로 단성, 진주를 지나서 삼가까지가 이백 리지요. …… 세 가지 모두 가는 방법이 됩니다. 그러나 웅치는 좀 빠른 지름길인데 지름길이기 때문에 다소 가파릅니다.5)

<嶺南에서의 의문>에서는 남도에 있는 영에 대해 얽힌 이야기를 흥미진진하게 곁들여 그 위치와 영의 험준함과 가파로움을 설명하고 있고 <길을 묻다>에서도 노인이 은진에서 호서와 호남의 경계로 해서 嶺南의 삼가 읍내까지 가는 세 가지 길 노선을 지도를 보며 상세하게 설명하는 것처럼 소개하고 있다.

귀양길이 아니라 지리학자답게 거쳐 간 지방과 그의 거리를 정확하게 서술하는 치밀성을 보이고 있다. 현재까지 남아서 그대로 쓰고 있는 지명으로는 天安, 金泉, 淸州, 秋風嶺, 全州, 銅雀, 金角, 定山, 三嘉, 海平, 石城 등이고 麟德院은 현재 仁德院으로 바뀌었다. 漢陽은 고려시대 南京의 이름이고 조선시대의 공식적인 명칭은 漢

---

5) 위의 책, <길을 묻다>, 254~255쪽.

城,[6] 일제시대 京城, 광복 후의 서울, 한문으로는 漢城으로 표기하던 것이 2005년 首爾로 바뀌었다. 원문 <길을 묻다>에서 보다시피 18세기 후반 '扶桑(현 경북 금릉군남면 부상리)은 호남과 嶺南 사람들이 만나는 곳'이고 '江京에서 參禮驛에 못 미쳐, 全州의 동쪽에 良谿벌'은 '우리나라 생강의 최대 생산지'였음을 알 수 있다.

3) 한지제조와 면포제조과정

수공업은 국가의 경제발전을 가늠하는 표지 중의 하나이다. 조선 전기에는 수공업자들이 관청에 소속되어 국가에 필요한 물품을 만드는 관영수공업이 발달되었지만 후기에 이르러 그것은 점차 무너지고 대신에 민간에 의해 이루어지는 민영수공업이 나타났다. 민영수공업은 조선이 근대화되고 있는 증거로 역사적 가치가 높아서 아주 중요하게 여겨지는 부분이기도 하다.

조선의 제지기술과 목화씨는 중국에서 들여왔으나 조선은 그것을 모색하고 고안하여 조선에 정착시켰으며 나름대로의 전통적이고 개성적인 문화로 발전시켜 나갔다. 우선 <절>에서의 한지제조과정을 살펴본다.

> 개울을 건너 종이 만드는 곳으로 갔다.
> "장정 여덟이 돌에 솜 같은 것을 빨고 있는 것은 무엇 함인가?"
> "닥나무를 처음 삶아내는 것이다."
> "노인 몇이 일없는 듯 짝지어 앉아서 손으로 갈래갈래 찢는 것은 무엇 함인가?"

---

6) 조선시기 문학작품에서는 한양과 한성을 구별하지 않고 쓰고 있음을 발견할 수 있다. 이 글에서도 <서문>에서는 한양으로, <방언>에서는 한성으로 쓰고 있다.

"풀을 만드는 것이다."

"동자 둘이 통에 막대기를 가로지르고, 막대기에 발(簾)을 걸고 발을 뒤집어 통 속에 넣었다가 다시 발을 꺼내고 물을 아래로 내려서 발을 부유스럽게 하는 것은 무엇 함인가?"

"물에 일어서 비로소 종이가 된 것이다."

"칼과 송곳을 갖고 이 잡듯 종이를 펴보는 것은 무엇 함인가?"

"그 흠을 손질하는 것이다."

"거미줄처럼 줄을 맨 것은 무엇 함인가?"

"종이가 완성되면 말리는 것이다."

"노인과 아이가 방아를 밟듯 감히 스스로 쉬지 못하는 것은 무엇을 찧는 것인가?"

"아니다, 눌러 다지는 것이다."

중을 돌아보며 말하는데 일러주던 자가 말했다.

"종이는 보배이다. 감히 쉽게 다룰 수 있겠는가?"[7]

18세기 한지 만드는 과정을 문답형식으로 일일이 소개하고 있다. 기원전 2세기 중국에서 최초의 종이가 나왔고 105년 후한 때에 채륜이 종이를 개량하고 발달시켰다. 372년 고구려 소수림왕 때 불교의 전래와 더불어 중국에서 제지기법을 전래한 것으로 알려지고 있다. 고려시대는 종이의 발전 시기로 국가적 관심사로 종이생산에 힘썼다. 조선시대에 와서는 종이기술이 완성 및 성행시기에 접어들었다. 그중 全州韓紙, 즉 松廣韓紙는 조선조의 진상품이었다. <절>에서는 바로 18세기 당시 上品의 한지로 유명했던 송광사에서 만드는 松廣韓紙(全州韓紙)의 제조과정을 서술하고 있다. 이 기술은 1608년 碧巖大師가 송광사를 재건하면서 이곳 주민들에게 造紙法을 전수한 것이다.[8] 그 과정은 바로 닥나무를 삶아내기, 풀을 만들기, 물

---

7) 이옥, <절>, 실시학사 고전문학연구회, 『역주 이옥전집』, 소명출판, 2001, 259쪽.

에 일어서 종이 만들기, 종이에 홈 손질하기, 종이 말리기, 눌러 다지기 등이다. 610년 고구려의 담징이 일본에 채색, 종이, 먹, 연자방아 등을 만드는 방법을 전해주었다는 『일본서기(日本書紀)』의 기록에 의하면 610년 전후가 조선 한지(韓紙)와 중국의 화지(華紙)가 구별되는 시기라 한다. 조선의 현존하는 8세기 이후의 종이는 중국처럼 섬유를 잘게 갈아서 만든 종이가 아니고 두드려서 종이를 만든 것이라는 것이다. 그리하여 부드럽고 포근한 멋이 있으며 여러 겹 배접하므로 견고하고 장식성, 실용성이 있는 등 장점을 갖고 있는 반면에 시간이 많이 필요하고 꼼꼼함이 필요하기에 "종이는 보배이다. 감히 쉽게 다룰 수 있겠는가?"라고 말하고 있다. 이토록 조선시대 전주한지는 질이 뛰어나 청나라로 연행하는 이들의 필수품이었다.

근대에 들어서서 원가절감 책으로 목재펄프의 혼용을 시도하였지만 현대에서는 한지 보존 계승발전의 재개로 전통한지의 생산이 활발히 진행되고 있다. 대부분의 한지공장이 자동화되었지만 일부 한지공장은 아직도 손으로 만드는 전통적인 제작 과정을 그대로 살려 제품을 만들고 있다. 그러니 위에서 보아온 1795년에 성행한 닥나무 껍질을 삶아 탈색한 후 섬유질을 만들고 이를 떠 말려 종이로 만드는 과정은 187년이 지났지만 아직도 그대로 우리 눈앞에 재현이 되고 계승이 되고 있는 셈이다.

그 외 <면포의 공력>에서도 목화가 면포되는 과정, 목화가 꽃피는 과정, 면포가 옷으로 만들어지는 과정을 상세히 기술하고 있다.

　　종자가 말했다.
　　"嶺南 사람에게 들으니, '목화꽃이 떨어진 지 닷새가 지나면 장

---

8) 위의 책, 258~259쪽.

에서 새 면포를 판다'고 합니다.”

“너는 목화가 면포가 되는 과정을 아느냐?”

“목화에 이미 꽃이 피면 내 바구니를 가지고 가서 이때 그 꽃을 땁니다. 부피를 얇게 줄여 지붕에 올라가 이때 햇볕에 말립니다, 꼼 꼼하게 뒤척거려 이때 나쁜 것을 골라냅니다. 삐그덕 삐그덕 씨아 질하여 이때 씨를 뺍니다. 활을 눕혀놓고 줄을 퉁겨 이때 부풀립니다. 구름처럼 흩어진 솜을 돗자리에 고르게 펴서 이때 말아서 잠재 웁니다. 겉모양은 동글동글한데 속은 텅 비게 하여 이때 솜북더기 를 만듭니다. 물레바퀴를 돌려 이때 실을 뽑아냅니다. 마흔 올의 날 실이 나란해지면 이때 한 새가 됩니다. 말뚝을 뜰에 세우고 풀을 먹여 이때 화기에 쪼입니다. 바디구멍에 실을 꿰는데 새의 수에 따 라 실을 덧보태서 이때 베틀을 장치합니다. 노는 북이 왔다 갔다 하며 이때 면포를 짭니다. 무릇 열두 번의 수공을 거쳐야 이루어집 니다.”

“목화는 어떻게 꽃이 피는가?”

“땅에 씨앗을 묻으면 씨앗에서 싹이 트고 싹에서 모가 되고 모 에서 더 자라나 아래로 뿌리가 내리고 위로 줄기가 생기며 줄기에 서 가지가 생기고 가지에서 잎사귀가 생깁니다. 잎사귀가 자란 후 에 씨방이 생기고, 씨방이 생긴 후에 꽃봉오리가 생기고, 꽃봉오리 가 생긴 후에 꽃봉오리가 터지고, 터진 후에 꽃이 핍니다. 무릇 아 홉 번 변하여 꽃이 핍니다.”

“면포가 이미 이루어지면 어떻게 옷이 만들어지느냐?”

“면포가 이미 만들어지면 이것을 ‘무명’(無名)이라 합니다. 잿물 에 삶아서 풀을 뽑아 가볍게 하고, 햇볕에 널어 말려 뽀얗게 하고, 염색하여 화사하게 하고, 풀을 먹여 곱게 하고, 돌에 다듬이질하여 산뜻하게 하고, 폭과 길이를 재어 고르게 하고, 마름질하여 한도를 정하고, 시침바늘을 꽂고, 실로 갈무리하고, 인두질하여 가지런히 정리하고, 물을 뿜어 촉촉하게 하고, 다림질하여 올을 곧게 합니다. 또한 열두 번의 공정을 거친 후에 이루어집니다.”[9]

목화는 섬유작물로서 온대지방에서 널리 재배하고 있다. 목화열매는 삭과(殼果)로 달걀 모양이며 끝이 뾰족하다. 삭과가 성숙하면 긴 솜털이 달린 종자가 나오는데, 털은 모아서 솜을 만들고 종자는 기름을 짠다. 한국에 목화가 전래된 것은 1363년(공민왕 12)이다. 원(元)나라에 서장관으로 갔던 문익점(文益漸)이 원나라에서 붓두껍 속에 목화씨를 숨겨 가져온 후 그의 장인 정천익(鄭天益)이 재배에 성공하였고 경상도 山淸에서 재배하여 전국 각지에 보급되었다. 정천익의 아들 文來가 製絲法을 발명하였으며, 그의 손자 文英은 면포 짜는 법을 고안하였다. <길을 묻다>에서 보면 "호남 사람들은 영남의 솜옷을 입고, 영남 사람은 호남의 소금을 먹고 사는데……" 라는 구절에서도 영남이 목화 주요 재배지임을 밝히고 있다. 아홉 번 변하여 피게 되는 목화꽃, 목화가 열두 번의 수공을 거쳐 짜게 되는 면포, 면포가 열두 번의 공정을 거쳐 만들어지게 되는 옷, 이옥은 이런 과정을 생동하고 실감나게 일일이 표현하면서 이 일을 전적으로 도맡아하는 남정네, 아낙네, 나아가서 백성들의 수고로움과 근면함을 찬양하고 있다.

> 야! 밭 갈고 씨 뿌리고 거름 주고 김매어, 씨앗에서 꽃이 피게 되는, 즉 남정네와 아낙네가 반반씩 일을 한다. 꽃에서 면포가 되고, 면포에서 옷이 되는데, 처음 그것으로 실을 만들고, 그것으로 솜을 만들어 끌고 잡아당겨 모양을 바르게 하고, 추위와 더위에 적절히 맞게 하였다. 이 모든 것을 아낙네가 전적으로 하였으니, 아낙네 또한 부지런하다.
> 호서지방에 어떤 부자가 있었는데, 재물이 넉넉하여 백작, 공작과 비등하였다. 그런데 그 처음엔 한 과부의 수공에서 시작되었다

---

9) 이옥, <면포의 공력>, 실시학사 고전문학연구회, 『역주 이옥전집』, 소명출판, 2001, 276~278쪽.

고 하니 근면한 이득이 큰 것이다. 사월엔 목화씨를 뿌리고 구월엔 옷을 만들어 입게 하니, 백성들이 또한 수고롭다. 어찌 폭넓은 모직 물을 귀하게 여기면서 면포를 천시한단 말인가!10)

이옥은 이렇듯 실제 삶에서 이루어지는 전통적인 한지문화, 면포 등 민속적인 것에 대하여 관심을 갖고 그것들을 작품 속에 주된 테마로 등장시키고 있다. 섬세한 감정과 참신한 시각으로서 지금 자신이 살고 있는 땅과 시대의 '情의 眞', '實의 眞' 그대로를 담으려 하였다. 그의 賦와 散文은 身邊雜記的 素材로 지은 창작품들로서 독특한 분위기를 형성하고 일상적인 삶의 양태가 문학에 그대로 반영되었다는 데 의미가 있다.

이옥의 전통문화에 대한 자긍의식은 그의 다른 작품 『봉성문여』와 그의 傳 「부목한전」, 「신병사전」 등의 도입부나 종결부에도 잘 나타나고 있다. 그는 이언 창작논에서 조선시를 쓸 것을 주장하였을 뿐만 아니라 民謠風의 내용으로 이언의 朝鮮詩를 썼고 조선인들의 자기비하적 태도에 대해 대단히 비판적이었다. 많은 문학작품들이 중국의 물명, 인명, 지명, 官名을 개명해서 쓴 것은 慕華사상의 결과임을 이옥은 철저히 비판하였고 그만큼 그는 또한 주체적 민족문학을 실천하는 강한 의지를 지니고 있었다. 이는 이옥이 종래의 慕華的의식에서 탈피하여 조선적인 것을 발굴하고 거기에 긍지를 갖는 자존의식으로서 높이 평가할 만하다. 당대 실학인들이 북학에 대해 지나친 관심을 보인 데 비해 이옥은 정신적인 데서 중국과 대등한 관계를 유지하려는 노력을 했음을 볼 수 있다.

---

10) 위의 책, 1권, 276~278쪽.

3. 현실에 대한 허무의식

현실의 정치는 이옥을 외면하고 소외시킨다. 출사를 간절히 바라는 자신을 책망하고 갈등하던 그에게 염원을 이룰 수 없다는 것은 큰 충격이었다. 인생 후반기라 할 수 있는 문체파동 이후 현실세계로부터 소외되면서 허무의지의 일면은 <烟經>에서 찾아볼 수 있다.

<烟經>을 우리말로 풀면 '담배연기로 풀이한 불경'쯤이 되는데 이는 '담배를 미화한 글로서 茶經, 筆經 등의 예를 원용한 것'이다. 이 글은 객이 송광사 향로전에서 담배를 피우려 하자 이를 만류하는 幸文 沙彌와 문답한 내용이다. 장난기를 수반한 듯한 희작이지만 그 속에 담긴 이치는 단순하지 않다.

> "향은 향 연기가 되고 담배는 담배 연기가 된다. 연기가 비록 같지 않지만 연기로서는 같은 것이다. 물건이 변하여 연기로 되고, 연기가 변하여 무(無)로 되는 것이니, 연기가 나서 잠깐 사이에 곧 허무로 함께 돌아가는 것이다. 너는 보라. 방 안의 향 연기와 담배 연기가 지금 어디 있느냐? 염부제(閻浮提-인간세계)는 하나의 커다란 향로이니라."[11]

인간세계란 바로 대향로로, 이옥은 인생을 향로 속의 香煙이나 草煙처럼 현실세계에 잠깐 왔다가 흔적 없이 사라져 버리는 존재로 인식하였다. 여기에서 연기(煙)는 불교의 연기(緣起)설과 연관 지어 생각할 수 있다. 일체현상의 生起消滅의 법칙을 연기라 할 때 그것의 간단한 형태는 "이것이 생하므로 저것이 생한다. 이것이 멸하므로 저것이 멸한다. 내가 존재하면 저것이 존재한다. 내가 존재하지 않으

---

11) 위의 책, 263쪽.

면 저것도 존재하지 않는다."12) 결과적으로 존재는 12연기13)의 순서에 따라 나타남과 사라짐, 즉 생과 사를 되풀이하게 되며 연기법에 의하면 존재는 전적으로 상대적이고 상호 의존적이고 조건 지워져 있는 것이라 할 수 있다. 따라서 緣起론적 입장에서의 존재는 無我的인 실체가 없는 것으로 形而上, 形而下적인 我, 다시 말해 정신과 육체에 집착할 하등의 이유가 없으며, 생과 사는 유별하지 않다는 것이다. 아내의 죽음에 대한 생각에서도 마찬가지였다.14)

'현실에서의 소외'라는 상황은 이옥에게 짙은 허무의식을 불러일으킨다. 허무의식을 느끼게 된 것은 그가 지니고 있던 현실에 대한 미련을 버리고 체념하고자 한 것과도 관계된다. 正祖의 말과 같이 이옥은 '하나의 寒微한 儒生에 불과'하였기에 문체반정 이후에도 중시를 받지 못하였다. 같은 패관 소품체를 썼던 명문가족의 박지원이나 남공철15)에 비하면 현저한 대조를 이룬다.

이옥의 비극적 생애는 그에게 초시공적 세계로의 동경을 종용하는 현실 도피적 인생태도를 강요하였고 그러한 사고의 태도를 수용하려는 노력도 있었다. 현실적 존재는 다르지만 그것이 돌아가는 것은 無라고 하여 그의 一元論적 세계관과 일치하며 이러한 空思想과 그의 輪回思想16)에 대한 긍정적 태도는 자아와 세계의 대결에서

---

12) 숭산 대선사, 「선의 나침반」 중에서, 열림원, 네이버검색.

13) 연기설의 일반적 형태는 무명(無明)·행(行)·식(識)·명색(名色)·육입(六入)·촉(觸)·수(受)·애(愛)·취(取)·유(有)·생(生)·노사(老死)의 12종이 순차적으로 발생·소멸하는 것을 나타내는 십이연기이다.

14) 아내가 죽었을 때 내가 왜 슬프지 않았겠는가? 그러나 다시 생각해보니 아내에게는 애당초 생명도 형체도 기(氣)도 없었다. 유(有)와 무(無)의 사이에서 기가 생겨났고, 기가 변형되어 형체가 되었으며, 형체가 다시 생명으로 모양을 바꾸었다. 이제 삶이 변하여 죽음이 되었으니 이는 춘하추동의 사계절이 순환하는 것과 다를 바 없다. 아내는 지금 우주 안에 잠들어 있다. 내가 슬퍼하고 운다는 것은 자연의 이치를 모른다는 것과 같다. 그래서 나는 슬퍼하기를 멈췄다.

15) 남공철은 문체반정 이후에 정조의 뜻에 편승해서 "패관소설을 힘써 배척하는 것을 자신의 임무로 삼았다"고 내세우기도 하였지만 본래는 패설과 소품문을 탐독했던 인물이다.

패배한 이옥의 처지로서 당연한 귀결이다.

4. 문체에 대한 표현

1) 방언 및 기타 언어

조선 후기 전통양식에서는 경전의 말을 인용하는 등 典雅한 문어
체 사용에 신경을 쓰는 데 반해 소품문은 오히려 방언, 所謂 불경하
다는 비속어와 구어체를 거침없이 사용하였다. 이옥의 <방언>에서
도 영남(경상도)과 호서(충청도) 지역의 사투리를 나열하고 있다.

> (영남에서는) 청하는 것을 '도올아(都兀呀)'라고 하니, 서로 돕
> 는다는 뜻이고 응하는 것을 '우애라(于皚羅)'라고 하니, 윗사람이
> 대답하는 것인데 아랫사람도 윗사람에게 쓴다. 어머니를 '어매(於
> 邁)', 할아버지를 '할배(豁輩)', 여자를 '가산(嘉散)', 지팡이를 '작
> 지(斫枝)', 둥구미를 '거치(擧致)', 새끼줄을 '삭락긴(朔落緊)', 벼
> 를 '나락(羅樂)', 말을 '몰(沒)', 닭의 새끼를 '빈아리(貧兒利)', 산
> 을 '매(昧)', 돌을 '돌기(突其)', 외양간을 '구의(求義)', 부엌을 '정
> 자(精子)'라고 한다.
> …… 호서인으로 수행하던 사람이 여관에 들어 주인과 이야기를
> 하면서 지금을 일컬어 '산대(山代)', 가을을 일컬어 '가슬(歌瑟)',
> 마을을 일컬어 '마슬(瑪瑟)'이라고 하니 嶺南인인 주인이 크게 웃
> 었다.17)

국어사적으로도 매우 소중한 기록이다. "지방의 말을 들으매, 첫

---

16) 衆生은 끊임없이 삼계육도(三界六道)를 돌고 돌며 생사를 반복한다고 보는 사상
17) 위의 책, 1권, 264～265쪽.

날엔 뭐가 뭔지 분변할 수 없다가, 둘째 날엔 반 정도 알아듣고, 셋째 날엔 듣는 대로 통한다"에서 경상도 방언의 난해성을 알 수 있다. 그리고 "영남인이 호서인의 말을 두고 웃었지만 호서인 또한 영남인의 말을 두고 웃는 것을 모른다. …… 호서인과 영남인이 우리의 말(경기 지역)을 두고 웃지 않을지" 하고 표준어가 성행되지 않고 소통이 서로 어려운 당시 상황을 볼 수 있다.

이런 방언이 생기게 되는 이유를 이옥은 "초나라에서는 초나라 말을 하고, 제나라에서는 제나라 말을 하고, 추로에서는 추로의 말을 하고, 진에서는 주나라 말을 하고, 오나라에서는 오나라 말을 하는데, 혹은 수다스럽고, 혹은 쩝쩝거리고, 혹은 머뭇머뭇하고, 혹은 깔깔거린다. 또한 한 물건에 대하여 관중인이 붙이는 명칭과 오월사람이 붙이는 명칭과 연조의 이름, 양송의 교에 대한 이름, 조산열수에서 붙이는 명칭이 있다. 이것은 말이 한 지방의 것이 되는 까닭"[18]이라고 방언이란 지역적 특수성 때문에 나타나는 것이라고 피력하고 있다. 이옥은 어떤 이는 "땅 때문에 산골짜기의 말은 바닷가와 다르고, 바닷가의 말은 벌판과 다르고, 서울의 말은 시골과 다르며, 북방의 말은 여진과 비슷하다. 폐는 목소리를 주로 하고 마음은 정을 주로 하는 것인데, 그 땅에서 먹고, 그 땅에서 마시니, 어찌 그 소리를 땅에 따르지 않을 수 있겠는가." 지역적인 것에 동감하면서도 또 다른 이가 말한 풍속적 요소도 있다고 말한다. "한성은 나라의 중앙으로, 한성의 중앙에 주민들이 있는데 그 부르고 대답하고 울부짖고 이야기하는 것이니 만 가지 물건들을 이름하는 것이 일반 백성들과 달라서, 그들을 별도로 '반민'이라고 부른다. 이것이 어찌 지역성 때문이겠는가? 풍속 때문이다."

---

18) 위의 책, 1권, 264~265쪽.

그 외 『봉성문여』의 <방언>이란 글에서도 도합 46개의 영남방언을 적고 있는데 그중 표기가 달라진 것도 있겠지만 12개 어휘는 「남정십편」에서의 <방언>과 함께 나타나 보이고 있다. 예를 들면 청하는 것은 '도올아(都兀呀→突阿)', 응하는 것은 '우애라(于皚羅)', 어머니는 '어매(於邁→御梅氏)', 여자는 '가산(嘉散→假山兒)', 지팡이→작대기는 '작지(斫枝→綽地)', 둥구미는 '거치(擧致)', 벼는 '나락(羅樂→羅落)', 말(馬)은 '몰(沒→毛乙)', 닭의(새끼→병아리) '빈아리(貧兒利→貧家利)', 산은 '매(昧→梅)', 돌은 '돌기(突其)', 부엌은 '(정자精子→경자庚子)' 등이다. 이렇게 된 데는 '방언 중에는 잘못 전해져서 그렇게 된 데도 있고 말이 빨라 그렇게 달라진 것도 있었기 때문'[19]이라 하였다.

이옥은 방언 외에도 造語의 방식을 사용하였다. <方言>에서 보이는 "揚宋之郊" 같은 造語는 揚雄의 『方言』에 나오는 造語 방식을 사용한 것이고 <屋辨>에는 <三墳書>에 나오는 「連山易」이 인용되어 있는데 양웅의 <방언>과 <三墳書> 역시 모두 『한위총서』에 수록된 것이다.[20]

그 외 <가마를 탄 도적(乘轎賊)>에서는 '포교'를 '나그네'로, '도둑'을 '장사꾼'으로 하는 도둑들이 사용하는 은어들도 등장하고 있다. <三難>에서도 物名에서 중국의 '필(筆)'을 우리말로는 '붓(賦詩)'으로, '석(席)'을 '돗자리(兜單席)'로, '등경(燈檠)'을 '광명(光明)'으로, '지(紙)'를 '종이(照意)'로 표현한다 하였다. 그러면서 '등잔기름'을 '법유(法油)'로, '묵'을 '청포(靑泡)'로 표현하여 알아듣지

---

19) 위의 책, 2권, 69쪽.

20) 김영진은 「이옥의 가계와 명청소품 독서」(『조선후기 소품문의 실체』, 태학사, 2003) 에서 『역주 이옥전집』이 어휘 부분엔 오류가 적지 않은데 「연산역」 부분도 인용임을 보지 못하고 있다고 지적하고 있다. 337쪽.

못하는, 즉 언어가 가져야 할 보편성 상실로 일어나는 逸話를 예로 들면서 "우리 나라사람들이 의복, 음식, 그릇 등 무릇 물건에 대해 그 부르고 있는 명칭으로 이름을 지으면 세 살 먹은 어린아이조차 오히려 환히 알고도 남을 터인데, 저 붓을 잡고 종이에 대하여 두어 자의 잡기를 작성하려 할 때면 곧 좌우로 보며 옆 사람에게 묻게 되지만 그 물건이 어떤 중국 명칭에 해당하는 것인지는 알지 못한다"며 언어가 가져야 할 보편성 인식, 언어란 다수의 言衆이 쓰는 말이어야 함을 지적하였고 나아가서는 민족의 언어사용의 필요성, 즉 주체적 민족문학을 실천해야 한다는 강한 의지를 표현[21]하였다.

이토록 이옥의 글에서는 고문의 전통양식에서 완전히 탈피하여 방언, 토속어, 구어체를 거침없이 사용하였다. 이옥이 방언을 포함한 국어를 假借하거나 조선식의 한자 조어를 사용하고 한문 문장에 국어를 혼용하되 생삽한 억지가 없었다는 것은 국어에 대한 주체적 인식의 결과로서 그가 활동하던 시대의 한 경향이기도 했던 것을 그가 실천했던 것이다. 이런 언어들을 사용한 그의 글들은 매우 평이하여 독자에게 친밀성, 흥미성을 부여하였고 시정의 인정세태라든가 사회상들을 핍진하게 그릴 수 있었다.

2) 반복법과 열거법 그리고 비유법

18세기 소품체 산문에서는 같은 단어나 같은 구절이 반복적으로 나타남을 볼 수 있다. 물론 이는 한문에서도 전반적으로 나타나는

---

21) '저들은 저들의 이름하는 바로써 이름을 삼고 우리는 우리의 이름하는 바로써 이름을 삼는다. 우리가 어찌하여 반드시 우리의 이름하는 것을 버리고, 저들이 이름하는 것을 따라야 하겠는가? 저들은 어찌하여 그 이름하는 것을 버리고 우리의 이름하는 것을 따르지 않는단 말인가?' 이옥, <삼난>, 『역주 이옥전집』, 소명출판, 2001, 302쪽.

특징이기도 하다. 하지만 소품체 산문의 경우에는 유사한 표현이 지나치리만큼 자주, 그리고 길게 이어지고 있다. 이는 문장의 미감을 중시하고 섬세한 감정의 흐름을 놓치지 않으려는 소품체 문장가들의 창작태도에서 기인된 것이다.

이옥의 글에는 반복과 열거 그리고 문답식 수법이 수없이 등장한다. 반복 열거가 전형적인 것으로는 <절>에서 나한전의 모습, <물에 대하여>에서 물 흐르는 모습,[22] <집에 대한 변>에서의 집의 형태, <돌에 대한 단상>에서의 돌의 형태 등을 들 수 있다. 아래 집과 돌의 형태를 보도록 한다.

> 가) 울퉁불퉁 올망졸망 어찌 그렇게도 많은가? 산의 돌은 모나고, 물의 돌은 둥글고, 밭의 돌은 뾰족하고, 길의 돌은 들쭉날쭉하다. 돌 중에서 큰 것은 집만 하고, 그다음 것은 곡(斛)만 하고, 작은 것은 궤짝만 하고, 아주 작은 것은 곡식알만 하다. 쌓여 있는 것은 책만 축이 될 만하고, 모여 있는 것은 까마귀 떼가 고기에 모여든 듯하고, 뒤섞인 것은 바둑판을 밀쳐놓은 듯하고, 늘어서 있는 것은 도기들이 스스로를 뽐내며 팔리기를 구하는 듯하다. 햇볕에 쪼인 것은 희고, 무늬가 벗겨진 것은 검고, 사람의 발에 갈린 것은 분홍빛을 띠는 푸른색이다. …… (중략) …… "아! 한양에서 이런 돌들이라면 돈을 만들기에 문제없습니다. 당(堂)의 계단 양쪽에 박아 넣는 돌로써, 뜰에 벽돌처럼 까는 돌로써, 둥그런 것, 모난 것, 판판한 것, 좁은 것, 불룩한 것, 갈래가 진 것, 도톰한 것, 얇은 것, 길고 가느다란 것, 뾰족한 것들이 모두 재료가 되는데 여기서는 유용한 것이 쓸모없게 되어 있습니다."[23]

---

22) 반복과 열거에 관해서는 정민의 「18세기 산수유기의 새로운 경향」(『조선 후기 소품체의 실체』, 태학사, 2003)에서는 나한전의 모습을, 김성진의 「조선 후기 소품체 산문연구」(부산대학교 박사학위논문, 1991)에서도 나한전과 물의 흐름의 모습을 상세하게 다루었으므로 여기서는 다른 예를 들고 그 근원과 실질에 대해서 파악해본다.

나) 아! 일찍이 살펴보건대, 집을 짓는 자들은 대부분 나무를 밀랍처럼 광택이 나게 하고, 돌을 엿가락처럼 다룬다. 둥근 도리는 활처럼 휘고 키처럼 곧으며, 다섯 또는 일곱 개의 들보로 하고, 네 모서리가 급히 말아 올라간 처마는 학이 날고 난새가 춤추는 듯하다. 감실이 없으면 바라지가 있고, 위는 벽, 아래는 담, 무늬 놓은 기와는 괘를 늘어놓은 듯하고, 단청은 찬연히 빛나고, 먹줄 쳐 톱으로 자른 나무는 실이나 칼끝과 같고, 가로세로 바둑판처럼 줄을 긋고 우물정자와 같이 반듯하게 배치했는데, 철로 만든 문고리는 동아줄 같고, 돌쩌귀는 암톨쩌귀와 수톨쩌귀를 단다. 이에 등마루를 쳐다보니 악어가 큰물에서 햇볕을 쪼이며 물방울을 떨어뜨린 채 서로 돌아보는 것 같고, 삼태성이 휘황하게 비치는 것 같았다. 이것을 저것에 비교함에 어느 것이 진솔하고, 어느 것이 공교로운가? 어느 것이 검소하고, 어느 것이 야단스러운가?[24]

가)는 <돌에 대한 단상>에서의 돌 모양을 장소, 크기, 형태, 색깔, 용도별로 나누어 개개 사물이 지닌 '性, 象, 色, 聲'의 다양성을 남김없이 보여주고 있다. 무릇 31개 다양한 돌의 모습을 흥미진진하게 묘사하고 있다. 예를 들면 4개의 '～之石～', 11개의 '～者～', 10개의 '～者', 6개의 '以～于～' 등 반복, 열거하는 형태가 보인다. 나)는 <집에 대한 변>에서의 집에 대한 묘사이다. 이 글은 박지원이 安義縣監으로 있을 때 벽돌을 직접 제작하여 중국풍의 건물을 지었는데 이옥이 길을 가다 그 건물을 보고 찬탄해마지 않았다 한다. 여기에서는 무려 12개의 비유가 사용되었다. 집짓기의 재목인 나무, 돌로부터 집 위의 도리, 들보, 처마, 벽, 담, 기와, 단청으로부터 아래의 문고리, 돌쩌귀, 등마루에 이르기까지 동적인 묘사와 비유로, 작

---

23) 이옥, <돌에 대한 단상>, 『이옥전집』 1권, 소명출판, 2001, 269쪽.

24) 이옥, <집에 대한 변>, 『이옥전집』 1권, 소명출판, 2001, 267～268쪽.

지만 기품이 있는 집을 형상적이고 역동적으로 표현하였다.

이런 반복법과 열거법, 비유법에서 이옥의 세심한 관찰력과 깊은 감수성을 찾아볼 수 있다. 이러한 반복과 나열은 문장의 호흡이 가볍고 짧으며 다소 지루한 느낌을 주면서도 원문의 구문이나 글자배열을 조금씩 바꿔가면서 절묘한 가락을 타고 이어진다. 동시에 나열 속에 눈앞에 하나하나의 사물이 돌올하게 펼쳐지는 듯한 생동감을 불어넣어 글 속에 활기를 강화시킨다.

이와 같이 동일한 자구의 반복은 이옥뿐만 아니라 燕巖, 李德懋 등 소품체 문장가들의 작품에 전반적으로 나타나고 있는 현상이다. 대개 사물의 외양을 묘사하거나 작자의 내면심리를 기술할 때 많이 나타나고 있는 반복법은 장자의 문장에게서 받은 영향이 크다. 반복법의 사용은 이들이 그만큼 사물의 관찰과 내면세계의 진솔한 표현에 힘썼음을 말해주고 있다. 이옥은 문장에 담고 있는 내용을 비롯해서 언어의 선택과 표현법에 이르기까지 인습적으로 숭상해오던 醇正的 古文과는 거리가 먼 패사소품의 문체를 구사하였다.

5. 나가며

본고는 「남정십편」에서 드러나는 작가의 의식세계를 고유문화에 대한 자긍의식, 현실에 대한 허무의식, 그리고 문체표현에 있어서는 방언에 대한 표현, 반복과 비유, 열거 등 문체표현 등으로 부류를 나누어 살펴보았다. 18세기 말 많은 문인들이 종래의 慕華的 의식에 빠져 있을 때 이옥은 조선적인 것을 발굴하고 거기에서 자존의식과 긍지를 가졌다. 그는 많은 문학작품들이 중국의 물명, 인명, 지명, 官名을 개명해서 쓴 것에서 탈피하여 조선적인 역사현장과 지리, 수공업 등을 소개하였고 문학작품에서도 모두가 보편적으로 알아들어야 할 언어를 써야 한다고 주장하였으며 또한 그렇게 실천하였다. 보다시피 이옥은 주체적 민족문학을 실천하는 강한 의지를 지닌 인물이었다.

문체반정으로 인해 과거에 장원으로 급제하였지만 오히려 유배살이를 해야만 했던 이옥, 정조의 말대로 '한미한 유생에 불과'한 그는 문체반정 이후 과거에 대한 미련을 버리고 經國濟世란 꿈을 접고 은거생활을 하면서 나름대로의 자신의 창작세계—소품체를 꾸며나갔다. 이는 그 당시 고문에만 매달려 있던 사대부들의 태도와는 자못 구별된다. 이옥의 문장은 자유스럽고 사회의 일상세계를 조밀히 파고들고 있다. 자신이 관심 가지고 보는 주변, 자그마한 일상에서의 즐거움 등을 즐기고 소재로 삼고 있다. 대표적 소품작가라고 할 수 있는 이옥의 글들은 생활 수필적 글들을 통해 삶의 철학을 모색함으로써 한문학의 卽生活文學化를 열어놓았으며 한국 고전수필문학의 한 장을 차지하는 문학사적 의의를 가진다는 평가도 있지만 그의 글들에서 우리는 이옥이 상당 부분 근대적 지식인과 상통하는 일면이 있음을 볼 수 있다. 폭넓은 사고방식, 섬세하면서도 자유로운 필치 등은 근대에 적용되고 있는 체재와도 유사하기에 이옥을 근대적 문인에 상당히 접근한 인물로 볼 수 있는 것이다.

- 『동방학술논단』30, 2013.12

참고문헌

실시학사 고전문학연구회, 『역주 이옥전집』, 소명출판, 2001.

김균태, 「이옥연구-작품에 나타난 사상을 중심으로」, 『고전문학연구』, 고전
문학연구회, 1977.

김균태, 「이옥의 문학이론과 작품세계의 연구」, 서울대학교 박사학위논문,
1985.

김성진, 「조선후기 소품체 산문 연구」, 부산대학교 박사학위논문, 1991.

김영수, 「이옥문학에 나타난 작가의식의 변모와 의미」, 경북대학교 석사학
위논문, 1994.

김영진, 「이옥의 가계와 명청소품 독서」, 안대회 편, 『조선후기 소품문의 실
체』, 태학사 2003.

박준원, 「담정총서 연구」, 성균관대학교 박사학위논문, 1994.

신익철, 「중흥유기의 글쓰기방식과 18세기 북한산 산행 모습」, 『문헌과 해
석』11, 문헌과 해석사, 2000.

정 민, 「18세기 산수유기의 새로운 경향」, 안대회 편, 『조선후기 소품체의
실체』, 태학사, 2003.

조동일, 「이옥과 김려」, 『한국문학통사3』, 지식산업사, 2005.

제2절 연행록의 전통과 화이관의 극복
-홍대용의 「의산문답」과 이기지의
「서양화기」를 중심으로

1. 들어가며

　연행(燕行)이란 조선시대에 나라의 사절로서 중국에 여행하던 제
도를 말한다. 특히 이를 가리켜 연행이라 이르는 것은 北京의 옛 이
름이 燕京이었기 때문이다. 그리고 이처럼 나라의 사절로서 청나라
에 가는 여행자를 가리켜 燕行使[25]라 했다. 조선이 명나라에 보내
던 사절을 朝天使라 부르던 데 대하여 청나라에 가는 사절을 이런
이름으로 부르게 된 것은 중국에 대한 외교적 주체성의 한 발로[26]였

---

[25] 연행의 공식적인 사절은 1년에 두 차례로, 보통 동지사(冬至使)라 불리던 연공사(年貢使)와
역서(曆書)를 받아오는 역행(曆行)이 있었다. 그 밖에도 매년 임시 사절이 중국을 여행하고
있어서 청나라와 250여 년의 교류를 통하여 약 700여 회의 사절이 왕래했을 것이라 한다.
중국에 보내는 사절의 구성은 대개 대신급의 정사(正使)와 부사(副使), 그리고 서장관(書狀
官) 등 삼사(三使)를 중심으로 30명 정도의 정관(正官)으로 되었다. 이 중에는 한학(漢學)과
청학(淸學)의 통역관 3명이 들어 있고 압물관(押物館) 24명이 들어 있었다. 정관 이외의 수
행인원은 원칙적으로 제한을 두지 않았다. 그리하여 이 수행원 중에는 군관(軍官), 노자(奴
子), 마부(馬夫), 인로(引路) 등 갖가지 이름의 종자(從者)들이 따라 한 번에 내왕하는 사절
의 총인원은 많은 때는 500여 명에 이르렀다. 이 사절단은 서울을 떠나 육로로 북경에 이르
렀고 여름사절은 북경 북쪽의 열허(熱河)까지 가는 일도 있었다. 그러나 이들을 통틀어 연
행사라 했다. 김태준, 『홍대용과 그의 시대』, 일지사, 1982, 14쪽.

[26] 명나라 때는 연호(年號)도 쓰고 하던 것이 청나라 시대에는 그 연호도 쓰지 않았다, 이것은
대개 17세기 초반의 일로 이 시대는 동아시아 삼국이 현저한 변화를 나타내는 시기였다. 명
나라에 사신 갔던 기록을 황제 곧 천자가 있는 곳에 조회하러 간다는 뜻으로 조천사(朝天
使)라 이름을 붙였던 것에 비하면 연행사는 다만 연경이라는 장소를 일컬은 정도로 조선조
의 대청의식을 그대로 반영한 뜻이 된다. 또 조공을 바치는 일도 대단히 형식화되어 명나라

다고 할 수 있다. 그들이 매번 남긴 여행기를 연행록(燕行錄)이라
했다.

대개의 연행록의 종류는 두 가지로, 첫째는 사행의 사무직인 실무
를 맡았던 書狀官이 사행의 임무를 마치고 조정에 제출한 보고서인
담록(謄錄)이 있는데 이것은 일정한 형식을 갖춘 간단한 것이었다.
반면, 그 사행에 참여했던 사람 중에서 개별적으로 기록한 사행록인
연행록이 있는데 개인의 연행록은 형식에서 여러 종류가 있고 간본
(刊本) 또는 사본(寫本)으로 전해지기도 하고 또 단행본인 경우도
있지만 저자의 문집 중에 수록되기도 하였다.[27]

홍대용과 이기지의 연행록은 후자에 속한다. 그들은 자제군관의
자유로운 신분으로 구경도 관심과 취향에 따라 폭넓게 이루어질 수
있었다. 이것은 공식적인 보고서이고 체면을 위한 등록과는 구별되는
순전히 개인적인 여행이었다. 그러한 관심의 결과가 18세기에 문학
사적인 연행록문학을 형성시켜 주었다. 100여 편의 연행록 중 가장 뛰
어난 작품으로는 김창업의 편년체 『연행일기』(1712~1713)와 홍대용
의 기사체인 『연기』(1765~1766)[28]와 박지원의 『열하일기』이다.[29]

에 대한 1만 석을 세폐미가 청 세조 때에는 40~50포 정도로 줄어들어 있었다. 한국과 중국
의 관계에 대별하여 평화적 관계와 적대적 관계로 구분한다면 평화적 관계의 시기가 훨씬
긴 기간을 차지하였다. 게다가 이 평화적 관계의 기간이라는 것도 거의 조공관계의 시기와
일치한다고 본다. 그리고 이 조공이라는 것은 중국식 정치이념에서 나온 무역의 한 형태라
는 데 주목할 필요가 있다. 전해종, 「한중조공관계관」, 일조각, 1950; 김태준 외, 『연행의
사회사』, 경기문화재단, 2005에서 참조.

27) 황원구, 「연행록의 세계」, 『여행과 체험의 문학』(중국 편), 민족문화문고, 1985, 55쪽; 최소자,
『명청 시대 중·한관계사 연구』, 이화여자대학교 출판부, 1997, 125쪽에서 재인용.

28) 담헌의 연행록은 『담헌연기』로 알려진 한문본과 한글본 『을병연행록』 등 두 가지가 있다.
이는 완전히 다른 두 개의 작품이라 한다. 책이름이 다르듯이 책의 구성 체제가 다르며 완
전히 서로 다른 저작의도에서 각각 따로 지어진 책임이 확실하다고 한다. 북경여행이라는
하나의 상황을 두 개의 전혀 다른 기호체계로 전달하려 했다는 것은 각각의 텍스트가 전달
될 서로 다른 독자층을 의도했음을 직감케 한다. 구성체제란 한글본이 완전한 일기체 기행
문인 데 비하여 한문본은 주제별로 새로 편집된 문집체의 체제로 되어 있다. 한문본은 완전
히 중국의 견문만을 내용으로 편집하였으므로 서울서 압록강을 건너기까지 왕복한 사실 및
여행과 관련한 흥미 있는 개인적인 취미기사는 거의 생략하고 있다. 김태준, 『홍대용과 그

이기지의 대표작인 『일암연기』는 모든 여정을 충실히 기술한 편년체로 여행의 경위를 날짜별로 충실히 전하였는바 이는 이후의 홍대용의 연행에 많은 영향을 끼쳤고 그가 『을병연행록(乙丙燕行錄)』을 씀에 밑거름이 되었다. 『을병연행록』이 바탕으로 되어 홍대용은 그 후 그의 최고의 역작 「의산문답」을 남기게 되었다.

그동안 이기지와 그의 작품에 대한 연구는 거의 찾아볼 수 없는 상황이다. 반면에 홍대용에 관한 연구는 많다. 대부분이 북학파의 선도자인 그의 실학사상과 독특한 사고체계를 보여주는 자연과학사상에 집중되어 오다가 그것과는 달리 연행을 중심으로 한 삶을 자세하게 고찰하고 국문본의 의의를 강조한 단행본[30])이 김태준에 의해 나왔고 이지형,[31]) 조동일[32]) 등에 이르러 문학사상에 관한 논의가 이루어졌다.

「의산문답」에 대한 연구도 철학, 사상적 내용으로만 관심을 끌어오다가 김태준이 처음으로 「의산문답」을 문학작품으로 인식했다. 그는 기존 연구자들이 자신들의 연구자료를 위해 「의산문답」의 일부만을 인용하여 담헌의 사상으로 언급하는 것은 「의산문답」의 올바른 이해방식이 아니라고 하면서 가공적 인물설정, 작품구성, 내용을 살피면서 철학소설이라 규정했다. 그리고 '문답'의 방식이 소설적이기보다는 희곡적인 문학형식이지만 가상문답이며 허구적으로 설정된 인물들의 논쟁이란 점에서 18세기 조선조의 철학소설이라고 주장하였다. 조동일은 김태준의 의견에 동의하지 않고 의산문답이 문학갈

의 시대』, 일지사, 1982, 25쪽.

29) 최소자, 『명청 시대 중·한관계사 연구』, 이화여자대학교 출판부, 1997, 125쪽.

30) 김태준, 『홍대용과 그의 시대-연행의 비교문학』, 일지사, 1981.
　　김태준, 『홍대용평전』, 민음사, 1987.

31) 이지형, 「홍담헌의 경학관과 그의 시학」, 『한국 한문학연구 1』, 한국한문학연구회, 1976.

32) 조동일, 「홍대용」, 『한국문학사상사시론』, 지식산업사, 1978.

래로서 지닌 특징은 서사적 교술이라고 하였다. 서두의 절정에서는 서사적 수법을 사용하였으나 허자와 실옹의 문답이 시작된 다음에는 두 인물의 견해 차이가 있을 따름이고 사건은 없다. 대화가 끝난 다음에 다시 어떻게 했다는 결말도 없다. 그러므로 오직 도입부에서만 서사적 수법을 사용하는 데 그친, 아주 제한된 의미의 서사적 교술이라는 것이다. 이종묵은 성현의 「부휴자담론」의 「우언」에 의해 한국문학사에서 우언양식의 전형이 확립되었다고 보았다. 그는 이렇게 확립된 우언의 전통이 꾸준히 이어져 실학자들 역시 자신의 새로운 사상을 표출하기 위해 우언을 지어냈는데 의산문답을 철리우언으로 규정하였다. 조계영[33]은 「의산문답」을 우언의 형식을 취한 문학작품으로 규정하고 홍대용의 교우론과 자연학에 대해 구체적인 작품분석을 시도하였다.

　본고에서는 연행록의 전통을 중심으로 우선 이기지의 『일암집(一菴集)』에서 주목되는 서양의 지구의에 관한 『혼의기(渾儀記)』와 천주교당에서 본 예수의 초상에 대한 느낌을 적은 「서양화기(西洋畵記)」에서 낯선 서양문물에 대한 조선인의 첫 체험을 홍대용 체험과의 비교 속에서 살펴본다. 다음 홍대용의 「의산문답」을 텍스트로 지전설(地轉說)과 우주무한론의 자연관에 바탕한 화이(華夷)의 구분을 부정하고 극복하면서 민족의 주체성을 강조하고 인간을 자연과 객관적 이치를 실증적으로 탐구해나가는 과학정신에 접근해본다.

---

33) 조계영, 「홍대용의 「의산문답」에 관한 연구」, 덕성여자대학교 석사학위논문, 1993.

2. 충격적인 서학[34)]체험

1) 서양화기와 서양화법

중국과 조선, 일본의 18세기는 어떤 형태로든 서구문명과의 접촉을 심화하지 않을 수 없는 시대였다. 조선은 다른 두 나라에 비해 직접적인 서구 접촉 시기가 늦었는데 이 시대 조용한 아침의 나라는 자기 나름대로 문화적 안정을 구가하고 18세기를 조선 유교문화의 난숙기가 되게 하였다. 서구 접촉은 중국에 자주 출입한 연행사절들에 의해 관심이 활발해졌다. 조선 연행자들의 가장 큰 관심은 천주당과 유리창이었는데 천주당은 서양 선교사와 만나고 서양의 자연과학과 만나는 길이며 유리창은 중국의 문물과 청나라 선비들과 접하는 지름길이었다. 홍대용과 이기지도 연행에서 우선 체험하는 곳이 천주당이었다. 홍대용은 자신은 연행에서 두 가지 큰 경험을 다 하게 되는데 하나는 항주 출신의 중국 학자들과 교분을 쌓은 일, 다른 하나는 그곳의 서양 선교사들[35)]을 찾아가 서양 문물을 구경하고 필담을 나눈 일이라고 한다.

천주당은 이태리 예수회 선교사 이마두(Matteo Ricci, 1552~1610)가 북경에 들어온 뒤 세운 것인데 동서남북 네 개의 천주당 중에서도 선무문안에 있는 남천주당이 가장 널리 알려져 있었다 한다. 이기지

---

34) 서구문화(서양문화)라고 할 경우에는 학문과 종교를 총칭하여야 하고 서학이라고 할 경우는 특히 학문적인 면을 강조하는 의미로 사용되어야 한다. 조선은 서구문화라기보다는 서학(한역 서학서를 매개로 하는)의 수용이었다. 종교를 수용한 것은 18세기 말이다. 흔히 청국을 통하여 도입된 구라파 문명이라는 의미에서 '淸歐文明'이라고 칭하기도 한다. 최소자, 『명청 시대 중·한관계사연구』, 이화여자대학교 출판부, 1997, 189~199쪽.

35) 중국 학자로는 엄성(嚴誠), 반정균(潘庭筠), 육비(陸飛) 등이고 선교사들로는 유송령(Hallerstein, Avon), 포우계(Gogeisl, A) 등 독일계 선교사들이다.

의 「서양화기」 중의 천주당도 여기에 해당될 것이라 짐작된다. 그는 천주당 벽 위에 그린 천주상(天主像)에 신비함과 놀라운 감명을 받은 것으로 생각된다. "전신을 드러냈고 혹은 반신을 들어냈으며…… 몸에 두 날개가 달린…… 코는 우뚝 솟았으며 입은 푹 꺼져 있고 손과 다리는 불룩불룩 튀어나왔으며 옷자락은 늘어뜨려져 있었다. 마치 구름 기운을 부여잡고 누르는 듯한데 풀어헤친 더벅머리는 솜을 탄 듯한 모양"에 잠잘 때를 제외하고 언제나 머리는 곱게 빗어 상투를 꽂고 의관이 정제한 동방예의지국의 이 선비에게 있어 충격이었으리라!

이기지의 작품들은 대상을 자세히 관찰하여 묘사를 함에 있어서 세밀하면서도 번잡하지 않으며 나름대로의 감칠맛을 주고 있다. "발로는 귀신 하나를 밟고 있으며 사릉철창으로 그 머리를 찌르고 있으며 눈동자는 대지를 쏘아보고 있다. 살아 있는 듯 생동한 자태는 그 몸이 벽에 붙어 있지 않고 튀어나올 듯하며 뾰족하게 치솟은 창의 모서리는 칼날처럼 밖으로 향해 있다." 천신(天神)의 화상을 생동하게 그린 장면이다. 이런 묘사의 치밀함은 천주상, 혼천의, 카스텔라를 먹는 장면 등 어디를 보아도 한결같다.

그는 서양화법에 대하여서도 꽤 감동해 있었던 것으로 보인다. 우선 서양그림법의 "훌륭한 색채"와 "필획과 도말이 그다지 정세하지는 않았지만 가까이 다가가서 보면 그림인데 열 걸음 밖에 물러서서 본즉, 분명히 살아 있는 개였다", "하나하나 살아 있는 것 같은 것에", "인공의 교묘함", "장인의 용심의 교묘함은 신의 기교를 훔쳤다고 할 만하다"라고 놀라움을 표시하고 있다. 더불어 서양 그림법에 대해 언급하고 있는데 "농담(濃淡)과 천심(淺深)으로 명암이 은은히 드러나 보이는 모습을 만들어 사람으로 하여금 고저와 원근의 형상을 보아 알 수 있게 하였다"라고 원근법을 이야기하고 있다.

45년이 지나 홍대용도 35세의 나이로 연행을 하게 되고 천주당을 방문하게 되는데 그 역시 벽의 그림이 진짜인 줄 여겼다가 그림임을 알고 그 솜씨에 놀라움을 표시하였다고 한다.36) 연행 시 홍대용의 행장 속에는 선배 김창업과 이기지의 연행록이 안내서로 준비되었고 그의 곁에는 북경을 서른여덟 차례나 드나들었다는 하인 세팔이 안내인으로 붙어 다녔다37)고 한다. 그만큼 홍대용은 이기지로부터 일정한 영향을 받았음을 볼 수 있다. 그는 서양 화법38)에 대해 진일보로 언급하고 있는데 서양 그림의 묘리는 생각이 출중할 뿐만 아니라 재할비례(裁割比例)의 법이 있으며 이것은 오로지 산술(算術)에서 나왔다는 것이다.

2) 혼천의와 천문학

이기지의 천문학에 대한 관심은 서양의 지구의에 관한『혼의기(渾儀記)』에서 알아볼 수 있다. 그 당시 중국과 조선에서는 성좌의 운행과 책력을 만드는 방법에 대해서는 청나라 강희제 만년인 1723년에 출판된「역상고성(曆象考成)」역서를 천문관측과 책력의 기준으로 삼고 있었다. 이기지는 이 책이 나오기 전인 1720년에 연행했으니 그는 서구 혼의기의 첫 조선인 체험자였으리라!

그가 처음으로 본 혼천의는 '배접한 종이에 둥근 권역 대여섯 개를 만들었는데 주천도수(周天度數)와 지평 남북극, 황도, 적도이다.

---

36) 이기지,「서양화기」, 신익철 편,『한국문학사자료집』, 한국학중앙연구원 국어국문학과, 2006, 154쪽 각주 부분.

37) 김태준,『홍대용과 그의 시대』, 일지사, 1982.

38) 동양화의 기법은 흑선으로 만유자연의 운동태를 상징하는 것이다. 동양화는 관념적이어서 대상을 항상 추상화하려 하고 있다. 동양화는 선의 운동태를 강조하기 위하여 필연적으로 붓의 첨예화를 이룩하게 된다. 고우섭,『한국미술사 및 미학논개』, 통문관, 1963.

일월의 운행에 따른 절기는 각기 대소권을 만들었는데 외권은 지름
이 한 자 남짓하고 이면의 지형은 겨우 탄알만 했다.' 중국을 비롯한
동양의 천문학은 그 혼천의의 제도부터가 다만 적도를 기본으로 하
지만 서양천문학은 황도와 적도를 기본으로 한다. 돌아가는 모습을
보면 해가 동지에 당해서 하늘을 돌자 지평의 남쪽 가를 스치며 지
나가는데 땅 위에 나온 것이 3분의 1이고 땅 밑으로 들어간 것이 3
분의 2이다. 하지에는 이와 반대로 하늘을 운행했다. 춘분과 추분에
는 해가 반은 땅 위로 나오고 반은 땅 밑으로 들어가 한 번 봄에 명
료하게 천지일월의 운행을 환히 알 수 있어 마치 촛불을 비쳐보며 헤
아리는 것 같았다.

> 북극지방은 춘분에서 추분에 이를 때에는 낮만 있고 밤이 없으
> 며 추분에서 춘분에 이를 때에는 밤만 있고 낮이 없다. 서양지역은
> 매우 관대하며 밤낮의 길이가 같지 않아 칠시, 팔시, 구시, 십시의
> 다름이 있다. 대개 북극에 가까울수록 해의 장단이 들쭉날쭉하며
> 가지런하지 않다.[39]

　지역과 계절에 따른 해의 길이와 그 원리를 혼천의 運轉으로부터
직접 눈으로 보고 확인하면서 설복력 있는 설명을 하고 있다. "북변
에 낮이 길고 밤이 짧은 것은 혹 땅이 뾰족하게 튀어나온 곳이 해가
뜨는 곳에 가까운 연유로" 착각한 것과 「황극경세서(黃極經世書)」
에서 본 "하루의 낮 시간은 팔시를 넘지 않는다"는 오류적인 견해에
반박하고 '하늘이 둥글고 땅 또한 둥글다는 설'을 더 한층 힘 있게
논증하였는바 실학자다운 면모를 보여주고 있다.
　일찍이 조선 중기의 이퇴계(1501~1570)나 송우암(1607~1689)

---

39) 이기지, 「혼의기」, 『한국문학사자료집』, 155~156쪽.

등이 혼천의를 제작하였다. 홍대용도 29세 되는 해에 나경적과 함께 3년의 세월을 필요로 아버지의 후원하에 4~5문을 써가며 혼천의 제작을 이룩했다. 홍대용이 만든 혼천의는 현재 그의『한글 연행록』, 마테오리치의 세계지도 등과 함께 서울의 숭실대학교 박물관에 지금껏 보관되어 있다. 박지원은 홍대용의 묘지명에서 홍대용이 자연과학의 이론을 혁신했다고 말했다. 지구는 스스로 움직이면서 태양을 중심으로 해서 그 주위를 돈다는 지전설은 홍대용이 청나라에 갔을 때 서양전래의 천문학도 아직 그 수준에는 이르지 못했다고 한다.

3) 카스텔라와 미(味)학

연행체험 중 빼놓을 수 없는 것이 서구음식체험이다. 음식은 그 나라의 문화, 전통, 풍습과 함께 생존한다. 식생활에 대한 이해는 그 나라의 의식구조와 삶의 방식을 파악하는 필수이다. 세계 각 지역의 자연환경과 종교적 특성을 반영해주는 전통적인 음식과 식습관은 흔히 그 지역의 정체성을 대변하기도 한다.

『일동기유(日東記游)』 제2권의 「연음음식부주식 20칙(燕飮附酒食20則)」에 의하면 카스텔라(加須底羅)는 포르투갈 말인 Castella 의 음역어이다. 카스텔라를 한국에서는 설고(雪糕)라고도 하는데 일본에서는 '가스데이라'라 하며 '加壽天以羅' 또는 '粉底羅' 등으로도 쓴다는 것이다.

카스텔라라는 빵은 지금의 스페인 영토인 옛날의 소왕국 카스텔라에서 유래하였다. '부드럽고 감미롭고 입 안에 넣자 즉시 녹았으며 맛이 참으로 기이하여서' 크게 유행하였고 옆 나라인 포르투갈 사람들이 이 빵을 가리켜 카스텔라라고 비꼬았는데 맛이 좋아 그들도 즐겨 먹게 되었고 차츰 유럽의 여러 나라로 퍼지게 되었는데 제국주의 시대에 유럽의 여러 나라가 세계 도처에 식민지를 건설하게 되면서 카스텔라라는 이름으로 퍼지게 되었다. 동양에는 1570년 포르투갈인에 의해 전해진 것으로 알려져 있다.

사탕과 계란, 밀가루 등으로 만든 카스텔라는 중국에 전해진 후에도 '맛이 지극히 부드럽고 기발하여' 진귀한 음식으로 받들렸으며 조선 선왕(숙종)이 말년에 음식에 물려 색다른 맛을 찾자 어의 이시필(李時弼)이 추천하는 음식으로도 되었다.

카스텔라의 '기이하고 기발한 맛'에는 서양인들의 묘리와 지혜가 스며들어 있다. 또한 카스텔라가 야금야금 일부 동양에 전파되어 동양인을 정복하듯 낙후하고 혼란했던 동아권을 수중에 넣으려는 서양인처럼 야심찬 음식이 아닌가 싶다.

3. 「의산문답」과 화이관(華夷觀)의 극복

화이론은 전근대 동아시아 세계의 국가들이 공유하던 세계인식의 방법으로 인식 가능한 범위 내의 세계를 계서(階序)적인 것으로 파악하는 것이다. 중국에서 발생한 초기의 화이론은 중국을 인식 가능한 세계의 지리적 중심으로 그리고 한족을 가장 우월한 종족으로 생각하는 것이었다.[40] 그러나 조선왕조 500년이란 시간 동안 무력이 아니라 유교가 지배이념으로 자리 잡으면서부터 지리나 종족의 의미는 퇴색되었고 도덕의 실천 여부가 華·夷 구분의 핵심적 기준이 되었다. 주자의 성리학에서는 인·의·예·지·의 유무로 인간과 화이 및 禽獸를 구별하였다. 성리학을 지배이념으로 한 조선왕조 시

---

40) 김도환, 「홍대용사상의 연구」, 한양대학교 박사학위논문, 2000, 85쪽.

기에도 예의, 도덕을 기준으로 화·이를 구분하여 공자가 살던 나라 명을 중화, 조선을 小中華, 청을 夷로 보는 것이 일반적인 인식이었다. 하지만 丙子胡亂(1636)과 명의 멸망(1644)으로 어쩔 수 없이 오랑캐로 여겨왔던 청과 조선 사이에는 君-臣관계가 성립하게 되었다.

조선이 쇠약해지자 이적(夷狄)인 청의 침입을 받았고 이에 조선인들이 조선인의 입장에서 스스로를 華, 침략자를 夷狄이라 규정하여 내외지분(內外之分)을 엄격히 하고 존양지의(尊攘之義)를 세운 것이 북벌론(北伐論)이었다. 북학파 혹은 이용후생 학파의 선구로 알려진 실학자 홍대용은 북벌론의 문제의식을 계승하면서도 또한 洛論을 계승함으로써 夷狄의 華化 가능성을 폭넓게 인정하였다. 洛論化된 성리학은 홍대용의 방대한 학문 분야 중 서양으로부터 전래되었지만 체계적 사고 과정을 거친 끝에 독창적으로 된 과학사상(지구 자전설을 주요로 들 수 있다)과 함께 손꼽힌다.

홍대용은 「의산문답」에서 본격적으로 평등관, 지전설, 우주무한설 등으로부터 華夷之分에 대해 논하였다.

> 實翁: "생물의 종류에는 셋이 있으니 사람, 금수, 초목이 그것이다. 초목은 거꾸로 나는 까닭에 지는 있어도 각은 없으며 금수는 가로 나는 까닭에 각은 있어도 지는 없다. 이 삼생은 한없이 혼란을 일으키는바 서로 망하게 또는 흥하게 하는 데 귀천의 등급이 있는가?"
> 虛子: "……오직 사람이 귀합니다. 금수나 초목은 예법도 의리도 없습니다. ……"
> 實翁: "오륜과 오사는 사람의 예의이고 떼를 지어 다니면서 서로 불러 먹이는 것은 금수의 예의이며 떨기로 나서 무성한 것은 초목의 예의이다. 사람으로서 물을 보면 사람이 귀하고 물이 천하지만 물로써 사람을 보면 물이 귀하고 사람이 천하다. 하늘이 보면 사람이나 물이 마찬가지다."[41]

인용문에서 보다시피 인간과 금수, 초목은 모두 예의와 의리를 가지고 있으므로 하늘에서 보면 등분이 없이 평등하다는 것이다. 그러므로 '성인은 만물을 스승으로 삼아야 한다'면서 人物性同論-평등관을 주장하였다. 기존의 人間優位, 인간위주의 사고방식이 부정되고 인간의 지위를 상대화한 것이다.

인간관에 있어서 소우주관의 부정은 결국 존재 간의 평등적 질서로 이어진다. 이것은 물질적 통일성을 갖추고 있는 객관세계에 대한 인간의 바람직한 태도를 정립해감에 따라 확고해진다. 그 태도란 곧 객관적인 방법과 관점의 상대화를 의미한다.

> 중국은 서양에 대해서 경도의 차이가 180도에 이르는데 중국 사람은 중국을 정계로 삼고 서양으로써 倒界로 삼으며 서양 사람은 중국으로써 도계를 삼는다. 그러나 실에 있어서는 하늘을 이고 땅을 밟는 사람으로서 지역에 따라 다 그러하니, 橫이나 倒 할 것 없이 다 정계다.
>
> 세상 사람은 옛 습관에 안착하여 살피지 않는다. 이치가 눈앞에 있는데도 일찍이 연구하여 찾지 않는 때문에 일평생을 하늘을 이고 땅을 밟건만 그 실정과 현상에 캄캄하다.[42]

지구설 언급 가운데 한 부분이다. 여기서는 正界, 橫界, 倒界에 대하여 이러한 구분이 상대적인 것이고 고정적이지 않다고 말한다. 正界란 관측을 위해 지정한 기준점이고 橫界는 경도상 반대쪽, 倒界는 위도상 반대쪽을 의미한다. 물리적으로 우주를 생각할 때 우주는 한없이 무한하고 천문관측을 위해서는 반드시 基準, 즉 정계가

---

41) 홍대용, 「의산문답」, 『한국문학사자료집』, 160쪽.
42) 위의 책, 163쪽.

필요하므로 정계, 횡계, 도계의 구분이 필요 없는 것은 아니지만 그러한 구분이 상대적이다. 우주무한론으로부터 화이의 구분이 없음을 설명하고 있다. 그리고 옛 습관에 안주하여 새것을 살피지 않고 눈앞의 이치를 탐구하지 않아 실정에 눈이 어두운 당대 유학자들의 관행을 비판하고 있다. 세상만물에는 합리적인 이치가 내재되어있으며 인간은 연구를 통하여 이치에 접근할 수 있다는 주장을 하고 있다. 華夷之分에 대해 논하면서 '華夷一也'와 '域外春秋'론이 제기된다.

> 실옹: "남풍이 떨치지 못하고 오랑캐의 운수가 날로 자로남은 곧 인사의 感應이기도 하지만 天時의 必然이다."
> 허자: "공자가 춘추를 짓되 중국을 안으로 四夷는 밖으로 하였습니다. 중국과 오랑캐의 구별이 이와 같이 엄하거늘 지금 부자는 '人事의 感應이요, 天時의 必然이다' 하니 옳지 못한 것이 아닙니까?"
> 실옹: "하늘이 낳고 땅이 길러주는 무릇 혈기가 있는 자는 모두 이 사람이며 여럿에 뛰어나 한 나라를 맡아 다스리는 자는 모두 임금이며 문을 거듭 만들고 해자를 깊이 파서 강토를 조심하여 지키는 것은 다 같은 국가요, 章甫(은나라의 모자)건 委貌(주나라 갓)건 文身이건 雕題[43]건 간에 다 같은 자기들의 습속인 것이다. 하늘에서 본다면 어찌 안과 밖의 구별이 있겠느냐? 이러므로 각각 자기 제 나라 사람을 친하고 제 임금을 높이며 제 나라를 지키고자 풍속을 좋게 여기는 것은 중국이나 오랑캐나 한가지다."[44]

여기서는 種族, 君王, 邦國, 習俗은 하나의 국가를 형성하는 요

---

43) 『한국문학사자료집』, 179쪽에서는 문신을 오랑캐의 별칭, 조제는 미개한 민족의 별칭으로 되어 있고 김도환의 박사논문에서는 문신과 조제를 이마 문신을 새기는 남방의 풍습으로 본다 했고, 김용문 석사논문에서는 南蠻의 풍속으로 해석했는데 필자도 풍속으로 보는 데 동감한다.

44) 홍대용, 「의산문답」, 『한국문학사자료집』, 179쪽.

소이고 親人, 君主, 守國, 安俗은 인간, 군왕, 방국, 습속이 갖는 본질적이고 자연적인 속성이기에 '중국이나 오랑캐는 한가지'라는 것은 모든 종족과 국가는 대등하다는 것이다.

> 대저 천지의 변함에 따라 인물이 많아지고 인물이 많아짐에 따라 물아(객체와 주체)가 나타나고 물아가 나타남에 안과 밖이 구별된다. 臟腑와 肢節은 한 몸뚱이의 안과 바깥이요, 四體와 妻子는 한 집안의 안과 밖이며 형제와 宗黨은 한 문중의 안과 바깥이요, 이웃마을과 넷 변두리는 한 나라의 안과 바깥이며 법이 같은 諸侯國과 王化가 미치지 못하는 먼 나라는 천지의 안과 바깥인 것이다. 대저 자기 것이 아닌데 취하는 것을 도(盜)라 하고 죄가 아닌데 죽이는 것을 賊이라 하며 四夷로서 중국을 침노하는 것을 寇라 하고 중국으로서 四夷를 번거롭게 치는 것을 賊이라 한다. 그러나 서로 寇하고 서로 賊하는 것은 그 뜻이 마찬가지다.[45]

人物之本의 상태에서 天地變→人物變→物我形의 과정을 거쳐 內外分이 나타났다는 것이다. 內外分이란 물론 華夷之分을 말한다. 내외, 화이지분이 나타나게 된 것은 천지변 이후의 일인데 화는 천지의 안에 있게 되고 이는 천지의 바깥이 되었다. 이는 古今之變의 과정에서 내외, 화이지분이 나타났다는 의미이다. 그렇지만 그나마도 상대적인 구분에 불과하다. 도둑질이나 죄 없는 사람을 죽이는 것은 모두 도덕적으로 나쁜 행위이고 그러한 행위를 지칭하는 글자는 입장에 따라 다르지만 뜻은 마찬가지다. 四夷로서 중국을 침범한 행위나 중국으로서 사이를 침범하는 것도 입장 차이일 뿐 사실상 같은 행위이다. 그러므로 중국의 四夷 침입이나 청의 중국 침입은 사

---

45) 위의 책, 179쪽.

실상 같은 행위여서 청의 중국 침입이라는 행위 역시 정당화될 수 있다.

> 공자는 주나라 사람이다. 왕실이 날로 낮아지고 제후들은 쇠약
> 해지자 오나라와 초나라가 중국을 어지럽혀 도둑질하고 해치기를
> 싫어하지 않았다. 춘추란 주나라 史記인바, 안과 바깥에 대해서 엄
> 격히 한 것이 또한 마땅치 않겠느냐? 그러나 가령 공자가 바다에
> 서 떠서 九夷로 들어와 살았다면 중국법(華)을 써서 九夷의 풍속
> 을 변화시키고 주나라 도를 域外에 일으켰을 것이다. 그런즉 안과
> 밖이라는 구별과 높이고 물리치는 의리가 스스로 딴 域外春秋가
> 있었을 것이다. 이것이 공자가 성인 된 까닭이다.46)

의산문답의 최종 발언자이자 가장 핵심적인 주장이다. 공자가 성
외에 살았다면 구이의 입장에서 춘추를 짓고 그에 합당한 內外之分
과 尊讓之義를 있게 하여 域外春秋를 썼으리라는 혁신적인 생각을
피력하였다. 즉,『춘추』가 중국의 역사라면 각 민족은 각 민족의 역
사가 있는 <域外春秋論>이 나올 수 있는 것이다. 문화가치 위주의
화이론에서 벗어나 지계를 기준으로 하여 朝鮮=華, 淸=夷의 기존
사고를 변형시키면서 淸=華가 될 수 있으며 이미 가까워지고 있다
는 대등한 주체를 긍정하였다. 각각의 나라들이 일으키는 도는 각기
제 나라의 時俗에 알맞은 제 나라의 道이며 因時順俗의 道가 일어
나는 곳이 곧 華인 것이다. 조선인은 조선인의 道를 일으켜야 한다
는 것이다.

홍대용이 서생의 신분으로 군복을 입어가면서까지 직접 눈으로
확인코자 한 것은 바로 북벌론의 실현 가능성과 淸의 융성, 중국의

---

46) 위의 책, 180쪽.

쇠퇴라는 현실 속에서 이러한 것을 보기 위함이었으리라. 그는 청나라에 가서 식견을 넓힌 결과 주자학의 편협성을 더욱 통감하고 朱子學에서 출발하여 비논리적인 것들을 배척하고 자신의 주자학으로 재창조하고 발전시켜 나갔다. 그의 사상은 北學論의 기초가 되었을 뿐만 아니라 東道西器論 개화사상의 원형이 되었다.

4. 현실적 의의

조선조의 지식인들이 자족적 또는 자폐적 울을 넘어 이국문화를 체험하고 견문을 넓히는 방법은 연행에 참여하는 것이었다. 시기나 사안에 따라 연행이 기피된 적도 있었지만 자족적인 문화에 안주하지 못하고 세계와 호흡하고자 했던 문하들은 연행을 강렬히 염원했다. 이들은 연행을 통해 문헌으로 익힌 실상을 확인하고 자기들의 가설과 자각을 증험하며 연행에서의 견문과 체험으로 학문과 문학을 성장시키고 싶어 했다. 실제 내로라하는 지식인 치고 연행을 체험하지 않은 사람은 별로 없다. 16세기 말에서 17세기 초에 세 차례[47] 북경에 다녀왔던 유몽인(1559~1623)은 연행에 매우 적극적인 인물이었다. 허균은 1614~1645년에 연이어 북경에 갔고 2~3차 연행에서 그는 명나라의 높은 문물을 체험하고 귀로에는 만 권의 책을 사왔다고 한다. 김창업(1658~1721)은 1712년 55세의 나이로 임진 연행사의 자제군관으로 연행을 했고 역사적인 『노가재연행록』을 남겼다. 그 외에도 박제가, 박지원, 조문명, 김정중 등 많은 지식

---

47) 지금까지 유몽인은 두 차례 연행을 다녀온 것으로 알려져 있다. 그러나 그는 여러 편의 글에서 자신이 세 번 연경을 다녀왔다고 술회하였다. 1592년과 1609년에 다녀온 것 외에 1605년 이전에 다녀온 적이 있는데 자세하지 않다. 이승수, 「연행과 여행, 그리고 문학」, 『연행의 사회사』, 경기문화재단, 2005, 179쪽.

인들이 연행을 했고 그들은 천하사를 논할 만큼 안목과 흉금을 키워 우수한 작품들을 많이 남겼다.

근대에 들어서서 한국의 치욕적인 일제강점기와 해방기에 많은 한국인들은 중국, 러시아의 연해주, 일본, 중남미 등으로 대량 강제 혹은 자원 이주하였는데 그중 중국으로 이주, 망명한 한인이 가장 많았다. 그중 해방 전 중국 체험을 가진 조선 현대작가는 30여 명이 된다.[48] 대표적 소설작가로 주요섭, 최서해, 안수길이고 대표적 시인으로는 심훈, 김동명, 박세영, 임학수 등을 들 수 있다. 이들의 작품은 대체로 중국 도시, 식민지 역사 체험, 이주민의 정착과 삶의 문제, 민족적 충돌과 빈부의 갈등 등이 주제로 다루어지고 있다.

5. 나가며

병자호란 이후 북벌론은 조선=中華, 청=夷狄임을 제시하였는데 청이 중화가 될 수 없는 이유는 두 가지인데 하나는 "지계에 내·외가 없고 인간에 화·이가 없다"고 하여 지계와 종족에 의한 華·夷 구분을 명백히 부정하지만 이적이 기질변화를 통하여 화가 될 수 있는 가능성은 매우 적다는 것. 다른 하나는 도덕적 실천에 의해 화·이를 구분하는 것인데 청 또한 중국 침입이라는 행위 때문에 화가 될 수 없다는 것이다.

홍대용은 화이론은 地界나 種族에 의한 화·이 구분을 부정한다는 점에서 위의 두 가지를 다 계승하면서도 夷狄의 華化 가능성을 폭넓게 인정하고 淸도 華가 될 수 있으며 이미 華에 접근하였다고 생각하였다. 나아가 화이론을 다른 차원으로 발전시켰는데 객관적

---

48) 오양호, 『한국문학과 간도』, 문예출판사, 1988, 46쪽.

관점에서는 화이의 구분이 없다고 주장하는 한편 주체의 입장에서는 이러한 구분의 필요성이 있다는 것도 긍정하였다. 그의 화이론에서의 초점은 독자적 개체성을 지닌 국가들이 자국의 현실에 적합한 도를 일으켜야 한다는 것이다. 인류의 역사는 장기적으로 보아 도덕의 쇠퇴와 물질적 진보의 동시적 진행과정인데 청의 융성은 물질적 진보를 상징하는 사건이고 중국(명)의 쇠퇴는 도덕의 쇠퇴를 상징하는 것이다. 그가 추구하는 도는 古道가 아니라 因時順俗의 도이다. 因時順俗은 현실을 통해서 추구될 수 있다는 점에서 현실(時俗)에 의해 규정되는 것이기도 하지만 고도와의 통일성에 의해 현실 추수적 경향을 면할 수 있었고 도는 시속에 의해 규정됨으로써 공허함을 면할 수 있었다. 그는 朱子學에서 출발하였지만 비논리적인 것들을 배척하고 자신의 주자학으로 재창조하고 발전시켜 나갔다. 그의 사상은 北學論의 기초가 되었을 뿐만 아니라 東道西器論 개화사상의 원형이 되었다.

연행록은 조선의 문화사에서 하나의 현상을 이루고 있다. 연행은 조선의 전 역사를 통하는 시대의 관심사였으며 조선시대에 지속된 하나의 문화, 사회현상이었다. 실학자이자 선비이고 자유인으로서의 홍대용과 이기지는 비록 동시에 한 시대를 같이 살지 않았지만 그들은 모두 중국을 연행하여 중요한 기록들을 남겨놓았고 그들의 경력도 비슷했다. 홍대용은 이기지의 연행록에 입각하여 그것을 한층 더 깊이 발전시켜 나갔고 그의 방대한 학문과 사상은 18세기 근대를 향하여 꿈틀거렸다. 그들의 연행록은 사회현상의 하나의 꽃이라 할 수 있거니와 이 같은 꽃이 피어나는 데에는 특출한 사람의 특별한 능력 아래 이루어졌다기보다는 하나의 현상을 이루는 문화적, 사회적 흐름 속에서 탄생한 결과물로 보아야 할 것이다.

<표 4> 이기지와 홍대용의 비교

	李器之	담헌 洪大容	비고
생활 시기	1690(숙종 16)~1722(경종 2)	1731(영조 7)~1783(정조 7)	41년 차
연행 기간	1720.7.27~1721.1.7(약 160일)	1765~ (약 6개월)	45년 만
연행 신분	정사군관	자제군관	
연행 목적	부친 이이명이 숙종의 승하를 청나라에 보고하고 시호를 승인받기 위해 고부사의 정사로 파견	숙부인 홍억(洪檍, 1722~1809)이 동지사서장관이 되자 '자제군관(子弟軍官)' 신분으로 연행	
서양 화기	서양화기-서양화법인 원근법을 제시	서양화법의 원근법이 산술에 의해 나왔다고 제시	
혼천의	땅이 둥글다는 설을 증명	직접 제작	
저서	『일암연기』	『담헌연기』『을병연행록』「의산문답」	

참고문헌

홍대용, 「의산문답」, 신익철 편, 『한국문학사자료집』, 한국학중앙연구원 국어국문학과, 2005.

김도환, 「홍대용사상의 연구」, 한양대학교 박사학위논문, 2000.

김문용, 「홍대용의 기철학과 그 진보성」, 고려대학교 석사학위논문, 1987.

김태준, 『홍대용과 그의 시대』, 일지사, 1982.

김태준, 『홍대용평전』, 민음사, 1987.

김태준 외, 『연행의 사회사』, 경기문화재단, 2005.

이승수, 「연행과 여행, 그리고 문학」, 『연행의 사회사』, 경기문화재단, 2005.

조계영, 「홍대용의 「의산문답」에 관한 연구」, 덕성여자대학교 석사학위논문, 1993.

조동일, 『조선문학통사 3』, 지식산업사, 2005.

최소자, 『명청시대 중·한관계사연구』, 이화여자대학교 출판부, 1997.

제3절 사랑의 비극성적 미학
-고전소설 「주생전」을 중심으로

1. 들어가며

「주생전」은 1593년에 권필이 지었다고 추정되는 한문애정전기소설이다. 주생전은 단편소설이라 하기엔 조금 길고 중편으로는 조금 짧은 액자기법의 소설이다.

이 작품은 고소설에서 흔치 않는 삼각연애관계와 '사랑과 죽음'에 대한 진정성을 다루고 있어 주목을 끈다. 이렇듯 고소설에서 뛰어난 작품을 만나기란 쉽지 않은 일이다. 그러므로 한문소설 필사집인『선현유음』에서 필사자가 빼어난 안목으로 「주생전」을 수편에다 두었던 것 같다.

주생전의 이본으로는 문선규 교수가 번역 소개한 김구경(金九經) 소장본이 널리 알려져 있으며 1963년 북한에서 이철화의 번역으로 출판된『림제 권필작품선집』에도 「주생전」이 수록되어 있다. 두 이본은 내용상의 차이는 없으나 자구(字·句)의 출입은 비교적 많은 편이다. 여기서는 김구경 소장본을 대본으로 삼아 번역한 역주본을 기본자료[49]로 한다.

본고에서는 주생의 성격으로 인한 비극적 사랑 이야기로부터 그

---

49) 이복규 편저,『새로 발굴한 초기 국문, 국문소설』(박이정, 1998) 중 「주생전」을 말한다.

시대상황과 어쩔 수 없는 인간의 운명, 이룰 수 없는 사랑에 착안점을 두고 현실반영의 작가의 의도를 짚어봄과 동시에 이 글들이 어떤 수법, 어떤 구조로 표현되었으며 아울러 고전소설의 어떤 특징들을 구현하고 있는지 살펴보도록 한다.

2. 이야기 스토리: 한 남자와 두 여인의 애절한 사랑 이야기

「주생전」은 주생이 두 여인과의 애절한 사랑 이야기를 정서적으로 엮고 있다.

주생은 어려서부터 총민하여 주변에서 장원급제는 따 놓은 당상이라고 하였지만 네 번이나 과거에 번번이 낙방하자 그 꿈을 접고 재물을 팔아 강호를 돌며 장사를 하던 중 기생 배도50)를 만나 사랑을 하게 된다. 그 뒤 승상의 딸 선화와도 사랑을 맺게 되어 삼각관계가 되었지만 배도가 죽음으로써 하나의 사랑은 막을 내리게 되고 삼십여 일 만에 선화와 정혼하게 된다. 그러나 그때가 임진왜란 시기(1592)라 주생은 조선 땅으로 종군하였는데 밤낮으로 선화를 그리다 병을 얻고 인연은 이루지 못하고 객지에서 쓸쓸히 생을 마감한다.

이야기의 세부적 스토리는 아래와 같다.

발단:
① 주생이 과거에 낙방하자 공부의 끈을 끊고 강호, 오나라, 초나라에서 장사를 하다.
② 주생은 오래전부터 친히 지내오던 나생과 술을 나눈 후 배를 강 한가운데 띄워놓고 잠들다.

---

50) 문선 규본에서는 '俳桃', 북한본에서는 '裵桃'로 되어있다.

③ 주생이 깨어나니 어느새 고향에 당도하다. 그는 벗들을 찾거나 그중 죽은 몇몇 친구의 묘소를 배회하다.

발전:
④ 고향에서 재주나 미모에 있어 전당에서 으뜸인 기생 배도를 만나 사랑을 나누다.
⑤ 배도의 지난 슬픈 이야기(에피소드).
⑥ 승상댁에 나가는 배도를 몰래 따라나선 주생이 문틈으로 선화를 보고 넋을 빼앗겨버리다.
⑦ 선화의 동생 국영이 주생을 스승으로 청하다.
⑧ 주생의 제의 하에(사실은 선화를 보려는 욕심이지만 그 집의 삼만 축 되는 책도 읽고 국영이 다니노라면 힘들다고 핑계를 대다) 주생은 선화의 집에 거처하다.
⑧ 주생이 담을 넘어 선화와 사랑을 나누다.
⑨ 선화가 자신의 근심을 이야기하고 주생이 선화를 처로 맞기로 언약하다.

고조:
⑩ 주생이 말없이 배도 만나러 간 사이 선화가 주생의 방에서 배도의 시가 적혀 있는 비단천 두 폭을 새까맣게 지워버리고 자신의 시를 쓰다. (갈등계기)
⑪ 비단을 보고 배도가 주생과 선화와의 관계를 알게 되다.
⑫ 주생은 어쩔 수 없이 배도를 따라가게 되다.
⑬ 국영이 죽었다는 급보를 듣고 선화 집에 갔으나 주렴사이의 그녀 모습밖에 못 보다.

⑭ 배도가 이름 모를 병으로 갑자기 죽다.

⑮ 주생은 배도의 시신을 묻고 그녀의 절명에 자책하며 제문을 지어 바치고 그곳을 떠나다.

⑯ 주생은 친척집에 의지해 살며 선화에 대한 그리움 때문에 나날이 야위어가다.

⑰ 주생의 모습을 보고 그의 이야기를 듣고 장노인 부부가 주선해서 왕사지친으로 정혼하다.

⑱ 주생과 선화는 서로의 그리움을 편지로 전하다.

⑲ 혼인날을 앞두고 임진왜란이 터져 주생은 조선의 전장으로 끌려가게 되다.

결말:

⑳ 전장에서 선화에 대한 그리움에 주생은 종군할 수 없을 정도로 병이 들다.

프롤로그:

㉑ 오늘밤도 나는 오래전에 주생으로부터 들은 그의 애절한 사랑 이야기를 머릿속에 떠올리며 그것을 적고 있다. (액자소설이라 지칭되는 면)

이 글은 고전 애정전기소설들처럼 플롯이 없이 서사적 전개만 되어 있을 뿐이다. 삼각연애 이야기임에도 불구하고 한 남자를 두고 두 여자 사이에 정면적인 갈등전개가 없고 직접적 대결이 없으며 모순 또한 치열하지 않다.

애정소설은 두 남녀의 결합을 방해하는 현실적 질곡을 부각시키고 그것을 극복하려는 인간의 의지를 그림으로써 서사세계의 갈등을 부각시키는데 서술시각의 초점이 놓이는 소설이다. 특히 사회적 갈등이 객관적인 형태로 형상화되기 힘들었던 강압적인 중세사회에서 이들 소설에 나타나는 애정문제는 대사회적인 문제 제기적 성격을 갖는 것이다.[51] 주생전의 사랑에 울고 사랑에 야위어가는 사랑파멸과 비극은 남자주인공 주생이 동시에 두 여자를 사랑하는 모순된 성격도 있겠지만 주요하게 이 글에서 체현된 임진왜란이라는 시대환경과 밀접한 관계를 갖고 있다.

3. 등장인물 주생, 배도, 선화의 인물형상

이 글은 영웅이 아니라 실생활에서 살아 움직이는 평범한 인간을 다루고 있어 현실성, 진실성이 강하다. 주인공 주생, 배도, 선화의 인물 형상들을 본다면 아래와 같다.

주생은 "어려서부터 총민하여 장원급제는 따 논 당상이라고들 하였다." 하지만 무슨 원인인지 번번이 낙방한다. 그는 대담히 과거급제의 길에서 물러나 장사의 길로 나서는데[52] 그 행위는 중국고전소설 『유림외사』 중의 한평생 과거에 급제하기 위해 공부하는 범진과 구별된다. 여기에는 또한 주생이란 인물에서 작가의 삶이 투영된 것으로 당시 사회제도의 불합리한 면을 비판하고자 한 것이라 해석되기도 한다. 능력 있는 자를 발탁하기 위해 마련해놓은 제도가 과거인데 주생 같은 사람이 누차 낙방했다는 사실은 제도 자체의 본질이

---

51) 박일용, 『조선시대의 애정소설』, 집문당, 1993, 14~15쪽.

52) 소재영은 「권필과 그의 문학」, (『고소설 통론』, 이우출판사, 1983)에서 주생의 모습은 16세기에 사마시에 낙방한 뒤 다시는 과거에 응하지 않았으며 후에 권문세가의 전횡을 비판하였다는 이유로 임숙영이 과거에 낙방한 것을 보고 궁류시를 지어 이를 풍자한 뒤 유배를 가다 죽은 권필의 모습과 방불한 데가 있다고 하였다.

왜곡되어 있는 세상이었음을, 즉 능력만으로는 제도권에 진입할 수 없는 부당한 사회였음을 짐작하게 한다.

주생은 '풍채가 훤하고 재주도 빼어'나며 감상적, 정감적이어서 그만큼 풍류적이고 모순적이다. 배도를 사랑한 후에는 선화에게 반하여 정을 옮기고 배도의 절명에 자신의 변심을 자책하며 멀리 떠나나 이내 선화를 그리워한다. "인생이 아무리 일장춘몽이라지만 이리도 허망할 데가 있나" 하는 인생허무주의와 과거급제 못하는 것이 "나의 운명이란 말인가. 그렇다면 받아들일 수밖에, …… 풀잎에 맺혔다 사라지는 이슬 같은 것이 인생일진대"에서는 숙명론적 사상을 지닌 소유자임을 살필 수 있다. 그러므로 가로막는 첩첩산봉을 도전적으로 헤쳐나가지 못하고 그것을 자신의 운명으로 간주하고 순종한다.

배도는 "요염해 보이는가 싶으면서도 신선함을 풍기고 비록 기생이라고 하나 말씨며 마음씨, 아름다운 자태 그 어느 한 군데 흠잡을 데가 없어 뭇사람들의 마음을 끌기에 충분한" 아름답고 우아한 여인이다. 사리가 밝고 수완이 있어 승상부인의 총애를 받으며 대담하게 주생에게 사랑도 고백하고 선화와 사랑에 빠진 주생을 발견하고는 꾸짖고 해결하려 들며 주생을 집에 데리고 가는 당돌하고 용감한 여자이다. 반면에 그토록 믿고 충성하던 사랑이 빛을 잃자 말없이 생명도 식어간다. 하층민의 지혜와 총명 등 잠재의식을 보여주었다고 본다.

선화는 "주눅이 들어버릴 정도로 어마어마하고 호화로운 집에서 자라난 승상의 딸이다. 나이는 열다섯, 어찌나 고운지 세속 사람 같지 않게 여겨질 때가 더러 있다. 구름 같은 머리채에 발그레한 뺨을 가진 그녀가 눈을 살짝 옆으로 흘길 때면 가을의 맑은 물결 위에 달빛이 어리는 것 같았고 웃는 모습은 애교가 넘쳐 그 입 모양이 아침 이슬을 함빡 머금은 봄꽃 같았다. 전당에서 제일간다는 배도는 그들에 비하면 봉황 앞에 까마귀요, 옥구슬에 조약돌 격밖에 안 되었다. 얼굴 생김만 빼어난 게 아니라 시도 잘 짓고 수도 잘 놓아 다른 이들이 모두 부러워한다."

그녀는 배도에 비해 외모, 문벌이 높지만 과감하지 못하고 연약하고 나약하며 또한 오만하다. 주생이 배도의 남편인 줄 알면서도 주생을 받아들였고 그러면서도 남에게 들킬까봐 전전긍긍한다. 고소설의 전형적인 '규수'의 형상이다.

주생과 배도의 사랑은 정열적이었다. 비슷한 처지에 공감대를 형성한 그들은 만난 지 하루 만에 사랑을 맹세하기에 이른다. 둘의 사랑은 '김생과 취취나 위랑과 빙빙의 사랑이라도 여기에 미치지 못할 정도였다' 그러나 둘의 사랑은 서로에 대한 깊은 정신적 소통이 적고 주생이 배신을 초래하면서 쉽게 이루어진 사랑은 쉽게도 허물어진다. 주생이 선화와의 사랑도 애정 성취뿐만 아니라 정승 집안과의 결혼을 통해 신분상승을 이루고자 하는 욕망의 발로이기도 하다. 그러므로 그 사랑도 결국 이루지 못한다.

배도와 선화에게 평생을 언약하는 주생의 시구와 편지를 보도록 하자.

> 푸른 산은 언제나 푸르르고 녹음 짓는 나무는 길이 있는 것이라.
> 그대 나를 믿지 않는다면 밝은 달이 하늘에 떠 있도다.[53]
> 사물을 보고는 임을 생각하매 어찌 잊을 수가 있으리오. 지난날
> 나는 그대의 집에 뛰어들어…… 꽃 속에 맹약하고 달밑에서 인연을

---

53) 문선규 본, 「주생전」, 이복규 편저, 『새로 발굴한 초기 국문, 국문본 소설』, 박이정, 1998, 184쪽.

맺었을 때 외람되게 많은 은정을 입고 굳은 맹세를 하여. ……54)

　남자에 대한 이기적인 변심과정을 파노라마적인 시를 동원해가면서 구체화시켜 나타내 보인 고전작품은 별로 없다. 그래서 김기동은 "사랑의 배신을 당하고 병사하는 여인을 이 작품에서 처음 보았고 기생에 대한 사랑을 양가여로 옮기는 남자의 이기적인 사랑도 처음 보았다"고 하였다. 이중적 생활하는 주생의 인물상은 현재 근현대문학에서도 많이 다루어지고 있는 삼각연애의 원조라 할 수 있다.

　주생의 변심은 프로이트 식으로 말하자면 일종의 '나르시시즘'과 유사해 보인다. 프로이트를 해설한 권영택에 따르면 "모든 사랑이 잃어버린 어린 시절의 완벽한 경험을 되돌리려 하는 것이기에 사랑에는 근본적으로 이기심이 깔려 있다. 연인을 사랑하지만 사실은 그녀의 얼굴 속에서도 나만을 보고 있다. 사랑에 빠져 있을 때는 연인을 금으로 보다가 결혼 후에는 구리로 보는 것도 억압된 나르시시즘 때문이다. 대상을 향해 갈 때는 그것이 잃어버린 어머니라고 생각한다. 그러나 대상을 일단 손안에 넣고 보면 그런 어머니는 그런 안락함은 어디에도 없다. 그러나 나르시시즘에 대한 향수는 끈질기다. 그는 어쩔 수 없이 또 다른 대상을 향해 간다. 어머니가 억압되었기에 그는 고귀한 연인을 아내로 맞으려 애쓴다."55) 프로이트는 "연인이란 내가 세운 이상적 자아이고 그것과 합일을 원하는 것은 내가 그것이 되고 싶은 욕망 때문이다." 그래서 주생은 배도를 통해 잃어버린 과거를 되찾으려 하지만 그녀는 기생일 뿐이어서 과거를 되찾아줄 수 없다. 그래서 그는 더 '고귀한' 선화에게 의탁하려 하는 것이 아닐까?

---

54) 위의 책, 201쪽.
55) 권택영, 『프로이트의 성과 권력』, 문예출판사, 1998, 11쪽.

건전하지 못한 삼각관계는 불가피하게 파국적인 비극으로 끝나기 마련이다. 작가는 여기에 객관적인 임진왜란이라는 시대배경을 설치했다.

4. 시대배경: 임진왜란으로 인한 비극

인간은 삶을 살아가면서 절대적인 환경의 제약을 받는다. 시대가 영웅을 만들고 영웅이 시대를 만드는 이는 소부분의 영웅적 미담이고 외계의 커다란 변화와 충돌 앞에서 백성들은 시대의 피해자이고 희생자이다. 피폐하고 황폐해가는 시국과 형세 앞에서 그들은 초라하고 무기력하고 하잘것없는 존재이다. 전쟁 앞에서 민족은 수난과 치욕, 아픔에 모대기고 백성들은 말할 수 없는 재난을 입는다. 주생이 살던 시기도 마침 전쟁이 폭발한 만력으로 임진년 1592년, 조선이 왜적에게 침략당하는 임진왜란은 글의 주인공들의 사랑이 비극적 결말로 됨에 결정적 역할을 한다.

> 조선 왜적한테 침략을 당한바 되어 원병을 중국에 청함이 매우 급하자 황제는 조선이 지극히 사대를 하는 것으로 불가불 구원을 해야 하고 조선이 무너지면 압록강 이서 또한 편안히 누워 잘 수가 없는 터인데 황차 왕업의 존망계절이 달린 판국인 데야 피할 도리가 없어 도독 이여송에게 특명을 내려 군대를 통솔하고 적을 치게 하였을 때 마침 행인사 행인인 설번이 조선에 갔다 돌아와서는 황제에게 아뢰기를 "북방의 사람은 되놈을 잘 막아내고 남방의 사람은 왜놈을 잘 방어하오니 오늘날의 싸움에는 남방의 군병이 아니면 안 되겠나이다" 하니 이에 호절의 제 군현에서 병정을 냄이 바쁘게 되었다.[56]

이 글에서 임진왜란의 시대배경에 대해 서술한 대목이다. 임진왜란은 왜국의 조선 침략으로 7년 이상 이어진 전쟁이었고 또 명나라가 원군을 보내와서 동아세아적 범위가 넓어진 전쟁이었다. 이 글은 폭탄이 쏟아지고 총알이 날리는 전장에서의 참담함의 실제체험을 직접으로 다룬 것이 아니라 가슴을 울리는 영원한 주제인 사랑 이야기를 스토리로 잡음으로써 전쟁으로 인하여 치러야 했던 불행한 삶과 대가, 전쟁의 참혹성을 나열하고 동시에 고소설에서 흔치 않은 삼각연애관계를 설정하여 흥미성을 부여하고 있다.

이 글을 자세히 살펴보면 많은 약조만 하고 그것을 실천에 옮기지 못하는 대목들이 몇 군데 있다.

① 그동안 공부에 들여온 공이 얼만데 이제 와서 그 끈을 놓아버려야 한단 말인가. 내 반드시 다른 뜻을 크게 펼쳐 보이리라.-주생이 과거급제 낙방 후 한 다짐

② 그대가 입신양명하여 높은 지위에 오르거든 기생명부에 박힌 내 이름을 지워주십시오. 그대가 말하지 않더라도 내 어찌 생각이 없겠소.-주생이 배도에게 한 말

③ 선화는 작은 거울을 두 쪽으로 깨뜨려 한쪽을 주생에게 부채와 함께 주며 동방화촉의 밤을 맞는 날 다시 합하도록 하지요.-선화가 주생에게 한 말

④ 내가 훗날 성공하여 돌아오면 반드시 너희들을 거두어주마.-배도가 죽은 후 배도의 종들에게 한 말

하나하나 이어지는 언약들이 연이어 파멸된다. 작품 전체가 우수

---

56) 위의 책, 201쪽.

와 슬픔으로 꽉 차 있다. 방향도 희망도 새로운 삶에 대한 전망도 상실한 채 오직 절망뿐인 결말. 이것이 그 당시 임진왜란으로 인한 생활상이고 작자가 말하고자 했던 것이 아닌가 싶다.

5. 나가며

권필은 손색없는 언어 대가임에 틀림없다. 연애를 하거나 바람피우는 주인공 주생의 심리상태와 변화가 세부적으로 그려져 있어 소설 맛의 깊이를 더해주고 있으며 더불어 고소설 특유의 미학인 한시를 통해서도 그 매력을 느끼게 한다. 14편의 여러 장면에 삽입된 한시는 적중하게 그때그때의 상황을 그리거나 일이 벌어질 사건의 계기를 암시하고 있다.

'봄이 와 문빗장 뽑은 건 몇 날이런가.' 배꽃잎 같은 배도의 시구로서 사랑이 우리에게로 다가와 그 사랑 나눈 지 얼마이더냐고 풀이할 수 있다. 사랑의 애절함을 말하고 있다.

'꽃 속으로 발속으로 마음대로 드나드는 저 제비 한 쌍이 부럽기만 하구나.'-주생이 선화를 만나기 전 인용된 시구로서 제비는 삼각연애할 주생을 상징하고 있다.

'……잠깨어 난간에 기댄 임의 얼굴엔 수심만 가득하구나. 한바탕 시들어가는 청춘 때문인가, 저 애잔한 비파소리 곡 중의 사무침을 그 누가 알까.'-선화의 시로서 그녀의 외롭고 고독하며 이성을 그리워하는 심리를 나타내고 있다. 더불어 내심으로부터 주생과 나누게 될 사랑을 암시하고 있다.

글의 서술자는 제3자의 시각으로 세 인물의 심리, 행동 등을 자유자재로 다루고 있으며 남성중심의 서술 태도를 취하고 있으며, 배도의 비극적 삶보다는 선화와 혼사를 이루지 못한 주생의 비극적 운명에 초점을 맞추고 있다.

조선조 중기의 임진왜란으로 인해 정치적, 사회적, 경제적 혼란들이 일어났고 이로 인한 봉건신분 체제도 와해되었다. 이 시기에 나온「주생전」은 당시 사회의 현실에 입각해 그대로를 반영하였는바 사랑의 기승전결이 외연의 총체성의 변화로 인하여 낳게 되는 사랑의 비극성 구조는 소설의 미학성을 심화시켜 준다. 이러한 사실을 하나씩 검증해보면,

① 주생전은 거의 완벽한 전기적 속성을 제거하고 주인공을 평민화시킴으로써 현실상황을 가장 리얼하게 포착할 수 있는 거리 확대를 위한 스타일의 통합을 확보하였다.

② 주생은 첫사랑의 배도를 배반하고 선화와는 불행을 잉태하며 전쟁의 참전은 마지막 행복의 꿈도 불행하게 만드는 원인이 된다. 이런 현실적 불행, 이중적 구조는 이 소설의 비극적 미학을 심화시켜 준다.

③ 주생전은 인간과 사회의 본성에 바탕을 둠으로써 근현대소설과 맥락이 잇닿아 있어 고전소설 가운데 문학적 가치를 또 다르게 확보할 수 있는 면이라 할 수 있다.

- 『중한언어문화연구』5, 2011.12

참고문헌

이복규 편저, 『새로 발굴한 초기 국문. 국문본소설』, 박이정, 1998.
간호윤·김정희 편, 『주생전·운영전』, 어회, 2003.
권택영, 『프로이트의 성과 권력』, 문예출판사, 1998.
류문수, 「주생전의 현실반영」, 동국대학교 석사학위논문, 1984.
백승수, 「전기소설의 애정심리분석과 그 교육적 적용」, 건국대학교 석사학위논문, 2001.
왕숙의, 『주생전의 비교문학적 연구』, 한양대학교 석사학위논문, 1986.

한국어 교육의 현장

제1절 스키마 활용을 통한 판소리계
작품의 문학교육

1. 들어가며

한국어를 외국어로 배우고 있는 중국인 학습자에게 한국문학이
어렵다는 것은 주지의 사실이다. 더구나 한국의 판소리계 작품은 중
국인 학습자들에게 더욱 어렵게 느껴지는 부분이다. 그러나 그 반면
에 한국문학은 외국인 학습자들로 하여금 한국에 대한 흥미를 유발
하고 한국 문화 내지는 한국 정서를 이해하고 터득하는 좋은 텍스트
로 활용할 수 있다. 한국 문화예술의 정수인 판소리는 한국인의 정신
세계를 담아내는 데 적지 않은 비중을 차지하고 있고 예술성과 대중
성을 고루 갖추고 있어 비록 어렵긴 하여도 중국인에게 소개할 만한
가치가 충분한 장르이다.

본 연구는 중국인 학습자의 경우 간문화적 차원에서 자국의 문화
적 요소를 동원하여 한국어 지식과 연관시켜 다른 차원의 소통의 문
제를 해결할 수 있는 문학교육을 시도해보고자 한다. 즉, 스키마 활
성화 전략을 학습자의 경험이나 배경 지식 등에 기초하여 판소리계
작품의 문학수업에 적용하고자 한다.

중국 학습자를 대상으로 하는 한국어 교육현장에서 스키마를 활
용한 연구논문으로는 읽기교육에 대한 연구 성과로 김중섭,[1] 이강록・임

명옥,2) 이소연,3) 임영,4) 축명5)의 논문이 있고 문학작품 교육 연구 논문으로 축취영6)의 논문이 있다. 현재까지 중국 학습자에게 판소리계 작품교육을 함에 스키마를 활용한 연구는 없는 상황이다. 중국 학생들이 잘 알고 있는 경극 작품을 되새기며 판소리계 작품을 다룬 다면 학생들이 한국어 문화에 대한 이해 한국어 능력신장에 더 빨리 다가설 수 있을 것이다.

본고에서는 스키마 전략을 더욱 구체화하여 학습자들에게 사전설 문으로 작품을 선정하여 교재를 구성하고 수시로 학생들의 반응을 살펴 스키마 활성화 전략의 효과도 측정해보고자 한다.

2. 이론적 배경

1) 판소리와 판소리계 작품

판소리의 語義에 대해서 살펴보면 대체로 첫째, 김동욱의 持論인 데 <판>의 <소리> 곧 무대화라는 뜻, 둘째, 六堂說인데 시작이 있 고 끝이 있는 그런 한마당(판)이 짜인 완성의 소릿조라는 뜻, 셋째, 崔正如설인데 '板'은 중국에서 악조를 의미하는 것으로서 변화 있

---

1) 김중섭, 「중국인 학습자를 위한 한국어 읽기 교육 방법 연구」, 『한국어 교육』13, 국제한국어 교육학회, 2002.

2) 이강록, 임명옥, 「한국어 읽기 능력 향상을 위한 문학작품 읽기-중국인 학습자의 스키마 활용 을 통한 문학작품 읽기」, 『비교한국학』17, 국제비교한국학회, 2009.

3) 이소연, 「형식 스키마를 활용한 읽기 교육 방안: 학문목적 중국학습자를 중심으로」, 선문대학 교 석사학위논문, 2009.

4) 임영, 「신문기사를 활용한 한국어 읽기 교육 방안 연구: 중국인 고급학습자를 대상으로」, 경 희대학교 석사학위논문, 2012.

5) 축명, 「중국인 학습자를 대상으로 한 신문 기사문 읽기 교육」, 서울대학교 석사학위논문, 2011.

6) 축취영, 「중국인 고급학습자를 위한 한국어 문학교육 연구-연암소설과 『유림외사』의 비교 탐 구를 중심으로」, 서울대학교 박사학위논문, 2012.

는 악조로 구성된 板唱, 즉 '판을 짜서 부르는 소리'라는 뜻 등 세 갈래로 정리해볼 수 있다.

첫 번째 경우는 오랜 전통 속에서 배양되어 온 잡극 형태의 판놀음 배경이 제기되지 않았고, 두 번째 경우는 판소리가 短歌型이 아닌 극적 내용을 지닌 사설들을 독특한 唱形式과 唱法으로 엮은 한 판의 노래인 것이 제기되지 않았고, 셋째는 판소리 고유발생설에 대한 정면 도전으로 외래 전래적 요소의 형식이 민간설화에서 따온 스토리와 결합하여 이루어진 것으로 보았다.[7]

요컨대 판소리는 판노름에서 하는 소리가 되어 그 의미 내용이 성립의 동기와 기능이 내포되어 그 개념을 잘 살리어 표현되어 있고 무대에서의 上演의 요소도 찾아 볼 수 있다.

일반적으로 판소리가 하나의 민속음악으로서 내용과 형식을 갖추고 완성 단계에 이른 시기는 대체로 조선왕조 숙종으로부터 영조까지의 시기라고 본다. 또한 판소리의 전성기는 대개 정조로부터 철종 시기로 보는 것이 일반 견해이다. 판소리는 열두마당[8]이 있으나 현재는 다섯마당인 <춘향가>, <심청가>, <흥보가>, <수궁가>, <적벽가>만이 있으며 그 외 박동진이 복원한 것으로는 <신변강쇠 타령>과 <신옹고집 타령>이 있다. 그중 춘향가는 12마당 가운데 가장 유명한 소리며 주제는 사랑과 자유의 숭고함, 그리고 조선조 여인의 정절을 노래하고 있다. 심청가는 춘향가와 같은 시대의 작품이며 효가 그 주제이다. 심청가는 춘향가 다음으로 많이 부르는 판소리로 이야기의 문학성과 소리의 음악성이 뛰어날 뿐만 아니라 유명한 대

---

7) 김현숙, 「판소리 문학 연구」, 『목원어문학』1, 목원대학교 국어교육과, 1979, 120∼121쪽.

8) 판소리 열두마당에는 <춘향가>, <심청가>, <흥보가>, <수궁가>, <적벽가>, <변강쇠 타령>, <옹고집 타령>, <무숙이 타령>, <강릉매화 타령>, <장끼 타령>, <배비장 타령>, <가짜 신선 타령>이 있다.

목이 많아서 작은 춘향가라고도 불린다.

판소리에는 동편제, 서편제, 중고제가 있다. 동편제가 장단의 마루에 충실하고 장단이 빠르며 발림이 적어 이른바 '들려주는 판소리'라면 서편제는 잔가락이 많고 장단이 느리며 발림이 많아 '보여주는 판소리'다. 서편제의 창법과 잘 어울리는 창으로는 <심청가>를 꼽을 수 있다.

판소리를 문학에 연관시키면 판소리계 문학이 되는데 이는 연행예술인 판소리를 구성하는 요소이거나 판소리에서 파생된 문학이다. 『춘향전』, 『토끼전』, 『흥부전』은 설화로부터 판소리로 또 소설의 통로를 거쳐 형성되었고 『화용도』는 소설로부터 판소리로 다시 소설의 통로로 형성되었다. 판소리계 문학은 구비문학과 기록문학에 거쳐 그 형성통로가 많기에 구술성과 기록성을 갖추고 있겠지만 '판'의 희곡성과 '소리'의 詩歌性을 연상할 때 음악적 요소와 연극적 요소까지 갖추고 있다고 할 수 있다.

2) 스키마이론

외국어 학습에서 스키마(schema)가 중요한 요소 중의 하나라는 사실은 오래전부터 밝혀졌고 최근까지 많은 연구결과 대표적인 외국어 학습의 한 이론으로 정립되어 왔다.

스키마는 칸트의 선험적 도식(prior experience schema)에서 유래하였다. 스키마이론을 체계화한 사람은 Bartlett(1932)인데 스키마를 언어 이해에 있어 배경지식의 역할을 한다고 보았고 기존의 지식체계라고 하였다. 그 후 Schank(1975), Slavin(1988), Widdowson(1983), Mandler(1984), Wallace(1992), Oller(1995) 등 학자들이 스키마를 연구하였는데 이들은 스키마는 인간이 살면서 과거에 축적한 모든 지식구조와 경험의 조직체이며 현재와 미래에도 새로운 개념을 수용하기 위한 인지체계인데 스키마는 대상, 사건, 상황에 관한 총체적 개념의 추상적 표현으로 정의하였다. Stein & Glenn(1977), Rivers(1981), Long(1989), Jalongo(1991) 등은 외국어학습에서 배경지식의 중요성을 강조하였다. 언어란 그 문화를 표현하기 때문에 언어의 완벽한 이해는 단순한 어휘의 처리문제가 아니라 메시지의 의미를 마음속에 지니고 있는 스키마에 적용시키는 과정이라 하였다(Coady, 1979). Carrell(1983)은 스키마를 내용 스키마와 형식 스키마로 분류하고 있다. 이는 일반 스키마에 속한다.9)

학습자의 경험에 의한 일반적인 지식은 내용 스키마이고 텍스트의 구조 또는 수사구조에 대한 지식을 의미하는 것은 형식 스키마이다. 수업을 계획할 때 학습자의 스키마를 확인한 후 그것을 계획에 반영시키는 것은 무엇보다 중요하다. 스키마의 확인은 먼저 텍스트를 읽기 전에 학습자의 반응과 느낌 사전지식의 정도를 살피는 것에서 출발해야 한다. 이때 교사는 주관적인 발언이나 텍스트의 해석적인 암시를 최대한 자제해야 한다. 그래야만 학습자 중심인 능동적 주체적인 수업으로 나갈 수 있다.

---

9) 김창호, 「스키마를 활용한 효율적인 영어 듣기 지도」, 『현대영어영문학』55, 한국현대영어영문학회, 2011, 65~67쪽.

3. 판소리계 소설 텍스트에서의 스키마 활용 교육 연구

1) 피실험자 및 대상작품 선정

이 연구는 천진사범대학교에 다니고 있는 2학년 2반의 30명 학생을 대상으로 하였다. 대상 학습자는 주로 3~4급 수준이다. 중국에서 기초 한국어를 학습한 시간은 1년 7개월 500여 시간, 한국의 문화는 어느 정도 알고 있지만 한국문학은 아직 배우지 않은 상태이다.

판소리계 작품을 교수함에 있어서 텍스트로『춘향전』과『심청전』을 선택하였다. 왜냐하면『춘향전』은 한국의 판소리계 작품뿐만 아니라 한국문학을 대표하는 작품이기 때문이다. 다음으로『심청전』을 선택한 이유는 춘향전 다음으로 잘 불리는 판소리계 작품이기도 하지만 실험자 대상으로 선정된 학생들이 배우는 교재10)에 <심청가>가 실려 있기 때문이다.

판소리계 두 작품을 교수함에 학생들의 모국어의 총체적 경험과 구체적인 중국문학의 인지 경험, 즉 스키마가 한국문학작품을 읽을 때 동기화되기 위해 구조나 주제가 확연한 유사성이 있는 작품들을 선택하기 위해 아래와 같은 설문조사를 실시하였다.

남녀 간의 사랑을 다룬 중국 고전작품으로는 어떤 것들이 있는가 하는 질문에는『공작동남비(孔雀東南飛)』,『홍루몽』,『양산백과 축영대(梁山伯與祝英臺)』,『우랑직녀(牛郎織女)』,『서상기』,『패왕별희』 등의 답이 나왔다. 사랑 이야기도 다루고 경극으로 된 작품으로는 어떤 것이 있는가 하는 질문의 답에는『서상기』와『패왕별희』가 가장 많이 나왔다.

---

10) 이선한, 김경선, 왕단, 김정우 편, 「제14과 심청가」,『한국어4』, 민족출판사, 2004.

효를 다룬 중국 고전작품으로는 「화목란(花木蘭)」,「진정표(陳情表)」라는 등의 답이 나왔으며 효를 다루고 경극으로 된 작품의 질문에는 「화목란」이 나왔다.

『춘향전』과 『심청전』의 내용을 간단하게 요약하여 배포하고 그와 유사한 점이 있는 작품을 선택하게 하였더니 학생들 다수가 『서상기』와 「화목란」을 선택하였다. 『서상기』와 『춘향전』은 사랑 이야기를 다뤘고 이야기 구조와 주제가 비슷하며 『심청전』과 「화목란」은 모두 효를 다뤘다는 것이다. 여기에서는 중국 학생들의 중국어로 된 중국 문학에 대한 인지경험이 한국어로 된 중국문학작품으로, 그리고 이것이 그와 유사한 한국문학작품으로 전이되는 과정을 염두에 두었다.

문학작품의 인용에 있어서 작품의 발췌문이나 요약문의 형태로 가공해 학습자들에게 나누어주고 선택하게 하여 교재로 다루는 것은 좋은 방법이라 생각한다. 학습자가 중급과정일 경우, 일정 부분은 스토리로 하고 특정 상황을 원작에 반영하거나 일정 부분만을 원작으로 제시하는 방법을 쓸 수도 있고 전반문장의 스토리를 이해하고 도해조직자를 구성하기 위해 원작을 요약적으로 제시하고 어휘수준은 중급에 맞춰 조정하는 방법을 선택할 수도 있다. 『서상기』는 요약본으로 제시하였고 『춘향전』은 일정 부분만을 원작으로 제시하는 방법을 선택하였다. 지문을 읽는 데 걸리는 시간은 15~20분 정도로 구성하고 1회분 수업량으로 정하였다.

2) 스키마 활용을 통한 판소리계 소설의 교육과정

(1) 도입 단계와 내용 스키마의 활용

왕실보의 작품 『서상기』는 학습자들이 고등학교에서 학습했기에

'함께 말하기' 형식에서 학습자들은 왕실보와 서상기의 사회배경, 줄거리, 경극에 대해 적극적으로 자신의 기억을 활용하여 말하거나 주관적으로 설명을 덧붙여 이야기하기도 하였다. 그리고 그림 등을 제시하면서 '사랑'에 대한 연상어 써넣기를 했다.[11]

연상어 학습은 핵심어를 제시하고 거기에 상관하여 연상되는 어휘를 빈칸에 기입하는 것이다. 핵심어를 키워드로 많은 단어들이 나올 수 있지만 교사는 제한적으로 작품과 연관시켜 생소한 새로운 어휘나 혹은 주제와 관련된 단어들을 도출해낼 수 있다. 이는 제2언어의 스키마 활성화를 유도하기 위함이다.

(2) 전개 단계와 형식 스키마의 활용

① 도해조직자 활용

전개단계에서는 도입단계의 기초 위에서 학습자의 내용 스키마를 바탕으로 이야기의 구조를 이해하기 위한 형식 스키마의 활성화를 동원해본다. 『서상기』의 요약본[12]은 학생들이 이해되지 않는 문장

---

11) 학습목표: 『서상기』와 『춘향전』의 서사구조를 비교해보고 판소리에 대해 알아본다.

제목: 『서상기』와 『춘향전』
* 여러분은 '남녀 간의 사랑' 하면 떠오르는 것이 무엇입니까?

( )
↑
( ) ← 사랑 → ( )
↓
( )

12) 서상기 요약본: 최앵앵이 어머니 정씨와 함께 아버지의 유해를 모시고 고향으로 돌아가게 되었는데 길이 좋지 않아 잠시 보구사에 머물렀다.
한편 과거시험을 위해 서울로 올라가던 선비 장생도 우연히 보구사에 들렀다. 그러던 어느 날 그는 시녀 홍낭과 함께 뜰에서 꽃구경을 하던 앵앵을 보게 되었다. 둘은 서로 눈길을 주며 호감을 보였다. 장생은 주지 스님께 '아침저녁으로 경전과 역사서를 탐구한다(朝晩溫習經史)'면서 방 하나를 얻었다. 그러나 실은 기회를 보아 앵앵에게 접근하기 위해서였다. 정부인은 이미 고인이 된 남편 최상국을 위해 대규모의 시주를 계획하였고 장생도 이 일을 거들면서 홍낭을 붙잡고 앵앵에 관해 꼬치꼬치 캐물었다가 홍낭에게 호되게 당하였다. 그 후

은 과감히 생략하고 전체 맥락을 이해하는 것을 우선으로 하였으며 학습자들에게 배부하면서 모르는 어휘도 가능한 문장의 앞뒤 문맥에서 의미를 유추해보고 이해하게끔 유도하였다.

『서상기』에서 앵앵과 장생은 만남에서 백년가약이 이루어지기까지 그동안 여러 차례의 우여곡절을 겪는데 그 장애물은 봉건혼인제도에 있다. 앵앵은 이미 정항과 정혼한 사이고 두 집안 문벌도 비슷하다. 그 당시 자유연애는 꿈도 꾸지 못할 일이다. 작품에서는 봉건시대 예교의 이념과 사랑의 자유를 갈망하는 젊은 세대의 이상을 정

장생은 상사병을 앓게 되었다. 시주 예식이 벌어지던 날, 장생과 앵앵은 법당에서 만났다. 그러나 두 사람은 말 한마디 못하고 서로 얼굴만 바라보았다. 그런데 이때 이외의 일이 벌어졌다. 반란군 두목 손비호가 앵앵이 '온 나라와 도시를 뒤흔들 만한 미인(傾國傾城美人)'이라는 소문을 듣고 군대를 보내 보구사를 포위한 다음, 사흘 안에 앵앵을 내놓지 않으면 사람들을 해치고 절에 불을 지르겠다고 협박하였다. 다급해진 정부인은 해결책을 내는 사람에게 앵앵을 시집보내겠다고 하였다.
장생은 포관의 수비대장으로서 백마장군이라는 호칭을 얻고 있는 두확이라는 친구에게 구원을 요청하였다. 두확의 군대가 들이닥치면서 손비호의 무리는 포위를 뚫고 도망갔다. 일이 잘 해결되었지만 정부인은 약속을 지키지 않고 장생과 앵앵이 그냥 오빠 동생하며 지내라고 하였다. 두 사람은 모두 실망하였다. 이때 홍낭이 나섰다. 그녀는 장생에게 가야금으로 아가씨의 마음을 떠보도록 시켰다. 밤이 되자 장생은 사랑가인 봉구황(鳳求凰) 곡조를 탔다. 이 소리를 들은 앵앵은 밀려오는 감동을 참지 못하였다.
한편 장생은 몸져눕고 말았다. 앵앵은 홍낭을 보내 장생의 병을 돌보게 하였다. 장생은 기회를 보아 앵앵에게 편지를 써서 홍낭 편에 보냈다. 답장으로 온 앵앵의 편지에는 달밤에 서쪽 별채에서 만나자는 내용의 시가 적혀 있었다. 애타게 기다리던 날 밤 장생은 담을 넘어 약속 장소로 향했다. 그런데 뜻밖에도 앵앵은 홍낭과 함께 장생의 경박한 행동을 조롱하였다. 장생의 병세는 더욱 악화되었다. 앵앵은 홍낭을 시켜 장생에게 시 한 수를 보내고 나서 밤을 이용하여 홍낭과 함께 직접 장생의 숙소로 찾아갔다. 그리하여 두 사람은 마침내 부부의 언약을 맺었다.
이 소문은 정부인의 귀에까지 전해졌다. 이에 정부인은 홍낭을 심문하여 진상을 알아내려 하였다. 그런데 홍낭은 무서워하기는커녕 오히려 정부인에게 집안의 허물을 밖으로 드러내면 최상국의 가문에 먹칠을 하게 될 뿐이라고 하였다. 정부인은 홍낭이 자신의 속내를 훤히 꿰뚫는 말을 하자 어쩔 수 없이 장생과 앵앵의 관계를 묵인하였다. 그러면서도 과거시험에 합격해야만 혼인을 승낙한다는 조건을 달았다. 앵앵은 10리 밖 역사(驛舍)까지 따라가 장생을 전송하였다. 두 사람은 할 말을 잊고 헤어짐을 안타까워하였다.
장생은 앵앵의 기대를 저버리지 않고 단 한 번에 장원 급제하였다. 앵앵은 기쁜 소식을 듣자마자 인편에 급히 약혼예물을 보낸 후 하루속히 다시 만날 날을 고대하였다. 그런데 이때 앵앵의 어려서 정혼한 사촌오빠 정항이 갑자기 나타나서 앵앵과의 결혼을 요구하였다. 앵앵이 거절하자 정항은 장생이 서울에서 이미 위상서 딸과 결혼했다고 거짓말을 하였다. 정부인은 장생을 욕하며 앵앵과 정항의 혼사를 서둘렀다. 마침 장생이 돌아와 거짓말이 들통 난 정항은 수치심을 견디지 못해 나무에 머리를 부딪쳐 자살하였다. 장생과 앵앵은 수없는 우여곡절 끝에 백년가약을 맺었다.

면으로 충돌시켰는데 작자는 대중의 보편적인 애정관 '참사랑'을 반영하였다 할 수 있다.

제2회에서 다룰 비슷한 주제와 스토리를 갖고 있는『춘향전』에서 이몽룡과 성춘향의 사랑의 장애물은 둘의 신분 차이다. 이몽룡이 남원부사로 왔다가 서울로 올라가는 아버지 이한림을 따라 춘향을 데려가지 못하는 것은 춘향이 기생의 딸이라는 이유로 어머니가 허락하지 않은 탓이고, 변 사또가 춘향에게 수청을 들 것을 요구하는 것도 춘향의 신분 때문이었다. 몽룡과 춘향이 이런 장애물을 딛고 사랑을 이룩한 것은 신분을 뛰어넘는 사랑이라고 할 수 있다. 이들의 사랑을 가로막는『서상기』의 노부인은 봉건혼인제도의 수호자라 할 수 있고『춘향전』의 변 사또는 부패한 양반의 전형, 부정적인 지배자라 할 수 있다.

학습자의 작품 이해를 돕기 위해 제2회『춘향전』수업에서는『서상기』의 도해조직자를 제시하면서 두 작품의 비교 속에서 도해조직자를 그려볼 수 있다.

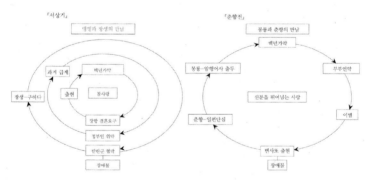

〈그림 2〉『서상기』와『춘향전』의 도해조직

『서상기』나 『춘향전』은 만남에서 재결합으로 이루어지는 순환형 사로로 원으로 도해를 조직해보았다. 어휘가 많아서인지 학생들은 다소 복잡해하는 표정을 지었다.

문학작품의 서사구조에 대한 이해과정은 문학작품의 형식 스키마를 활성시키기 위한 기본 전략이기에 작품의 구조와 내용에 대해서 더 연구할 필요가 있다. 위의 도해조직에서 볼 수 있다시피 『춘향전』은 변 사또 출현이라는 하나의 장애물로 하나의 순환형 도해를 조직해볼 수 있지만 『서상기』는 반란군의 협박, 정부인의 위약, 정항의 결혼 요구 등 세 번의 장애물로 세 개의 순환형 도해를 그려볼 수 있다. 그 외 인물 형상에 있어서도 춘향과 앵앵, 몽룡과 장생을 비교13)해볼 수 있다.

제2회 수업은 『춘향전』을 다룸에 지문14)을 중심으로 작품소개,

---

13) 춘향과 앵앵, 몽룡과 장생의 相似點에 대해서는 정래동의 논문 「『춘향전』에 영향을 미친 중국작품들 『서상기』, 「옥당춘」 등」 (『대동문화연구』1, 성균관대학교 대동문화연구원, 1964) 189~209쪽 참조. 류함함, 「『춘향전』과 『서상기』의 관계성 연구」(『인문학연구』39, 조선대학교 인문학연구원, 2010)에서 재인용. 우선 춘향과 앵앵을 비교해보면 두 사람은 모두 偏母侍下이고 무남독녀이며 얼굴이 예쁘고 시문에 능통하다. 애정관에 있어서도 모두 열이라 할 수 있으며 춘향은 앵앵보다 더 강하게 표현되었다. 이몽룡과 장생을 비교하면 둘 다 才子이고 명문의 자제다. 아름다운 여인을 향한 열정적인 사랑도 같다. 다만 이몽룡의 경우 嚴親의 눈을 속이며 사랑을 계속하였고 장생은 자유로운 몸으로 앵앵 모친의 눈을 속이며 연애한 점이 다르다. 그러나 여자 주인공과 시로써 화답하는 것이라든지 사랑에 적극적인 점은 같다.

14) 『춘향전』 지문: 춘향은 태연히 변 사또가 있는 동헌으로 갔다.
"네가 춘향이냐?" 변 사또는 마루 위에서 춘향이를 내려다보고 입이 함박만 해졌다. 춘향은 무릎을 단정히 하여 그 자리에 앉았다.
"춘향아, 듣거라. 너는 오늘부터 몸을 단장하고 수청을 들어라." 변 사또가 말하자, 춘향은 고개를 들어 입을 열었다.
"저는 한 남자를 섬기기로 약속한 몸이오라, 사또님의 분부를 받지 못하겠나이다."
"오, 듣던 대로 얼굴만 예쁜 게 아니라 마음씨도 곱구나. 그러나 잘 생각해보아라. 양반집인 도령이 한때 심심하여 장난삼아 그런 일이 아니겠느냐? 무정한 도령은 싹 잊고 나한테 호강을 하여라." 변 사또는 은근히 춘향을 칭찬한 뒤에 마음을 돌리려고 하였다.
"충신은 두 임금을 섬기지 아니하고 열녀는 두 남편을 따르지 않는 법, 호강 아니라 이 강산을 몽땅 준다 하여도 제 마음은 변할 수가 없사옵니다." 춘향의 말소리는 매우 차가웠다. 변 사또의 얼굴색이 변하자 옆에 있던 생원이 나섰다.
"요망스러운 계집이구나! 사또께서 너를 위해 그만큼 말씀하시면 선뜻 들을 일이지, 천한 기생 딸년이 충성이 어떻고 열녀가 어떻고 주둥이를 나불대느냐."
"충성하는 것과 한 낭군을 따르는 것도 귀하고 천한 것을 따지오?" 춘향의 호통에 생원은

문맥에서의 어휘 이해, 춘향의 절개, 그리고 『서상기』와의 비교 속에서의 도해조직자 완성, 인물형상 비교 등으로 이루어진다.

② 요약하기 및 말하기

요약하기는 읽기와 쓰기의 통합적 활동이다. 학습자들은 쓰기에 대해 거부감을 느끼고 있지만 텍스트의 내용 파악에는 그만큼 도움이 된다. 『춘향전』의 경우 부분적 텍스트만 제시되었기에 한국 어린이용 『춘향전』의 전체 텍스트를 주고 2,500자 좌우로 요약하게 하였다. 텍스트 요약방법에 대한 숙지를 통해 학습자들이 요약해 쓰기에 익숙해지고 자신감을 갖는 것도 중요하다. 요약활동이 끝난 후 다양한 입장 간의 말하기 활동 전개도 자못 흥미롭다.

말하기 방법으로는 수업공간에서 텍스트의 주인공에게 질문하고 답하게 하는 형식이다. 『춘향전』에서 갈등의 중심축인 이몽룡, 성춘향, 변 사또를 수업 현장으로 불러내어 그들에게 행위의 정당성에 대하여 질의 응답한다. 춘향에게는 변 사또의 수청을 거부한 것이 진실로 이몽룡에 대한 순수한 사랑 때문이었는지, 이 도령에게 춘향을 처음 만나 지금에 이르기까지 신분이 낮은 춘향에 대해서는 생각에

할 말을 잃고 손을 부르르 떨었다.
"그래서 너는 내 명령을 거역하는 죄를 저지르겠다는 말이냐!" 변 사또는 마루를 주먹으로 꽝 내리치며 소리를 질렀다.
"차라리 죽여주시옵소서."
"저런, 능지처참할 것! 여봐라, 어서 저년을 끌어내려라."
관리들은 우르르 달려들어 춘향을 마당으로 끌어내렸다.
"저년이 죽기를 소원하니, 형틀에 매어 숨이 끊어질 때까지 매우 쳐라!" 변 사또는 이를 부드득 갈며 소리쳤다. 사령들은 춘향을 형틀에 묶어놓고 곤장을 한 아름 가져왔다.
"뭘 꾸물거리느냐! 준비 다 되었거든 어서 쳐라. 그녀에게 사정을 두어 매를 헛 때리는 놈은 당장에 목을 벨 것이다." 변 사또는 주먹을 부르쥐고 호령하였다. 춘향의 고운 살결마다 피가 흘렀다. 그래도 춘향은 이 도령에게 향한 오직 한마음을 꺾지 않았다. 마침내 춘향은 모진 매를 맞고 기절해버렸다. 그제야 변 사또,
"에이, 지독한 년 다 보았다. 어서 큰칼을 목에 씌워 옥에 가두어라" 하고 자리에서 일어났다.
- 『춘향전』 원문 부분 인용, 출처: 이효성 글, 『춘향전』, 동화나라, 1996, 112~116쪽.

별다른 변화는 없었는지, 변 사또는 춘향에 대해 당대 실정법상 정당한 공무를 집행한 셈인데 이에 대해 죄를 물을 수 있는지 등에 대해 묻고 답할 수 있다. 여기서는 자신들의 내면에 감추어진 진심을 솔직하게 털어놓도록 하는 방식이 되도록 한다. 이렇게 함으로써 텍스트에 대한 심도 있는 이해가 가능하다. 나아가서 학습자들이 어떤 인물의 행위와 의식을 어떻게 이해하고 있는지, 현재 내가 그 위치에 있다면 어떻게 할지 등 입장을 바꿔 말할 수 있는 기회를 제공해 줌으로써 학습자의 생각을 함께 공유하고 거기에 대한 열띤 토론도 할 수 있다.

나아가서 문화적 차원에서 중국과 한국의 문화정수인 경극과 판소리의 유래, 무대, 배역, 연기의 상징화, 음악, 대사의 노래 등에 대해 나름대로 이야기해본다. 여기에 대해서는 판소리와 곤곡에 대한 비교연구[15]가 있긴 하지만 추후 세밀한 연구가 필요한 부분이다.

③ 판소리 배우기

판소리에 관한 이론적 소개와 작품을 배운 뒤 학습자들과 함께 직접 공연장으로 가서 국악을 접할 수 있다면 가장 바람직하겠지만 중국에서는 이와 같은 기회가 거의 없으므로 카세트테이프나 CD, 비디오 등을 통해 학습자에게 소개한다. 특히 공연 장면을 담은 비디오나 <춘향뎐>, <서편제> 등 판소리에 관한 영화는 영상매체 특유의 시청각적 효과를 주어 학습자가 판소리에 더욱 가까이 다가갈 수 있는 계기를 마련해줄 수 있다. 인터넷의 경우, 학습자가 교육자의 도움 없이도 자신이 관심 있는 분야를 중심으로 손쉽게 정보를 얻을

---

15) 정원지, 「한중 전통소리 예술 판소리와 곤곡청창의 전통계승 발전전망에 대한 비교연구」, 『판소리연구』29, 판소리학회, 2010, 261~304쪽.

수 있다는 게 장점이다. <춘향가>에서 <사랑가>, <단심가> 등 판소리를 배우는 것도 한국문화를 체험하는 하나의 즐거운 일이다. 판소리계 작품 수업을 통해 해외에서 한국문화의 정수를 체계적으로 배울 시스템이나 판소리를 체계적으로 전수할 인력이 필요함을 절실히 느끼게 되었다.

(3) 마무리 단계와 과제 제시

과제는 요약하고 말한 기초 위에서 학습한 텍스트 구조와 같은 글을 쓰거나 토론한 인물에 대해 쓴다거나 독후감을 써보는 활동으로 구성하였다. 학습자들이 텍스트를 제대로 이해했는지 학생들의 생각이 어떠한지는 과제를 통해 다시 검토할 수 있다. 과제 쓰기는 학생들의 창의적인 사유를 기를 수 있다. 학생들에게 나름대로 학습한 문학작품을 토대로 극본을 써보게 하는 것도 의의 있는 수업이 될 수 있다.

그리고 두 번째 작품에 접근하기 위한 전략으로『심청전』과「화목란」의 작품에 대해서 조사해오라는 과제를 내주었다.

(4) 이후 작품 수업 개략

두 번째 작품인『심청전』또한「화목란」의 비교 속에서 위와 비슷한 방식으로 강의한다. 두 작품에서는 모두 '효'를 중심으로 다룰 것이다. 이야기 구조의 분석을 바탕으로 두 작품의 내용과 구조의 확인학습을 하고 도해조직자를 완성하며 전체 요약을 시도하고 요약 후에는 말하기를 한다. 그리고 판소리 <심청가> 중의 일부를 배울 것이다.

4. 나가며

외국인을 위한 한국어 교육에 있어 문학교육이 어렵다는 것은 일반적인 견해이다. 더구나 한국의 판소리계 작품은 중국인 학습자들에게 매우 어렵게 느껴지는 부분이다. 그러나 반면, 한국문학 교육은 외국인 학습자들로 하여금 한국에 대한 흥미와 흥취를 유발할 수 있고 전통적인 한국어의 모습을 터득하게 하고 문화적 정체성의 이해에도 도움을 주는 등 탁월한 면모를 보인다. 본 연구는 중국인 학습자의 경우 간문화적 차원에서 한국어 지식만으로는 소통할 수 없는 자국의 문화적 요소를 동원하여 다른 차원의 소통의 문제를 해결할 수 있는 문학교육을 시도해보았다.

스키마 활성화 전략에서 중국인 학습자들이 잘 알고 있는 경극과의 비교 속에서 판소리계 작품에 대한 이해와 인식증진, 활용에까지 시도해보았다. 학습자들은 수업에 흥미를 느꼈으며 판소리계와 경극 문학작품에 대한 관심을 피력했는바 자발적이고 지속적인 문화와 문학에 대한 흥취를 가지는 것은 앞으로의 지속적이고 적극적인 학습에 도움이 될 것이라 생각된다. 개선해야 할 사항들로는 서사 구조 분석에 대한 더 깊이 있는 연구와 실험, 이를 바탕으로 한 창의적인 도해 조직자 생성 등이다. 그리고 요약하기, 연극 짜기보다도 학습자의 부담을 줄이면서 학습 효과를 얻을 수 있는 방안 연구가 필요하다.

현재 중국대학의 한국학과에서 국악의 한 부류인 판소리와 판소리계 문학작품을 깊이 있게 다루려면 전문 지식과 자료 면에서 부족한 점이 많다. 이러한 현황 속에서 본고가 중국인 학습자들에게 판소리 교육을 시도해 볼 수 있는 계기를 마련하는 데 작은 도움이나마 되었으면 한다.

- 『한국조선어교육연구』8, 2013.12

참고문헌

이선한·김경선·왕단·김정우 편, 『한국어4』, 민족출판사, 2004.

이효성, 『춘향전』, 동화나라, 1996.

김창호, 「스키마를 활용한 효율적인 영어 듣기 지도」, 『현대영어영문학』55, 한국현대영어영문학회, 2011.

김현숙, 「판소리 문학연구」, 『목원어문학』1, 목원대학교 국어교육과, 1979.

류함함, 「『춘향전』과 『서상기』의 관계성연구」, 『인문학연구』39, 조선대학교 인문학연구원, 2010.

이강록·임명옥, 「한국어 읽기 능력 향상을 위한 문학작품 읽기」, 『비교한국학』, 국제비교한국학회, 2009.

이소연, 「형식 스키마를 활용한 읽기 교육 방안: 학문목적 중국 학습자를 중심으로」, 선문대학교 석사학위논문, 2009.

정래동, 「『춘향전』에 영향을 미친 중국작품들-『서상기』, 「옥당춘」 등」, 『대동문화연구』1, 성균관대학교 대동문화연구원, 1964.

정원지, 「한중 전통소리 예술 판소리와 곤곡청창의 전통계승 발전 전망에 대한 비교연구」, 『판소리연구』29, 판소리학회, 2010.

최광석, 「판소리 문학의 교육방법」, 『국어교육연구』33, 국어교육학회, 2001.

축명, 「중국인 학습자를 대상으로 한 신문 기사문 읽기 교육」, 서울대학교 석사학위논문, 2011.

축취영, 「중국인 고급학습자를 위한 한국어 문학교육 연구-연암소설과 『유림외사』의 비교 탐구를 중심으로」, 서울대학교 박사학위논문, 2012.

王實甫, 『西廂記』, 人民文學出版社, 2008.

제2절 사유의 단계성과 입말 표달 훈련의 차례

전일제 고급중학교 조선어문 교수요강에는 "언어훈련과 사유훈련
은 호상 보충하고 호상 배합하여야 한다. 언어훈련의 과정에 사유 방
법의 학습, 사유 품성의 배양과 사유 능력의 발전을 중시해야 하며
사유 훈련은 언어훈련 가운데 관통되고 언어능력의 제고를 촉진해
야 한다"라고 하였다.

현행 조선어문 교과서는 전범적인 글들을 선재하여 올리고 글들마
다에 지식점을 두고 있다. 그러므로 학생들의 사유과정의 단계성을
말한다면 한 편의 글을 취급하는 과정에서 말하여야 할 것이다. 상
대적으로 완정한 하나의 지식을 배워내는 과정에서 학생들의 사유
는 "지식 — 이해 — 적용"에 거치는 일반 사유와 "분석 — 종합 — 추리"
에 거치는 고급사유, 그리고 창의적 사유로 그 단계성을 이루게 되
는 것이다.

한 편의 글에 대한 사유과정의 단계성과 교수과정의 단계성은 입
말 표달 훈련의 차례를 결정하는 전제로 된다. 그러므로 한 편의 글
에서 입말 표달 훈련의 차례는 이상의 전제와 언어표달훈련의 특성에
좇아 "기억 — 옮김성" 입말훈련→"분석 — 종합성" 입말훈련→"추리 —
전이성" 입말훈련으로 세워야 마땅할 것이다. 구체적으로 설명하면
아래와 같다.

1. "기억−옮김성" 입말훈련

매 편의 글을 취급하는 경우, 먼저 글 속에 담겨진 내용을 이해하고 언어를 이해하는 일반적 사유관계를 거치게 된다. 말하자면 일반적 사유로 글의 내용을 감지적으로 이해하게 된다. 따라서 입말 표달 훈련은 "기억−옮김성" 입말훈련으로 시작되어야 할 것이다.

"기억−옮김성" 입말훈련이란 시각적, 청각적 기억을 입말로 표현하는 훈련을 이름한 것인데 그림을 보고 이야기하거나 글을 읽고 복술하거나 들은 것을 옮기는 것 등이다. 이 입말훈련에서는 늘 사유의 조리성과 말차례 세우기에 주의를 돌려야 한다. 즉, 시간의 흐름에 따르는 말차례와 순행사유, 장소의 변경에 따르는 말차례와 공간사유, "원인-과정-결속"으로 된 말차례와 인과사유, "처음− 다음− 나중"으로 된 말차례와 연상 사유 등 말차례 세우기와 사유 훈련을 동시에 진행하여야 한다. 예를 들면 막심 고리끼의 <시계>에서는 학생들에게 "작자는 시계로부터 무엇을 연상하였으며 그로부터 어떤 느낌을 썼는가?"라는 물음을 주어서 기억하며 말하게 할 수 있다. 즉, 이 글에서는 단조롭고 무미건조한 생활의 시계로부터 감수성으로 충만된 사색하고 행동할 줄 아는 다른 종류의 시계-시간을 잘 다루는 인간을 연상하면서 사람은 어떻게 생활하고 어떻게 일생을 보내야 하는가를 천명하였는바 그로부터 사람은 응당 시간을 아끼고 이상을 실현하기 위하여 분투해야 한다는 등 감수를 말하게 할 수 있다. 바로 이렇게 "사물− 연상− 느낌"으로 말차례를 세워 복술하게 하는 외에 직관 영상에 기억 형상을 회상시켜서 연상의 나래를 펼치도록 할 수도 있다.

2. "분석-종합성" 입말훈련

매 편의 글을 취급하는 경우 내용을 감지적으로 이해한 기초상에서 글의 사상내용, 작자의 창작의도, 예술풍격 등을 분석하게 된다. 말하자면 고급적 사유로 분석하고 종합하게 된다. 그러므로 이 단계에서 입말 표달 훈련은 "분석-종합성" 입말훈련으로 주선을 이루어야 할 것이다.

"분석-종합성" 입말훈련이란 글을 여러 개 구성부분이나 개별적 속성으로 분해하거나 또는 그것을 하나의 전일체로 종합한 것을 입말로 표현하는 훈련을 이름한 것인데 그림을 보고 귀납하여 말하거나 들은 것을 분석하여 말하는 것 등이다. 이 입말훈련에서는 늘 사유의 심각성과 언어의 엄밀성에 주의를 돌려야 한다. 예를 든다면 발자크의 <수전노>에서 내용 분석과 함께 "분석-종합성" 입말훈련을 조직할 수 있다. 먼저 "어떤 사실로부터 그랑데의 어떤 성격을 보아낼 수 있는가?" 하는 물음을 주어서 하나하나의 성격을 나름대로 분석하여 말하게 된다. 다음 구체사실을 말하면서 "안해보다도 돈을 중히 여겼다", "딸보다도 돈을 중히 여겼다", "생명보다도 돈을 중히 여겼다", "생명보다도 돈을 중히 여겼다", "하느님보다도 돈을 중히 여겼다"고 나름대로 분석하여 말하게 한다. 그다음 분석을 종합하여 "그랑데 영감은 어떤 사람이라는 것을 알 수 있는가? 그 형상을 통하여 작자는 무엇을 말하려 하였는가?"라는 질문을 주어서 종합하여 말하게 한다. 즉, 그랑데 영감은 금전을 목숨보다 소중히 여기고 교활하고 탐욕스러우며 인색하고 흉포스럽기 그지없는 수전노인바 그의 형상을 통하여 작가는 금전만능의 자본주의사회를 폭로하려 하였다는 것을 말하게 하는 것이다.

3. "추리-전이성" 입말훈련

지식경쟁, 나아가서 인재경쟁의 21세기는 능력과 창조력을 구비한 인재를 요구한다. 그러므로 우리는 수업과정에서 의식적으로 배운 지식을 보다 능력화, 지능화하게 하고 더 나아가서는 창조성적인 응용에 중시를 돌려야 한다. 그러므로 지식공고훈련의 응용단계인 연습훈련에서는 응당 "추리-전이성" 입말훈련을 집행해야 할 것이다.

"추리-전이성" 입말훈련이란 이미 배운 지식에 근거하여 새로운 판단을 이끌어 내거나 글을 쓸 때 그것을 전이시키는 것을 말한다. 이 입말훈련에서는 늘 사유에서 상상력과 언어에서 조리성에 주의를 돌려야 한다. 여운을 남긴 결말을 이어서 말하기에 따르는 상상사유, 작가의 사로에 결부시킨 모방성 사유 등 글의 결과를 이어나가는 언어훈련과 사유를 동시에 틀어쥐어야 한다. 예를 들면 모파상의 <목걸이>에서 목걸이를 빌리고 잃고 배상하고 가짜라는 것을 주선으로 얽음새를 엮어나갔을 뿐 결말에서 가짜라는 것을 알게 된 후의 로와젤 부인의 태도와 목걸이를 어떻게 처리하였는가에 대해서는 언급을 하지 않았다. 그리하여 이 글의 사상내용을 터득한 후에 "로와젤 부인의 운명은 어떻게 되었을까?"라는 물음을 주어 결말을 상상하여 말하고 글로 쓰게 할 수 있다. 그리고 "허영심을 버리고 새롭게 출발할 수 있겠는가? 그 이유는?"라는 물음이거나 "허영심의 근본적 폐단은? 그 결과는?"라는 질문을 주어서 느낌을 이야기하게 할 수 있다.

총적으로 입말 표달 훈련은 매 편의 글을 취급하는 환절과 결부시켜 사유의 단계에 따라 그 차원을 높여야 한다.

- 『중국조선어문』, 2002.3

제3절 글짓기 지도에서의 개성 발전

학생들의 개성을 발전시키는 것은 자질교육의 뚜렷한 표징의 하나이다. 그 때문에 오늘날 조선어문 교수에서도 학생들의 개성발전에 대해 매우 강조하고 있다. 그러면 구체적으로 조선어문 글짓기 지도에서 어떻게 학생들의 개성을 발전시킬 것인가?

1. 글짓기의 지도과정을 바로잡아야 한다

글짓기는 보통 준비단계-구성단계-집필단계-수정단계의 과정으로 한다면 글짓기 지도는 주체와 글감, 글감과 구성, 구성과 표현, 표현과 수정, 수정과 정서, 정서와 총화의 내용과 과정으로 하게 된다. 여기에서의 중점은 주제와 글감선택에 대한 지도이다. 그런데 지금까지의 글짓기 지도에서는 글의 구성과 표현 지도에 신경을 쓰면서 가장 중요한 글감 선택에 대해서는 도외시하였다. 그러다 보니 글짓기 지도란 실제상 교사가 제목과 글의 구성을 주로 학생들더러 그 틀에 맞춰 쓰게 하는 것이었다. 이와 같이 교원의 사유과정과 염원에 따라 쓰도록 강요했기에 작문시간만 되면 학생들은 "무엇을 쓰면 좋을지 모르겠다", "쓸 것이 없다"라고 하면서 이맛살부터 찡그린다. 이렇게 억지로 쓴 글들이 개성이 없는 것은 물론 대부분 억지로 꾸민 것들이다. 그 때문에 글짓기 지도에서 교사는 글감과 주제에 대한 지도에 중점을 두고 학생들더러 주위의 일상생활에서 구체적이고 생신하며 의의가 있는 글감들을 축적하게 함과 동시에 개성 있는 글감들을 선택하게 해야 한다. 그 지도과정과 방법을 구체적으로 설명하면 다음과 같다.

① 글짓기를 시작하기 며칠 전에 글감과 주제의 범위를 학생들에게 그려준다. 이를테면 선생님의 고상한 풍모를 반영한 글감을 선택할 것을 대략 2주 전에 학생들에게 알려주고 준비시킨다.
② 매번의 글짓기 지도에서 글감을 축적하고 선택하는 방법을 가르쳐주는데 주요하게 두 가지 내용, 즉 일기를 쓰는 것과 의도적인 활동을 조직해주는 것으로 할 수 있다. 이를테면 선생님을 노래하는 작문을 쓰게 하려면 먼저 교사의 일거일동을 관찰하면서 그것을 일기로 쓰게 하고 또 선생님을 위한 그 어떤 활동을 조직해줄 수 있다.
③ 주제를 확정하는 방법을 가르쳐준다. 교사는 학생들로 하여금 자기가 축적한 글감 가운데서 가장 인상이 깊은 글감을 선택하게 한 다음 왜 선택했는가, 왜 인상이 깊은가, 어떤 주제를 보여주겠는가, 어떻게 보여주겠는가를 구체적으로 분석하게 해야 한다.

2. 학생마다 자신의 글을 쓰게 해야 한다

학생들의 글이 개성이 없는 것은 주요하게 그들이 자기 글을 쓰는 것이 아니라 선생님의 글을 쓰는 데 그 원인이 있다. 다시 말하면 자기 의도에 따라 마음대로 쓰는 것이 아니라 교원의 의도에 순응하여 쓰는 데 원인이 있다. 그 때문에 진정 학생들을 개성 있는 글을 쓰게 하려면 무엇보다도 그들이 자기 나름대로 자기 글을 쓰게끔 해야 한다.

1) 제목 달기

제목은 글의 얼굴이고 창문이며 안내자이다. 그러므로 글의 제목을 개성 있게 달아야 한다.

개성 있는 제목을 달게 하려면 제목을 다는 방법만 알려주고 그 방법에 근거하여 학생들이 자체로 제목을 달게 해야 한다. 제목을 꼭 주어야 할 경우에는 여러 개의 제목을 주어 학생들이 마음대로 선택하게 하거나 절반의 제목을 주어 학생들이 완전제목으로 만들게 해야 한다.

개성 있는 제목을 달게 하려면 교사가 큰 제목만 내주고 학생들이 그 제목의 범위에 근거하여 구체적인 제목을 만들어 달게 해야 한다. 예를 들면 <내가 가장 존경하는 사람>이란 큰 제목을 내주어 범위를 그려준 다음 학생들로 하여금 그 제목에 근거하여 <좁쌀 반장>, <비위장판 삼촌>, <과묵하신 아버지>, <곱사등 할매> 등 나름대로 만들어 달게 해야 한다.

2) 글감 선택

글감이 충실해야 글의 내용이 충실할 수 있고 글감이 개성 있어야 글이 개성이 있을 수 있다. 그러므로 개성 있는 글감을 선택하는 지도를 잘해야 한다.

개성 있는 글감 선택에서 우선 자신이 직접 보았거나 들었거나 겪은 진실하고 구체적인 사실을 선택하게 해야 한다. 절대 남의 글이나 다른 사람한테서 들은 아리송한 사실을 글감으로 하게 해서는 안된다. 다음 글감의 측면을 잘 고려하게 해야 한다. 이를테면 같은 눈(雪)이라지만 티 없이 깨끗한 백설을 선택할 수도 있고 오물에 오염된 더러운 눈을 선택할 수도 있다. 이에 따라 반영하는 주제도 다르게 된다.

3) 구성 짜기

글의 구성에는 여러 가지 형식이 있다. 그 때문에 교사는 여러 가지 구성을 짜는 방법을 가르쳐준 다음 학생들이 나름대로 선택하여 구성을 짜게 해야지 절대 그 어떤 틀에 얽매어놓지 말아야 한다. 될수록 왜 자신이 그런 구성을 짰는가를 발표시켜 서로 의견을 교환하게 하는 게 좋다.

3. 인재시교 원칙을 견지해야 한다

학생들은 저마다 자신의 우세와 잠재력을 갖고 있다. 이를테면 우수생들은 글감을 쥔 다음 그것을 문자로 매우 잘 표현한다. 그런데 그들은 공부에만 열중하다 보니 생활이 단조로워 생활감수가 적기에 개성 있는 글감을 선택하기 어려워한다. 반면에 낙후생들은 우수생들에 비해 생활경험이 풍부하기에 글감은 많으나 그것을 보아내고 선택할 줄 모르며 그것을 언어문자로 잘 표현할 줄 모른다. 이렇기 때문에 똑같은 요구와 방법으로 그들을 지도하지 말고 인재시교를 함으로써 각자의 우세를 발휘시키고 잠재력을 발굴해야 한다. 그러자면 우수생에 대해서는 생활체험을 많이 시켜 글감을 축적시킴과 동시에 보다 높은 차원에서의 지도를 해야 하고 낙후생에 대해서는 보다 낮은 차원에서 글감 선택과 언어문자에 대한 훈련을 강화해야 한다.

총적으로 글짓기 지도에서 글감 선택으로부터 수정에 이르기까지 개성발전에 모를 박음으로써 그들이 서로 다른 글을 쓰고 서로 다른 인간으로 자라나게 해야 한다.

- 『중국조선족교육』, 1998.5

제4절 글짓기 지도에서의 연상사유지도

초등학교의 글짓기와 달라서 허구를 허용하면서 창의성을 제창하는 중학교 글짓기 수업이라고 미루어 생각할 때 심미과정에 뿌리내린 연상사유방법을 실천적으로 이해시키는 일이 글짓기의 수준을 효과적으로 높여주는 간과할 수 없는 일로 된다고 인정된다.

연상사유는 객관사물의 자극으로 대지에 생기는 직관영상과 기억형상을 바탕으로 하여 작가의 미적 추구(또는 보통사람의 지향적 추구)에 의해 이상적 형상이거나 이상경지로 펼쳐나가는 사유과정을 뜻하는 것이다. 그러하기에 연상사유과정은 미적 추구과정으로 되며 그 과정은 직관영상, 기억 형상, 미적 추구를 요소로 하는 것이다. 연상사유과정이 이러할진대 중학교 글짓기 지도에서도 연상요소를 살려가면서 여러 가지 기법으로 연상의 나래를 펼쳐나가야 마땅할 것이다.

지금까지 연상사유과정에 근간을 두고 연상사유를 짚어준 기법을 들면 아래와 같다.

1. 종향연상을 짚어주었다

종향연상이란 한 연상이 이어지는 연상을 말하는 것이다. 말하자면 객관사실의 자극으로 하여 두뇌에 형성된 직관영상을 바탕으로 하여 합리한 추리를 전개하여 나가는 연상을 말하는 것이다. 원인으로부터 과정을, 과정으로부터 결과를, 결과로부터 미래를 미루어서 생각하는 사유과정을 뜻하는 것이다. 그러므로 나는 글짓기에서 합리한 허구를 허용하여 왔다. 예를 들면 신군 학생의 <가슴을 괴롭히는 한차례의 폭우>에서 나는 하루를 좀 더 놀자고 아버지에게 거짓말을 하여 개학한 이틀 후에야 아버지는 나를 데리고 학교로 떠난다. "때는 가을걷이가 한창 바쁜 철이어서 학교 가는 길 양쪽의 논밭에서 벼 가을 하는 농민들을 보는 아버지의 찌푸린 양미간의 주름살은 더욱 깊어만 간다." 여기에서 농사를 천직으로 여기는 실농군을 충분히 연상하여 눈앞에 그때의 정경을 재현하도록 하였다. 연후 학교에 도착한 후 거짓말이 들통났지만 아버지는 나를 꾸짖지도 않고 행장 풀어 일일이 당부해주고 나서 얼굴의 땀을 씻으며 총망히 집으로 가셨다. 그런데 얼마 지나지 않아 "하늘은 어두컴컴해지며 돌개바람이 휙휙 불어치기 바쁘게 빗방울이 후둑후둑 떨어지며 비는 무섭게 내렸다." 그리하여 나는 20, 30리 산길에서 아버지가 어디에 들러 비라도 피하고 계시는지 하고 근심한다. 이어서 이후 어머니의 간접적인 말을 통해서 그날 아버지는 비를 피해 갈 념을 하지 않고 폭풍우 속을 뚫고 집으로 달려갔으며 집 문턱을 들여놓기 바쁘게 "곡식을 거두어들였소?" 하였다는 것이다. 그런데 그날이 바로 아버지의 생일이었다는 것이다. 이로부터 나의 유치하고 황당함이 아버지의 듬직하고 강인한 성격을 도드라지게 하였고 또한 나의 참회로부터 부모를 존경하고 사랑해야 한다는 주제에까지 연상이 미치게 하였다. 이렇게 이어서 심화되는 것이 종향연상이다.

2. 횡형연상을 짚어주었다

횡형 연상이란 한 형상으로부터 특징이 비슷하거나 관계되는 다른 현상들을 말하는 것이다. 구체적으로 자극하여 이루어진 직관영상이 그와 비슷한 기억 형상을 재현시키는 연상을 말하는 것이다. 때로는 직관영상이 하나 또는 몇 개의 형상을 재현시켜 비교하여 보게 된다. 직관영상과 기억 형상을 비교하거나 직관영상과 이미 배운 형상을 대조하여 보면서 미적 추구를 하게 되는 것이다. 그러므로 연상의 수필을 지도하는 경우에 횡형 연상을 펼쳐나가게 한다. 예를 들면 <불타는 청춘>에서 구양해의 인물 형상을 분석하면서 동존서, 황계광, 유호란, 구소운을 연상하기, <소나무의 풍격>와 <청산 소나무>에서 소나무로부터 혁명자의 군센 절개를 연상하기, <촛불>로부터 자신의 한 몸을 불태우면서 후대양성사업에 희생적으로 헌신한 교사의 형상을 연상하기 등으로 글쓰기를 지도하였다. 춘실 학생은 수필 <낙엽>에서 낙엽에 대한 관찰로부터 연상을 펼쳐 돌아가신 주총리에 대한 경모의 정을 진실하게 보여주었다. "주할아버지시여, 그이의 업적은 헤아릴 수 없지만 그이는 마치 낙엽과 같이 묵묵히 소리 없이 이 세상을 하직하셨습니다. 그이께서는 인민에게 자신의 모든 것을 바쳤습니다. 그렇지만 인민에게 아무것도 요구하지 않으셨습니다. 천고에 길이 빛날 인민의 아들이여!"

3. 역향연상을 짚어주었다

역향 연상이란 한 형상으로부터 그 현상과 상반되는 현상을 연상하는 것을 말한다. 그러하기에 글짓기 지도에서 정면 형상과 반면

형상을 대조시키면서 정면 형상을 돌출하게 하도록 하였다. 예를 들면 체호프의 <뚱뚱보와 말라깽이>에서 권력 앞에서 굽실대는 말라깽이의 노예적 비굴성으로부터 당시 제정러시아사회의 냉혹한 신분제도를 분석해낸 후 오늘날 사회에서 권력 앞에서의 평등한 인간관계를 연상하게 하였다. 혜령 학생은 <우리 아버지>라는 글에서 현 교육국에서 사업하시는 아버지가 한 장의 국가간부 정원을 하여 권력 있는 사위의 이서기 딸을 주느냐, 아니면 보통 노동자인 이 아바이의 막내딸에게 주느냐 하고 고민하다가 한차례의 사소한 사건을 통해 더욱 실력 있고 재간 있으며 인품이 좋은 이 아바이의 딸에게 주는 것으로 권력 앞에서도 원칙을 견지하고 정의를 주장하는 아버지의 형상을 생동하게 그려냈으며 나아가서 사회주의사회에서의 평등한 인간관계를 진실하게 보여주었다.

- 『교수와 연구』, 1996

제5절 강독 수업을 통한 인성교양

교육의 궁극적인 목적은 사람 됨됨이를 가르치는 것으로서 기본적인 인성을 가르쳐주고 인간으로서 지켜야 할 덕성을 키워주는 것이다. 인성교양은 주요 경로인 수업과 이어진 것으로서 현행 조선어문 실내수업인 강독, 글짓기 등 수업에 침투시킬 수 있는바 필자는 여기에서 주로 강독 수업을 통하여 인성교양을 진행한 약간의 소감을 말하고자 한다.

1. 민족의식을 키워주었다

현재 우리나라 연해지역 대학교들에서는 선후하여 조선어학부를 설립하여 조선어를 가르치고 있다. 하지만 오늘날에 와서 우리 한민족은 한족문화권 내에서 점점 백의색채를 잃어가고 있다. 인구가 점점 줄어들고 자식들을 한족학교에 보내고 중국어가 판을 치는가 하면 간행물에 외래어가 사태마냥 쏟아져 한글이 야금야금 좀먹어가고 있다. 한민족의 뿌리를 이어가자면 반드시 후대양성에 모를 박고 학생들에게 민족의식을 키워주어야 한다. 그러자면 민족적 색채가 짙은 한국작품을 선택하여 문맥 속에 흐르고 있는 민족성과 인문성을 발굴해내야 한다. 예를 들면 <단군신화>를 강의할 때 신화적 색채의 환상적 이야기로부터 우리 민족의 이념인 '홍익인간' 정신-인간세상을 널리 이롭게 한다는 키워드를 중심으로 그 내용을 설명하면서 우리는 자랑찬 단군의 후예임을 알게 하였다. 한민족 역사의 애환을 모르고 어찌 단군의 얼을 말하랴! 최서해의 <탈출기>, 조명희의 <낙동강>의 강독 수업을 통하여 일제에 강점당했던 한민족의 치욕사, 고난사, 투쟁사를 들려주었다. 임원춘의 <몽당치마>에서는 우리 백의민족의 고유한 풍속 습관(결혼잔치, 생일잔치), 예의범절 및 민족 복장 등을 이해하게 하였고 조선족 여성의 근면하고 선량하며 순박한 전통적인 미덕과 외유내강의 성격에 대하여 이야기해주었다. <민족문화의 전통과 계승>에서는 민족문화를 창조적인 태도로 계승해나가야 할 필요성에 대하여 설명하였다.

2. 자아 완미화 의식을 키워주었다

옥에도 티가 있다고 세상에는 완전무결한 사람이 없다. 오직 자아 완미화하고자 하는 사람만이 보다 원만하고 성숙된 인간으로 될 수 있고 사회와 인민에게 유익한 인간으로 될 수 있다.

자아 완미화의 첫 번째 단계는 자아 분석이다. 노신의 「사소한 사건」의 수업에서는 학생들에게 "이다지도 사소한 사건이 왜 심금을 울려줄 수 있었는가?"라는 질문을 주어 토론하게 하였다. 그 후 학생들로 하여금 작자는 비단 진선미의 마음가짐으로 이 사건을 관찰 인식하였을 뿐만 아니라 더욱 중요하게는 작가가 부각한 진보적 지식분자의 그런 자아 해부능력, 부단히 자아 수양을 쌓아가는 정신이 소중함을 알게 하였다. 더불어 우리도 자아분석을 할 줄 알아야 함을 제시하였다. 자아 완미화 의식의 두 번째 단계는 자신을 이겨내고 자아를 초월하고자 하는 욕망이다. <동지의 신임>, <마지막 연설>, <자질구레한 회억> 등 작품들에서는 위대한 도사, 과학자, 문학가,

혁명가들의 고상한 정조, 드넓은 흉금 및 송백의 지조를 노래하였다. 교수를 통하여 그들도 자아 분석, 자신 이겨내기, 자아 초월의 과정 중에서 자아최고경지-자아 완미화에 도달했음을 알도록 하였다.

3. 단결협력 의식을 키워주었다

유엔 교육, 과학문화기구는 21세기 교육의 원칙을 "배울 줄 알고 일할 줄 알며 생존할 줄 알고 공존할 줄 알 게 하는 것이다"라고 정의를 내렸다. 여기에는 협력을 전제로 하는 공존이 명확히 제기되어 있다. 협력의식이 있어야 공존을 도모할 수 있고 공존해야만 발전할 수 있다. 지난 10월 상하이에서 열린 <아태경제협력수뇌자임시회의>에서 보여주듯이 서로 간의 개성을 잘 조화시켜 공동의 발전을 추진하는 이런 일은 이미 국제적인 조류가 되어 관리과학, 행위과학 교육 영역에서 광범위하게 응용되고 있다. 역사를 거슬러 60년대 미국 아폴로 달 오르기 계획에 참가한 과학자와 공정사는 무려 42만 명, 참여 단체는 무려 2만 개에 달한다. 이를 통해 나는 학생들에게 단결협력 정신의 중요성을 인식시켰다. 설명문 <웅위한 인민대회당>을 학습할 때 학생들은 이 건축의 웅위롭고 장엄한 모습에 찬탄을 금치 못함과 아울러 건축 속도가 빠른 공정에 대해서도 놀라움을 금치 못하였다. 그 외에 <고궁박물원>, <중국의 아치교>, <소주의 유원지> 등 과문들에서도 단결 협력의 거대한 힘을 과시하였다. <중국 인민해방군이 장강을 건너다>는 단결협력의 승리를 표현한 전형적인 작품이다.

과문을 학습한 후 학생들은 개인과 집체와의 관계를 인식하고 <남을 깔보는 사람은 남의 버림을 받는다>, <서로 존중해야 한다>,

<낙숫물과 바다> 등 글짓기를 통해 인간교제에서 단결 협력의식을 키울 자신의 염원을 표현하였다.

4. 애국의식을 키워주었다

애국의식을 키워주는 것은 사상도덕교양의 핵심이다. 교재에는 조국의 수려한 산천을 묘사한 작품들이 많다. 예를 들면 <해돋이>, <천산의 경물>, <푸른 빛> 등 작품들에서는 생동하고 형상적이고 세련된 언어들로 조국산천의 아름다움을 독자들의 눈앞에 펼쳐 보인다. 수업을 통하여 아름다운 조국에 대한 사랑의 감정을 지니게 하였다. 또 교과서의 어떤 작품들은 직접적으로 애국정신을 노래하였다. 예를 들면 <기개를 논함>, <누가 가장 사랑스러운 사람인가>, <마지막 연설> 등이다. 학생들에게 "왜 이런 작품들은 읽으면 읽을수록 친절감을 느끼게 되고 향상심을 불러일으키게 되는가?"라는 물음을 주고 그것은 애국영웅들의 조국에 대한 짙붉은 충성의 마음이 담겨 있기 때문임을 알게 하였다.

중학교 조선어문교과서에 선재된 작품들은 내용이 아주 풍부한바 자아 완미화 교육, 단결협력 교육, 애국주의 교육, 민족의식 교육 외에도 혁명전통 교육, 조직규율 교육 등을 진행할 수 있다. 인성교양을 만약 정치수업이라면 논리사유 각도에서 진행할 수 있겠지만 조선어문 수업은 많이는 형상사유 각도에서 내심으로부터 감화를 받아 참된 인간으로 되게 해야 한다.

총적으로 강독 수업을 통한 인성교양은 조선어라는 학과목의 특점, 학생들의 이해능력에 따라 그들의 정감을 불러일으켜야 하며 교수과정을 최적화하여 영활하고도 다양한 교수방법으로 학생들을 이

끌어내어 그들로 하여금 교과서의 매 작품은 모두가 자신이 수요하는 정신영양제임을 깨닫고 열심히 흡수함으로써 진정 인격적으로 정신적 강자로 되게끔 양성해야 한다.

-『중국조선어문』, 2002.5

제6절 학부모 관념 바꾸고 고치고
교사와 협력해야

학부모들의 외국, 외지로의 대거 진출로 대량의 "흩어진 가정"이 생겨났고 이혼율의 급성장으로 많은 "편부모 가정"이 생겨났다. 그리하여 그런 가정 자녀들에 대한 교육 문제가 하나의 회피할 수 없는 극히 중요한 문제로 되었다. 이 문제를 어떻게 풀어나갈 것인가? 필자는 문제점과 해결 두 측면에서 나름대로의 견해를 말해보려 한다.

상관 문제점들은 다음의 두 가지를 지적할 수 있다. 첫째, 상기 가정의 어린이들은 정상적인 부모사랑을 받지 못함으로 하여 늘 고독감에 빠지고 자비심에 젖어 있어 심리와 성격이 정상적인 발전을 가져오기 힘들다. 둘째, 가정환경이 불안정하고 부모의 엄한 교양이 결핍함으로 하여 공부에 취미를 잃어 하지 않는다. 그리하여 성적이 내리막 재주를 하는가 하면 어떤 애들은 자아통제력이 약해져 규율을 잘 지키지 않고 제멋대로 하기를 즐긴다.

그러면 이런 문제점들을 어떻게 해결할 것인가?

우선은 학부모가 자녀교양에 대한 생각을 바꾸고 자신의 자질부터 높여야 한다. 『삼자경』에 자식을 키우기만 하고 교육하지 않는 것은 부모의 실책이라고 하였다. 우리의 학부모들이 자식을 노인들에게 맡기고 외국, 외지로 나가는 이유와 처지에 대해서는 이해할 수 있지만 장기간 돌아오지 않거나 돈만 보내고 애들의 학습과 생활에 대해 별로 관심하지 않는 현상은 문제가 되는 것이다. 어떤 측면에서는 그것을 혼인 도덕감과 가정 책임감이 결핍한 표현으로 볼 수 있다. 돈이 있어야 하고 또 돈을 벌어야 하지만 안중근 의사가 "황금 만 냥보다 자식 잘 키우는 것이 낫다"고 했듯이 자식들의 성장과 발전을 첫자리에 놓아야 한다. 자식이 어느 정도 철이 들어서 자아 관리를 할 수 있는 정도라면 다른 사람에게 맡기는 것도 될 만한 일이 겠지만 그렇지 못할 경우는 신중히 생각해서 거취를 결정하거나 나가더라도 필요하고 효과적인 대응조치를 마련해야 한다.

부모가 다 집에 있을 경우도 부모 사이의 관계 및 그것에 의하여 결정되는 가정환경 역시 자식들에게 막대한 영향을 끼치므로 학부모들은 화목한 부부관계와 그것에 의하여 보장되는 따뜻한 가정환경을 조성하기에 노력하여야 하며 일단 부부 감정이 파열되어 이혼을 하게 될 경우라 하더라도 자식이 그 때문에 입는 상처가 최소한으로 작게 해야 한다.

다음은 학부모와 교사가 협력하여 사랑을 주고 믿음을 주고 행위 습관 양성에 주의를 돌려 건강하고 완미한 인격을 형성시켜 주기에 노력해야 한다.

인간양성에서 핵심적이고 관건적인 문제가 도덕품성교양이다. 인간양성은 사랑과 믿음을 바탕으로 하는 생활환경 속에서의 행위 습관양성 과정을 거쳐야만 최적화될 수 있다. 사랑과 믿음이 결여되면 그 자녀들의 건전한 심신건강에 불리할 뿐 아니라 그들의 잠재력과 창조력을 발굴하는 데도 불리하다. 필자가 책임지고 꾸리는 우리 학교 <갈매기> 문학사의 교내간행물에 발표된 학생작품들이 그 점을 설명해준다. 지난 학기 그 간행물에 도합 32편의 일상 생활제재를 다룬 작품이 실렸는데 그중 24편(75%)이 부모들의 외국, 외지 진출과 그로 인한 가정사랑의 결여, 그것들로 인한 아이들의 심령의 상처, 가정의 모임과 부모들의 사랑에 대한 갈망을 쓴 것들이다. 이는 오늘 우리 민족사회에서 "흩어진 가정"과 "편부모 가정" 상황이 얼마나 심각하며 그것이 그 자녀들과 전반 민족교육에 얼마나 큰 영향을 끼치고 있는가를 잘 보여주고 있다. 일반적으로 행위의 반복이 습관으로 되고 습관이 점차 품성으로 전이되며 품성이 종국적으로 그 인간의 운명을 결정하게 된다. 이런 시각에서 볼 때 부모의 사랑, 믿음과 인도가 결여되는 가정의 자녀들이 처하고 있는 교육환경은 그들이 "문제아동"이 되거나 전도를 그릇되게 할 위험성이 큰 것이다. 그 때문에 그들의 생활환경과 교육환경을 개선해주고 양호한 행위습관을 양성하는 데로부터 출발하여 그들이 바른 인격을 갖추는 데 영향을 주고자 학생들에게 아래와 같은 몇 가지 "5분간 행위"를 하게끔 하였다. 그것은 ① 매일 5분간 명인일화 읽기-명인들을 귀감으로 삼아 따라 배우게 한다. ② 매일 5분간 가무 노동하기-부모에 대한 효를 표현하게 한다. ③ 매일 좋은 노래 한 수씩 부르기-수업 전에 불러서 포만한 정신으로 생활과 학습을 대하게 한다. ④ 매일 5분간 강연하기-역시 수업 전 5분간을 내어 전반 학생이 동시에 하고 싶은 말을 구속 없이 하게 한다. ⑤ 매일 5분간 일기 쓰기-매일 잠자기 전에 하루 학습과 생활을 총화하고 느낌을 적고 다음 날 일을 계획하게 한다.

이렇게 세부적이고 규칙적인 행위요구를 제기하고 그 실행을 지켜보면 처음에는 강요에 의해 움직이지만 습관이 되면 자연적인 행위로 되고 나아가서는 의식이 두뇌 속에 자리 잡아 도덕품성으로 형성될 수 있다.

끝으로 지적하고 싶은 것은 학부모나 교사의 일방적인 노력만으로는 안 되므로 쌍방이 잘 협력해야 한다는 점이다. 학부모들은 자

녀에게 부모의 사랑과 관심, 참교양이 보장되는 환경을 만들어주기에
힘 다해야 한다. 외지나 외국에 가 있는 학부모들도 적극적으로 학교
와 연락하고 협력해야 한다.

- 『흑룡강신문』, 2001.12.13.

전월매(田月梅)

韓國學中央研究院 文學博士
中國 天津師範大學 韓國語系 講師
저서『재중조선인 시에 나타난 만주 인식』(2014)을 비롯하여「'타자' 시각에서 본 한국
현대소설 속의 조선족 이미지 연구」,「2000년대 한국여성소설에 나타나는 조선족 여성
상 연구」,「타자와 경계: 한국영화에 재현되는 조선족 담론」,「윤동주와 심연수 시에 나
타난 만주인식 고찰」,「일제강점기 재만조선시인 범주와 거류형 시인의 만주인식」등
30여 편의 발표논문이 있다.

한국문학
연구와
교육의 현장

초판인쇄 2016년 8월 31일
초판발행 2016년 8월 31일

지은이 전월매
펴낸이 채종준
펴낸곳 한국학술정보㈜
주소 경기도 파주시 회동길 230(문발동)
전화 031) 908-3181(대표)
팩스 031) 908-3189
홈페이지 http://ebook.kstudy.com
전자우편 출판사업부 publish@kstudy.com
등록 제일산-115호(2000. 6. 19)

ISBN 978-89-268-7612-1 93810

이 학술연구는 2013년도 한국학중앙연구원의 해외한국학지
원사업에 의하여 수행되었음. This work was supported by the
Academy of Korean Studies Grant (AKS-2013-R87)
本書由2014年天津師範大學教學改革項目資助
項目編號: 012/JG14410028

한국문학
연구와
교육의 현장

이 책은 네 가지 주제를 담고 있다. 제1부는 한국 현대문학사의 시대구분을 남한, 북한, 조선족 문학사를 중심으로 비교 연구한다. 제2부는 한국 현대문학 연구물로서, 박경리의 〈불신시대론〉, 이상의 〈날개〉 등 6개 작품을 시점, 서술, 인물, 문체 등 다양한 관점에서 분석한다. 제3부는 한국 고전문학 연구물로서, 이옥의 〈남정십편〉, 홍대용의 〈의산문답〉과 이기지의 〈서양화기〉, 고전소설 〈주생전〉 등을 다각도로 살펴본다. 마지막 제4부는 언어, 문학, 글쓰기 등의 주제를 중심으로 한국어 교육의 현재 상황과 발전 방향을 모색한다.

ebook.kstudy.com

93810

9 788926 876121

값 20,000원   ISBN 978-89-268-7612-1